Forbidden Witch-hunt

plant perfume

潔絲敏

來自「傑克與豌豆」家族，人如其名，就像一朵綻放馨香的白色茉莉，優雅、迷人而含蓄。她是個飄零失根的混血兒，個性內斂，總是說得少、想得多。已逝的父親是園藝師、母親是調香師，她自己則擁有嗅覺異常靈敏的超級鼻子。當珍視的父母和雙胞胎弟弟在她外出時遭遇慘劇，潔絲敏的人生也跟著崩解了，從此將復仇的念頭深植於心中，怨恨與寬恕兩邊不斷拉扯她的理智。

魔豆

琉璃心型瓶內裝著五顆渾圓翠綠的魔豆，在黯淡的室內散發星子般晶亮的光彩。萬靈的魔豆能夠發芽長成世界上任何一種植物，只要將魔豆種進土裡，再配合誠心祈願，主人需要的草藥或花果幼苗便會迅速破土長出。

Forbidden Witch-hunt

賽門

童話「睡美人」的傳人，外表英俊瀟灑、體格勇猛壯碩，性格衝動脾氣火爆，喜歡用拳頭解決問題，渾身散發「壞男人」的性感魅力。儘管天性的原罪不斷影響著他，但是西點軍校的後天補強鍛鍊了他的策略性思考。從小被送往寄宿學校，缺乏家庭關愛，因為脾氣過於暴烈，無法服從軍中指令因此遭遇退學，從而跑到泰國和人妖妓院以及軍火販子廝混，倒也在灰色地帶闖出自己的一片天。

紡錘

戒指－死亡之吻

「死亡之吻」的戒圍能自動貼合主人的手指，只要將外圍碎鑽順時鐘轉向，針尖般的紡錘即會凸出，被命中之人將立即陷入永無邊際的長眠。也能夠變化為「手指虎」武器，讓賽門充分發揮格鬥術技巧。

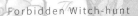

禁獵童話

II

魔豆調香師

海德薇 著
幽零 繪

目次

故事人物表 -族譜-

家族 Families	成員 Members
花衣魔笛手	梅蘭妮 > 阿娣麗娜
金斧頭	朱利安 > 尼可拉斯
糖果屋	李歐
傑克與豌豆	克勞德 > 潔絲敏
睡美人	卡莉 > 賽門
白雪公主	伊莎貝 ？ 海柔 ？ 凱特琳
美人魚	希妲 > 尚未出場（玫芮迪絲）

人物關係圖

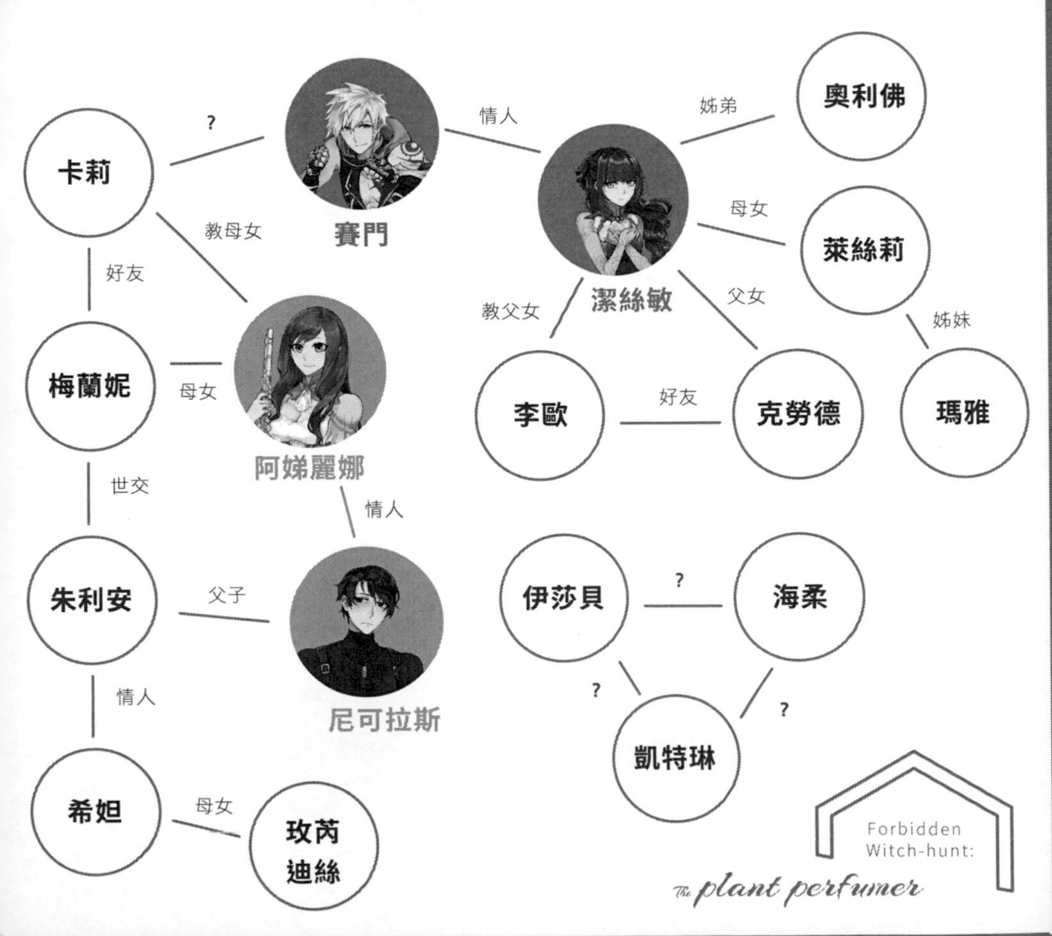

【前情提要】

十六歲的美國少女阿娣麗娜出身自音樂世家，母親是名樂團內的長笛演奏家，耳濡目染之下她也精通笛類樂器。在一次隨團踏入台灣的《歌劇魅影》巡迴演出，阿娣麗娜竟在後台遭遇神秘人襲擊，此時，唯一的阿姨又遭到獵殺女巫的殘酷方式處死，母親卻不願報警，彷彿在隱瞞什麼大事，這件事又和阿娣麗娜父親的謎樣死亡有關……

爾後，阿娣麗娜意外發現祖傳銀笛竟有將樂曲意境化作現實的魔力，並得知家族代代相傳的秘密：身為女巫的後裔，長年被勢力龐大的教廷追捕，進行數世紀的鬥爭。眼見母親逐漸步入當代教廷的陷阱裡，阿娣麗娜說服青梅竹馬「金斧頭、銀斧頭、鐵斧頭」的傳人尼可拉斯與她一起飛往墨西哥援救，向教廷再次宣戰、為獵殺名單上的七個童話家族挺身而出。而她們唯一能夠倚仗的，正是來自童話傳承，具備特殊魔力和戰鬥力的強大「法器」！

循線追查後兩人找上「白雪公主」的傳人海柔，才得知原來七個家族分別代表莉莉斯的後代「七宗罪」：傲慢、妒忌、憤怒、懶惰、貪婪、暴食及色慾，而每一個童話故事的起源，用意皆為警醒世人的寓言故事。三人遭到綁架，海柔不堪凌虐之餘以魔鏡的法力自我了斷，另二人危急之時被趕到的李歐和朱利安救起，阿娣麗娜認出李歐便是神祕人，亦是「糖果屋」的後代，看來，李歐一直在暗中調查狙殺七支家族的背後主謀。

當眾人回到加拿大，歡慶兇手終於被警方緝捕到案之餘，卻出現了意想不到的訪客。「美人魚」的後代希妲以情婦之姿翩然來到，真相終於水落石出：朱利安被原罪「貪婪」控制，希冀以「人魚匕首」合併「幻化魔鏡」的力量青春永駐，於是殘忍地殺害其他支家族，並且自導自演，將責任推卸給教廷……故事就這麼結束了嗎？不，第二集開始，命運的指爪即將伸向「魔豆」的遺孤潔絲敏，和「睡美人」的後代賽門……

楔子

如一柄利刃，尖銳的喇叭聲劃破教堂前寧靜詳和的街景。

「狗屎！」穿鼠灰色風衣的男子本能地向後跳了一步，正好閃過眼前疾駛而去的賓利轎車，男子氣得惡聲咒罵，卻又馬上住嘴，讓尚未結束的詛咒字句蒸散在乾燥的風中。

他瞪了消失在遠方街角的車尾燈一眼，帽沿下那雙精明的小眼睛順道打探起四周的動靜，十字路口附近等候紅燈的行人和車輛駕駛似乎都不以為意，彷彿對於暴躁的交通狀況早習以為常，就和當地的氣候一樣。

男子匆匆穿越斑馬線，快步走向教堂東牆往後拉長的影子裡，那幢巍然而立的米色建築物已近在眼前。回首對街的小公園，過去的五分鐘，他曾在那些稀疏的路樹下來回踱步思索自己做出的決定，可是現在教堂大門伸手可及，已經沒有回頭路。

風衣內層的物品隨著每個步伐的起伏躍動，不斷提醒男子腰際有個不容忽視的存在，那重量彷彿在拉扯男子的良知。他緊張的目光瞥向腕上的錶，五點整，剛好依約趕在教堂關門前十五分鐘進入。

再三確認沒有人注意到他後，男子跨上磨石子台階，將手伸向被大面彩繪玻璃包圍其中的純白色雙十字雕花木門，扭轉古銅色金屬門把，木門拉開一條縫，男子隨即斂起下巴、弓著背，將藏在壓低帽沿下的臉孔深深埋進帽子的陰影下，接著，鼠灰色的身影便沒入大片白色之間的暗影中。

平日的教堂內杳無人跡，大門緊閉後的高聳廳堂內時空靜如凝結，男子踩踏著自己腳步的回音，刻意別開臉迴避耶穌及天使們的畫像，卻始終甩不開背後那如影隨形的注視。

他快步經過成排長椅，來到告解室前，略作遲疑後還是開門入座。男子在密閉的告解室內靜靜等待，一窗之隔似乎隱約傳來輕緩的呼吸聲，他忍著掀開布簾的衝動，手掌蓋在風衣暗袋的位置上，沒錯，東西還在。

「漣漪夫人？」男子的喉嚨乾澀。

「羅夫警官，你很準時。」婦人壓低的嗓音冷不防從隔壁傳來。「今天你想告解什麼？」

「我有罪。」男子不安地抹去額際的汗，道：「我太慢體會到神的愛，太慢理解自己應該加倍努力的侍奉神。」

「所以？」

「東西我帶來了。」

「很好，我也是。」婦人語調轉為輕快，將小窗子的布簾輕輕揭開一角，露出蒼白粗糙的手，手裡還握有一包牛皮紙袋。

男人從風衣暗袋內取出潛藏的物品，同樣伸手至小窗邊，和婦人做了交換後立刻打開袋口檢查，確認裡面裝的是厚厚一整疊不連號新鈔後這才鬆了口氣。

「這是上面的指示，對吧？」男子不甚確定地問。

「當然，你做得很好，願主賜福於你。」婦人答。

「您也是。」男子起身，將鈔票塞入風衣口袋後迅速離開教堂。

告解室的另一道門開了，一位作修女打扮的中年婦人現身，她低著頭朝大門的反方向走，就在她遁入後門的同時，前門外的馬路上傳來砰然巨響。

婦人不禁微微一笑，她交付給對方的牛皮紙袋內，那整疊的鈔票不僅僅是鈔票，而是美國聯邦政府用來對付銀行搶匪的爆炸染色包。只不過，裡面放的不是染料，而是高磅數的炸藥。

這次，路上的行人終於注意到這名鬼祟的男子。

第一章

「媽，我回來了……」推開門時我不自覺地喊道。

隨即啞然失笑，讓未完成的句子在唇邊化作無聲的嘆息。從前的習慣總會時不時地冒出來，就像鬼魂纏著屋子那般緊咬不放。

我把鑰匙扔回書包，發現玄關旁的藤編鞋架上空了個位置，少的是瑪雅阿姨那雙髒兮兮的便鞋，專門穿來進出菜園。時序邁入四月，看來隨著日照時間拉長，阿姨的工作時數也跟著增加了。

換上一雙粉紅色的藺草拖鞋後，我將運動鞋整齊放回架上，鞋頭朝內、兩側等距，這時瞥見鞋面上幾個明顯的水漬，本週的午後雷陣雨讓地上積滿泥濘，我已經盡量把鞋底的污泥留在前院草皮上了，只好盤算睡前找個時間擦鞋，邊走回臥室、準備更衣後到菜園裡幫忙。

臥室房門照例關著，可是，當我的手指觸及門把時便已感覺不對勁，是西曬。溫暖的氣息如滾滾洪流傾出漸敞的門縫，我僵立門畔，目光移至裸露的窗台，驚覺有人拉開了我終日掩上的窗簾。

此時面西的臥房已全然沐浴在血色的紅霞中，夕陽的塵粒盈滿室內，我的書桌、床鋪和地板都像灑上斑斑血跡、無一倖免。

這番景象令我頭暈目眩，訝異與震怒在腸胃裡翻攪，彷彿回到身在利物浦的最後一夜……

兩年了，從傻氣的十三歲到慘澹的十五歲。時至今日，父母的哀求與弟弟的嚎哭仍會溜出惡夢，在每個失眠的夜裡橫行。

兩年，七百三十個日子。

家人過世後我被迫離開居住了十三年的英國海港城鎮，移居台灣北部山區小鎮、和母親的姊姊同住。

復興是小鎮的名字，剛搬來時我很不能適應這裡潮溼炎熱的氣候，皮膚老是過敏起紅疹。可是人類奇妙的適應力超乎你我想像，我的自體免疫系統在被迫調整後已如變色蜥蜴般隨和，對於遠離塵囂的生活環境我也不再整天抱怨。能想像嗎？一個沒有連鎖咖啡店和餐廳、沒有書局，最熱鬧的地方是街角雜貨店的小鎮？好吧，偶爾我還是會抱怨。

隱居生活並沒有太困擾我，父親是園藝師、母親是調香師，我喜歡風吹過樹梢時林木的低語呢喃，也喜歡陽光照映晨露時千變萬化的色彩。尤其是氣味，我熱愛森林散發的氣味，那是諸多個單一美好所構成的豐盛饗宴，無論是英格蘭或台灣、利物浦或復興，樺樹和樟木釋放的芬多精聞起來同樣宜人，光合作用在全球暖化之際奮戰不懈，也替我分崩離析的世界帶來莫大的撫慰。

比較麻煩的是與人的隔閡，移民從來就不是件容易的事，至今我還未能習慣小鎮居民毫不掩飾的異樣眼神和洪亮嗓門。

其實瑪雅阿姨待我不薄，她為我添購了許多實用與不實用的生活必需品，諸如英式茶具、鋼製刀叉和那雙粉紅色藺草拖鞋。別誤會，藺草的香味很好，編成拖鞋後踩在腳底下冰涼舒爽，絕對是台灣夏天的必備物品。只是我懷疑阿姨對我的刻板印象還停留在照片中穿著粉色蕾絲嬰兒服的甜美女娃，不然拖鞋上的粉紅花邊是怎麼回事？

阿姨缺乏和青少年的相處經驗，陌生再加上過度保護，導致我從此喪失使用網路接觸外界的自由。對了，自從我搬進巷尾這幢屋頂長滿藤蔓的水泥房子後，阿姨連屋內唯一的電視都拆了。阿姨將來自現實社會所有的負面訊息排拒在外，對於家人的死亡，我們也選擇避而不談。

我走向窗邊用力扯上窗簾，然後把書包甩到床上，騰騰怒氣將書包炸得開花，書本瞬間散落滿床。我懊悔地走向床邊，從一堆寫滿艱澀文字的課本中翻出我從英國帶來的故事書，珍惜地將書皮貼近臉頰，這本書的紙張有股類似果醋的特殊氣味，我讓酸味在鼻腔中延展，直到心情平復，才小心翼翼地把書塞進枕頭下。

冷靜下來後我穿戴好休閒服和橡膠手套，決定暫時不向阿姨追究窗簾的問題，今天我必須乖巧懂事守本分，但願我的要求能獲得允許，她需要一副好心情，而我需要一個好時機。

我離開屋子轉往後山，穿越了森林裡百餘公尺日積月累踐踏而成的小徑，踩在潮溼泥土上的每一步都小心翼翼，這才抵達阿姨在山坳裡開闢的菜園。阿姨的有機蔬菜生意行之有年，有別於一般山區農民被盤商層層剝削的困窘，阿姨採取絕對自然的耕作方式，使用無基因改造的苗種和天然有機肥料，除蟲藥是自製的辣椒噴劑，灌溉的水源也是山上引流而下的泉水。

堅守原則讓她獲得傲人成績，好幾間健康訴求的高級餐廳都是阿姨的固定客戶，口耳相傳下，不少有錢人也一試成主顧，有機蔬菜經常供不應求。此外，阿姨也將賣相不佳的蔬菜無償供應給教會神父，作為對上帝的奉獻。

抵達菜園入口時，阿姨正蹲踞在遠處的高麗菜田中央除草，我逕自提起水桶走至香草園澆水，阿姨去年闢出一塊八坪左右的土地給我，於是我挑選了左手香、肉桂、蓍草、明日葉、洋甘菊、綠薄荷、羅勒和百里香的種子埋下，八類植物、四畦田地，我定期幫植物除草、施肥，偶爾也對著它們說話。在悉心照料下，香草園一點也沒有讓我失望，每一株植物都朝氣蓬勃、努力向上生長。

我能夠辨識方圓十公尺內所有植物的氣味。靈敏嗅覺是母親饋贈的厚禮，站在香草園中間，我聞到雨後清涼有勁的綠薄荷、略帶澀味的明日葉以及左手香那類似檸檬的芬芳香氣。有時候我真希望自己的鼻子沒那麼好，因為也我能清楚聞見微風送來的有機肥料的味道，好濃郁。

最近百里香的花期到了，枝條叢生間可見朵朵紫色花苞探頭探腦，個子雖小卻不落人後。附近的野貓十分鐘情於百里香的滋味，常常偷溜進來將那些嬌柔可愛的葉片啃得亂七八糟。

我稍微修剪過百里香的枝葉，順道朝阿姨的方向瞥了一眼，盤算起如何開口提及去石門大壩替布魯斯慶生的事。布魯斯的生日快到了，他什麼禮物也不要，非得拉我去觀賞水庫洩洪才行。起先我覺得挑戰阿姨的底線很麻煩，但經不住布魯斯再三遊說，加上我從沒看過洩洪，在山上悶久了倒也懷念起住在海邊時的浪花飛濺。布魯斯想去、我也想去，眼下唯一的難題是阿姨從不允許我離開鎮上。

這時阿姨站起身子，一臉疲憊地甩甩手、揉揉肩頭，見到她辛勤忙碌的身影，我的要求又給吞下了肚，對出遊的渴望隨之搖擺忐忑，畢竟自我搬來同住後，阿姨也忍受了不少族人的言語奚落。

阿姨再度蹲了下來，我們持續安靜地埋首工作，直到夕陽拖長的裙擺漸行漸遠，天空鋪上一層靛藍的長毯，迎接皎潔的銀白月色。

「小敏，回去了吧？」

「好。」

阿姨朝我走來，手上拎著晚餐後要送去教堂的蔬菜，我接過袋子，跟在阿姨後方沿原路返家。

晚飯照例由我和阿姨分工合作，我們已經練就在狹窄的廚房中的搭配默契，只要我的目光掃過流理台上的備料，阿姨腦中的菜單立刻瞭然於心。我在砧板上切切剁剁的同時，阿姨的爐火也已熊熊燃燒，一道道料理於焉陸續完成。

我們餐桌上的菜色多半來自家中菜園，今晚有涼拌秋葵、清炒地瓜葉和小黃瓜拌炒豬肉絲，主食則是白米飯。

「今天在學校還好嗎？」阿姨坐在餐桌對面，扒了一口飯問道。

「還可以。」我將叉子上的食物送入口中。

「功課還跟得上吧？老師說妳這學期的成績有比上學期進步了？」她又問。

我點頭表示回應。

「班上同學對妳還好吧？」她偷偷瞄我。「除了布魯斯以外，最近有和誰玩在一起嗎？」

我聳肩表示不置可否。

阿姨似乎非常擔心我的人際關係，她常常鼓勵我和同齡的女生出去，這點讓我十分困擾。我不是個善於交際的人，也從不覺得交朋友該多多益善，事實上，光布魯斯一個朋友就夠我忙碌的了。

為了制止阿姨那沒完沒了的關切眼神，我乾脆轉移話題：「阿姨，妳今天有進我房間嗎？」

「是啊，我拿折好的衣服進去。」她說。

「謝謝。下次進我房間的時候，麻煩也把窗簾拉上。」我說。

「妳房間的空氣好悶，我打開窗戶是想讓室內空氣流通。」她仔細端詳我的表情，「怎麼？還是會害怕晚霞的光影嗎？」

「只是嚇了一跳。」我說。

「我忘了在哪裡看過一篇報導，上面說戰勝恐懼的最好方法就是面對恐懼，或許妳可以練習不去在意晚霞的顏色？或者也可以試試看主動對班上同學釋出善意？拓展社交圈對妳有好處。」她試探道。

我嘆口氣，看來阿姨是不打算結束這個話題了，既然如此，我決定趁此機會提出去看洩洪的要求。

「阿姨，明天石門水庫洩洪，我想和朋友一起去看。」我刻意輕描淡寫地說。

「太危險了！不行。」阿姨斷然拒絕。

「哪裡危險？水庫肯定有嚴格的安全管制，不會讓遊客太靠近的。」我納悶道。

「下山到石門水庫起碼要坐半小時的車，萬一路上發生危險怎麼辦？」阿姨猛搖頭。

「只是半小時而已，去教堂送蔬菜來回一趟也差不多半小時。我是要和布魯斯一塊兒去，我們都不是小孩子了，自己會注意行車安全的。」我強調。

「小敏，我不喜歡妳任意離開鎮上，山上有祖靈的庇護，下山就脫離祖靈的管轄範圍了。而且我昨晚做了一個很不好的夢，這是壞兆頭，最近妳和我都該小心點。」她的態度異常堅決。

「天哪，不過就是做夢而已。」

「千萬不可以忽視夢境，夢境就是祖靈的提醒！妳外婆、妳外婆的外婆都是我們族裡的巫婆，當初妳外婆夢見一個蛋裡孵出一條雙頭小蛇，結果妳媽隔天就打電話回來說懷上了雙胞胎呢！」

「怎麼不說是連體嬰呢？」我挖苦道。以夢境作為阻止的理由實在太薄弱。

「我以自己的特殊血統為傲，妳也應該一樣。」阿姨丟來譴責的眼神。

「妳不是要我多和朋友相處嗎？現在朋友找我出去妳又不准！」我皺眉。

阿姨氣得扔下筷子，瞪著我說：「妳不要拿我說的話來頂嘴，祖靈說前面有危險，妳還拼了命的往前跑，這跟妳媽有什麼兩樣？當初妳外婆勸妳媽不要去英國讀書，結果她非去不可，後來連命都送掉了！」

阿姨話中強烈的暗示和偏見像是狠狠甩了我一耳光，瞬間令我火冒三丈，埋藏心底的怨言一併迸發。

「不要把我媽扯進來，要不是妳硬把我帶走，我根本不會丟下我的家人，現在也不會活得那麼辛苦了！」我任憑憤怒脫口而出。

阿姨訝然，呆了半晌後僵硬地吐出幾個字：「反正，我不准妳離開家門一步！就是這樣！」

「這裡又不是我家！」我倏地起身，在悔恨到來前扭頭就走。

這房子、這小鎮、這國家通通都不是我的家。我有家嗎？就算曾經有，也早就隨同墳土下的家人灰飛煙滅了。

太陽下山的時候調低了這片穹蒼之下的亮度和熱度，現在天色暗了、溫度也降了下來，盞盞街燈兀自佇立，以有氣無力的光芒照映腳下的土地。忘記穿外套的懊悔比對阿姨的抱歉更早找上門來，樹影婆娑，雨後的晚風強勁且帶著甜味，但我卻懷念起利物浦港口邊海水的鹹味。

我渾身哆嗦，執拗地咬緊牙關提了蔬菜袋子往教堂走，一路上經過的每家每戶都很快樂，孩子滿屋亂跑、父母高聲談笑，隔著窗子就能聽見。我胡亂地搓揉著眼睛，將閃爍的妒意拭去。

天哪，我想念利物浦，想念唾手可得的星巴克咖啡和蘋果零售店，還有我的家人。

我絕少想起他們過世的那個晚上，只要有某道足以勾起回憶的影子閃過，我便會立刻將之從腦海抹除。

可是我經常回想起早些的童年時光，當我和奧利佛還沒覺察彼此分屬不同性別，只知道當別的孩子取笑我們是複製品時一起拿石頭扔對方，然後手拉著手迅速逃跑。那時候無論何時何地，我們姊弟倆就像是彼此亦步亦趨的影子。

我和奧利佛大概是史上最相像的異卵雙胞胎了。同樣擁有一頭在烈日下閃爍金光的淺褐色細髮，以及來自父親的白皙皮膚和母親的亮棕色眼睛，朝夕相處下讓我們連幾個表情和小動作都一模一樣，簡直就是在照鏡子。

長相雖然極為相似，我們的個性卻南轅北轍，奧利佛擁有身為小弟的純真，凡事也比較看得開。我的想法龐雜、性格難纏，就連約定好離開母親子宮的時間也搶著先出來。

有個可愛的弟弟真好啊，不是嗎？如果能再加上一對溫和慈愛的父母就更不錯了。沿途這些人家應該都有完整的家庭吧，八成還養了條忠實的狗呢。

我踩著自己在柏油路上的倒影慢吞吞地走著，決心將這段路程拖得愈久愈好，才能延後返家的時間。可惜事與願違，我和自己影子的私密對話才聊到一半，理查神父的教堂便近在眼前。

猶記得初見這棟方正樸素的建築物時我著實吃了一驚，我當然沒有無知到以為世上所有教堂都和利物浦主教座堂一樣壯觀宏偉，但除了大門漆上紅色十字架，復興教會根本猜不出是間教堂。

外牆的白漆在日曬雨淋下褪為斑駁骯髒、深淺不一的灰色，讓人難以想像它曾經潔白如新，牆腳的油漆更是掉得厲害，讓牆壁像是羞於裸露裡層的紅磚、趕忙拉起墨綠色的苔蘚掩蓋。

理查神父本人倒是從無抱怨，也沒打算費力修葺寒酸的門面。也不知道是泰然自若的心性將他帶到了山裡、還是山裡的生活造就了他的心性，總之，卸下了外表那層外國人的皮，神父擁有一顆山區原住民自由自在的心。日子久了以後，對大伙兒來說，神父佈滿皺紋的笑容就像鄰居攤在路邊曝曬的菜乾一樣毫無違和。

我按了門鈴靜靜等候，不到兩分鐘，教堂門後探出一雙匯集了歲月褶痕的聰慧雙眼。

「是小敏啊！」神父敞開大門。

「理查神父，我送蔬菜過來。今天有高麗菜、菠菜和小黃瓜喔，我還摘了一把新鮮的薄荷，讓你泡茶喝。」我晃了晃手上的袋子。

「謝謝，妳真好心。讓我先把東西拿進去。」神父接過沉甸甸的蔬菜，步履蹣跚地往室內移動。

我不知道理查神父何時抵達台灣，但我記得他背脊挺直、髮線也還堅守崗位的模樣。童心未泯的神父是個老好人，他向阿姨提出陪我練習中文的建議，雖然發音不比從小跟著母親學中文的我好到哪裡去，但他的友誼確實成為支撐我的一股動力。說到這個，神父還曾因對自己的發音過度自信鬧了個大笑話。

有一次，村長說「今年的豐年祭穿便服，裝扮到現場再換就好。」神父竟聽成「穿蝙蝠裝到現場」，於是興致勃勃地租來一整套蝙蝠俠的道具服。結果就是當鎮民穿著傳統服飾唱歌跳舞時，神父就像走錯攝影棚的演員，在豐年祭裡開起個人的化妝舞會，這件趣聞每年都會再被拿出來取笑一次。

「呼，那袋子還挺重的呢！」神父回到門前，手上多了件薄外套。「我的外套雖然破舊又不合身，但多少還能擋點冷風，妳先穿回去，下次再還我就好。」

「我不冷，謝謝。」我婉拒。

「穿著吧，別嘴硬，看妳的手臂都起雞皮疙瘩了。」神父跨出門外替我披上外套，街頭昏暗的光線讓他的臉分外慘白。

「你的臉色有點蒼白。」我說。我還注意到他方才提著袋子進屋時氣喘如牛。

「沒問題，不過就是年紀大了，看看我的頭頂，原本就稀疏的頭髮幾乎都開溜了哪，要是我啤酒肚上的肥油也跑得一樣快就好了。倒是妳，今天發生什麼事了？平常來找我的時候都開開心心的，怎麼今晚苦著一張臉呢？」神父關心地問。

「沒事啊。」我勉強拉開嘴角。

「這樣啊，沒事就好。我也沒啥大事，再說最近教會為了體恤神職人員特別寄了維他命來，吃了以後精神百倍、記性也變好了，好像重新回到二十幾歲呢！我猜我的頭髮馬上就要長出來了。」神父摸摸光亮的頭頂，笑呵呵地說。

我挑眉道：「希望如此，請您多保重身體，一定要健健康康、長命百歲喔。」

「妳是個成熟體貼的好孩子，不要擔心我，上帝說我來日方長呢。剛才鄰居太太送了醃桃子來，要不要進來吃顆味美多汁的桃子啊？我們可以聊聊學校的近況，妳最近有沒有跟同學吵架啊？」神父問。

「不了。」我不自在地擺擺手。「你知道的，我不喜歡進教堂。」

「是啊，我記得，可是年邁的老頭子除了講經佈道，偶爾也希望能有年輕小姐陪我聊聊天嘛。」神父哈哈大笑。

「以後吧，今天我該回去了。」

我禮貌性地擁抱面前這位可敬的長輩，然後轉身離去。

「記得，教堂的門永遠為妳而開。」神父的叮嚀在背後響起。

我回眸，對他報以真摯燦爛的笑容。

回程途中，我被埋伏在電線杆後一躍而出的布魯斯嚇得放聲尖叫。

「幹嘛啦！要是我被你嚇得心臟病發怎麼辦？」我說。

「那我就替妳做人工呼吸啊！」他潔白的牙齒在黑暗中閃閃發亮。

「省省吧。」我翻了個白眼。

「哎唷，有人火氣很大喔，誰又惹妳不高興了？要不要去湖邊散散心？」

夜幕隱匿了他的身影，卻無法掩飾我的神色。不愧是好朋友，布魯斯一眼識破我的表情。

布魯斯和我同班，雖然年紀相當，這傢伙卻整整高出我兩個頭。他和其他山裡長大的孩子有共同的特徵：泉水般的澄澈雙眼、山稜般的立體五官和猴子般的靈活身手，但是他的遼闊心胸超越鎮上所有男孩、有復興的整片天空那麼寬大，足以容納一個遠道而來外地女孩的傷悲。

「你作業都寫完了？」我問。

「當然沒有。」他拱起結實的二頭肌，「山裡的男人應該要打獵，不是坐在桌子前面寫作業！」

我啼笑皆非地斜睨他：「那考試呢？」

「要是我成績太好，誰來幫妳墊底呢？」布魯斯訕笑。我氣得捶他一拳。

布魯斯左手接下我的拳頭、右手順勢拍上我的後腦杓，接著又像變魔術般從口袋裡掏出一條巧克力。「走啦，去湖邊看螢火蟲，我連妳的點心都準備好了。」

由於晚餐只吃了幾口，此時的我飢腸轆轆，於是撕開包裝紙不客氣地咀嚼起來：「又從雜貨店裡偷拿東西？」

「什麼偷拿？店是我家開的，我是光明正大的拿，而且不管拿什麼我媽通通知道。」他說。

「是啊，等關店盤點的時候就會知道，然後你就要遭殃了。」我搖搖頭。

我邊啃著巧克力邊往前走，公園裡的木棧道既窄且暗，布魯斯提著手電筒，不時提醒我注意腳下濕滑的枕木。他腳上拖鞋啪噠啪噠的腳步聲是最有效的偵測雷達，草叢裡的昆蟲紛紛逃開，青蛙也壓低音量，靜候我們通過。

等到消滅最後一口布魯斯帶給我的戰利品時，我們倆也走到公園的湖邊了。此刻的湖面一片漆黑，我依然嗅出隱藏在早開的梔子花香裡、睡蓮和菖蒲清新的香味。微風拂面而過，遠處飄來竹子的清香和樟木特有的清涼氣味，如果能有一支萃取山林氣息的香氛，我一定會成為死忠的愛用者。

布魯斯關掉手電筒，暗夜裡立刻點燃了盞盞螢火，數以百計的螢光綠一明一滅，在樹影婆娑與蛙鳴中輕鬆自若地跳起慢舞。四月是螢火蟲交配的季節，山裡缺乏光害的湖畔就像是大自然的三百六十度超立體電影院，我們有幸在此欣賞螢火蟲演出的黑光劇，而且還是搖滾區。

十多分鐘後，我猛然想起一件重要的事。我對布魯斯說：「快，手機借我一下。」

「沒水準欸，我特地帶妳來看螢火蟲，結果妳卻要看手機？」

「我阿姨家不能上網嘛，這樣都收不到英國朋友的電子郵件耶。」我搶過手機，飛快地按壓鍵盤。

「妳那麼孤僻，我還不曉得原來妳在英國有朋友哩。」布魯斯嘀咕了兩句，在一旁無聊地哼起歌來。

登入信箱後我逐封檢查郵件，卻失望地發現刪除所有廣告信函只剩下空蕩蕩的收件匣。其實我期待的並非來自老友的問候，而是我的google訂閱，我設定了幾組關鍵字追蹤家人死亡的後續新聞，可惜截至目前為止毫無斬獲，殘殺我父母與弟弟的兇手依然逍遙法外。

目前，我唯一擁有的資料是一張簡短描述該新聞事件的剪報，也是後來偷偷從網路上存取列印的，現在就夾在我的故事書封底裡。

離開英國時我孑然一身，空蕩蕩的背包裡除了皮夾、就只剩那本薄薄的故事書了。那可不是外面隨便買得到的普通故事書，那是我父親一筆一劃親自謄寫裝訂的手工書，裡頭寫的是我小時候常聽的床邊故事「賣空氣的小販」和「傑克與魔豆」。因為太喜歡了，我幾乎天天放在背包裡隨身攜帶。

「對了，明天下午三點出發去看洩洪喔。」布魯斯提醒。

「我不確定能不能去。」我躊躇道。

「為什麼？不去很可惜耶，我求了好久，我爸終於同意把機車借我。」布魯斯哀號。

「你也知道的，我阿姨設立的門禁森嚴。」

「那就不要跟瑪雅阿姨說，我們偷偷溜去，反正頂多一兩個小時就回來。」

「啥？我阿姨又不是笨蛋，消失兩個小時肯定會被她發現，到時候她第一個就去你家找人。要是你媽知道我們未經同意溜出去玩，八成會狠狠修理你一頓。」

「我沒關係，反正被揍習慣了。」布魯斯淘氣地吐舌。「怎麼樣？有收到信嗎？」

我搖搖頭，刪除網頁的瀏覽歷程後把手機還給他。

「別不開心嘛，我發現一個很好玩的測驗喔，可以測出妳的個性像哪一個童話故事裡的人物耶！」他登入Facebook帳號，點選其中一個遊戲程式。

「無聊，那種心裡測驗都是騙人的啦！」

「你精力充沛、喜歡冒險犯難的生活，為人正直豪爽，就像神燈故事裡的阿拉丁一樣。看，我的測驗結果是阿拉丁耶，妳也玩玩看嘛！」

「不要，好麻煩喔。」

「就知道妳懶，我連Facebook帳號都幫妳申請好了，妳的帳號身分叫作綠手指。」他把手機塞到我懷裡。

我大驚失色：「知不知道什麼叫做隱私權？誰讓你胡亂幫我申請帳號了？」

「幹嘛那麼敏感？來，綠小姐，試試看嘛。」布魯斯嘻皮笑臉地說。

我板起臉孔瞪他、他卻還在傻笑。布魯斯就是這樣，臉皮厚度和溫和脾氣同樣不可思議，拗不過布魯斯的再三央求，我只好無奈地勉強玩起遊戲。

「第一題，妳最大的缺點是什麼？貪心、自大、嫉妒別人、懶散、愛吃、愛生氣、性慾旺盛？這什麼鬼問題啊！」

「哈哈哈，這有什麼好考慮的，當然是懶散啊，沒有我在後面推你一把，你做什麼事情都提不起勁。」布魯斯搶先點選螢幕。

我翻了個白眼，繼續唸道：「下列哪種才藝妳最擅長？音樂、武術、廚藝、時尚游泳、園藝、睡覺？搞什麼，睡覺也能算是一種才藝？」

「這個，妳最厲害的應該算是園藝吧？妳不管種什麼東西都長得很好，就連吃剩的果核隨便丟進土裡也能發芽，不像我種什麼死什麼。」

「可是我也很會睡覺啊，如果我想的話，我也很能生氣的，要不要我現場表演給你看？」

就在我和布魯斯爭論不休時，全世界我最不想聽見的聲音出現了：是我在班上的死對頭譽娜。我們的交惡起始於我獨自站在教室講台上，遲疑、侷促、笨拙地向全班同學自我介紹那時。我的混血兒臉孔和纖細體格明顯與大家不同，班上男生的好奇眼神像是能透視我制服的X光，女生的嫌惡目光則像是把把尖刀，其中又以譽娜的最為銳利。

「快看看那是誰，原來是吸血鬼和她的男朋友哪！」譽娜帶著她的跟班走近，聲音裡充滿對狹路相逢表現出的沾沾自喜。

「妳不要亂說話！」布魯斯板起臉孔。

「難道不是嗎？看她的皮膚白得像鬼、身材瘦跟竹竿一樣，聽說她爸爸那邊是好幾千年歷史的英國古老家族，搞不好就是吸血鬼哩！布魯斯，你乾脆讓她咬一口看看，反正你整天黏著她，不就是想要和她長相廝守嗎？」譽娜酸溜溜地說。

就像是電影院裡後座的人不斷踢著椅腳，我一分一秒都不想繼續呆下去。換作平常時候，或許我會練練中文反唇相譏，可是今天我已經惹毛這世上僅存的親人了，沒必要算讓阿姨那莫須有的操心清單再錦上添花。

「有本事妳針對我就好，不要找布魯斯麻煩。」我冷淡地說。

「心疼啦？我一直以為是布魯斯單戀妳，原來妳對他也有意思。妳們剛剛在黑漆漆的公園裡幹嘛，我是不是壞了妳們的好事？咦，妳身上不正套著男生的外套嗎？」譽娜冷笑，她的跟班跟著鼓譟起來。

「譽娜，你平常在學校裡胡說八道我都懶得跟你計較，可是我不允許你污蔑小敏的人格！」

布魯斯氣急敗壞道。

「布魯斯，我們走吧。」我拖著他離開現場，將那些曖昧的笑鬧聲拋諸腦後。「譽娜就是愛無理取鬧，她就是想要激怒我們，沒必要讓她稱心如意。」

「那個，」布魯斯紅著臉結巴解釋，「妳千萬不要相信譽娜的話，我可沒有單戀妳喔，譽娜絕對是因為不能忍受轉學生搶走她的鋒頭，才故意招惹妳的。」

「我知道啦，你是我的好哥兒們啊，我們要一直這樣下去喔。」我拍拍他。

「當然。」布魯斯立刻回答，我則假裝沒有看見他眼中的黯然。

回到家時，客廳裡只見一盞燈、一本帳冊和一個對著計算機發脾氣的女人。

阿姨坐在客廳茶几前記帳，看也不看我一眼，只顧著把計算機敲得有如擊鼓般響亮。阿姨蒸騰的怒氣令我口乾舌燥，我只好悶不吭聲地跨過地板上的瘦長投影、越過她的眼尾餘光，直接進浴室洗澡然後躲回房內。

彎腰收拾好散亂的書本後，我躺上床，蜷縮在柔軟的被窩裡發呆，恍惚中依稀嗅到聖約翰草帶著微微酸味的氣息。聖約翰草，可以緩解憂鬱、治療失眠，傳說有抵禦巫術和避邪的作用，又被稱作天然的百憂解。味道來自被我塞入枕下的故事書。

我取出以聞香紙訂製而成的書本，就是這個令人安心的氣味與父親朗誦床邊故事的低沉嗓音，在遙遠的記憶中夜夜守護著我和奧利佛，伴我們進入夢鄉。

我的手指撫過暗紅色的封面和裝訂皮線，輕輕翻開了第一頁……

傑克與豌豆

很久很久以前，在遙遠的天際線彼端、靠近最低的那朵雲層的山腳下，住了一個寡婦和她的兒子傑克。母子倆有一頭產量豐盛的大乳牛，靠著乳牛擠出的乳汁所製作的牛奶和乳酪，她們的生活還算過得去。可是日子久了，每天喝牛奶吃乳酪、加上少許販賣乳製品得到的麵包蔬菜，寡婦對一成不變的餐桌開始感到厭煩，對肉類的渴望則與日俱增。

寡婦不願意增加工作量，於是打起乳牛的主意。是要殺了牛吃呢？還是賣了牛買豬肉呢？她盤算了一下，認為賣牛的錢可以買下全市集最肥的豬來解饞，說不定還能買兩隻，於是囑咐傑克把乳牛牽去市場賣了。

傑克牽了乳牛往市區走，途中碰到一個打扮怪異的外地人，外地人把傑克攔了下來，提議買下那頭大乳牛。

「我有五顆豆子，讓我用豆子跟你換乳牛吧！」外地人提議。

「不行，媽媽交代我要用賣牛的錢買豬。」傑克說。

「小兄弟，偷偷告訴你，我這五顆豆子可不是普通的豆子，而是讓你心想事成的魔豆！」外地人湊到傑克耳朵旁，神祕兮兮地說。

「魔豆？」外地人的話引起傑克的興趣，好奇心驅使下，傑克決定答應這筆交易，他很想知道魔豆究竟如何能讓人心想事成。

可惜傑克的母親並不這麼想，當他發現傑克帶回家的不是肥嫩的豬肉、而是五粒瘦巴巴不起眼的豆子時，氣得揪著兒子的耳朵大罵：「我叫你把乳牛賣掉，換幾塊像樣的豬肉回來煮頓好的，結果你換了幾粒破豆子回來？這些豆子還不夠我們煮粥吃呢！」

「可是那個人說這是魔豆，可以讓我們心想事成！」傑克辯駁。

「什麼魔豆？難道它能長成一棵大樹，讓我爬上天堂向天使要吃的嗎？」母親一怒之下順手抓起一粒豆子便扔出窗外。「你真是個傻瓜，今天晚上你就餓肚子吧！」

這一夜，傑克空著肚子入睡，沒想到隔天早上他一醒來，竟發現屋外出現了一棵高聳入雲、直達天際的巨大藤蔓……

我逐字逐句輕聲念著故事，頓覺喉頭滿是苦澀。

我長大了、會認字了、能夠自己念書了，可是我不想長大，我只想要回到從前。

也許我該由衷感激瑪雅阿姨的收留，養育一個青少年並非易事，是那雙因為農忙而粗糙的雙手為我遮風擋雨。可是，也是那雙相同的手，在我父母與弟弟被壞人綁架時用盡氣力掩蓋我的悲鳴、箝制我的掙扎，讓我眼睜睜看著家人步向死亡，成為倖存的罪人。

有時候我會忿恨地想，要是母親沒有邀請阿姨到利物浦玩、要是我沒有自願擔任阿姨的嚮導、要是奧利佛沒有感冒臥病在家……一切都會不一樣。

我日夜心懷歉疚，警察到的不夠快，我為什麼沒能幫我家人多拖延個幾分鐘？

神父和布魯斯曾試著和我談論那晚發生的事，卻都被我嚴正拒絕。我並不需要長輩的開導或朋友的安慰，也不相信大哭一場會釋放情緒、或時間能夠沖淡感傷之類的鬼話。

「我能理解。」、「哭出來吧，哭過以後會比較好。」、「別擔心，我會陪在妳身邊。」……

悼慰之詞如蒼蠅在耳邊嗡嗡縈繞，既嘈雜又無用，久了還會反感。並非我不知好歹，而是除非親身經歷，否則我真的不認為外人能夠理解失親之痛。

所以我只相信自己。我要正義。

我發誓，我將不惜一切揪出殺害家人的兇手、然後把他們丟進牢裡直到腐爛，報仇的信念是支撐我活下去的動力。

阿姨當時的判斷是錯的，時間沒能讓她累積智慧、卻讓我增加了見識，而我不要再任人摀著嘴巴、縛著手腳了。

去他的預知夢。明天水庫洩洪我非去不可。

茉莉（學名：Jasminum sambac）

茉莉花芳香宜人，自古以來就是製作香油和香水的原料，也是香茶的賦香材料。花朵理氣、解鬱，經蒸餾後可得茉莉花露，供製茶種香料及製茶用，根部則有麻醉、止痛之效，葉片則清熱、利濕。

第二章

雨水掩蓋了所有氣味：車輛排氣管的煙硝味、山上林木的清香氣味、以及排水溝潮溼的腐味。

布魯斯借了他爸爸那輛車齡十年的摩托車，車身的銀白塗漆早已磨損掉色，座椅上的人造皮革也破了幾處，內墊泡綿和主人一樣大方，從粗獷的縫線下探頭說哈囉。不過外觀體面與否不重要，這輛車的零件保養得宜，在行經每個過彎和水窪處都表現穩定。我不知道布魯斯費了多大的勁才讓他爸點頭答應，也許半打米酒？反正結果是好的，現在摩托車護送我們前往水庫，簡直像茫茫大海中乘風破浪的救生筏。

「你爸真的有同意借車嗎？該不會是你搶了車鑰匙就跑吧？」我湊上前問道。

「我哪敢搶他鑰匙？真的是我爸答應要借的。」布魯斯說。

「你確定？平常你爸頂多讓你借了車在鎮上跑腿，從來不放心你騎車下山的，實在很可疑喔。」我斜睨他。

「妳一個女孩子家，那麼精明幹嘛啦！」布魯斯竊笑。

「我問你，你開口借車的時候，你爸是清醒的還是喝醉了？」我問。

「我昨天晚上趁他心情好的時候問的啊，結果他醉到今天下午都還沒醒呢！」布魯斯大笑起來。

我啞然失笑，順手敲了布魯斯的安全帽一下，他更是縮起脖子笑個不停，這男孩的樂天與不羈果然是其來有自。雨絲隨風灑落臉龐，我的心情也似洗滌過般清爽。

雨水有種神奇的魔力，像簾幕，讓人身在群體中卻遺世獨立。布魯斯和我穿戴著半罩式安全帽和塑膠雨衣，安靜地享受這趟雨中既喧鬧又安靜的騎乘，迎面而來的雨滴像是一連串冰涼的親吻，落在我的帽沿、髮稍和臉頰上，最後在雨衣的褶痕裡匯成涓涓細流。我們持續向前挺進，身上的雨衣比主人更加精神抖擻，在勁風拉扯下如昂然的披風。

摩托車沿著山路蜿蜒而下，舉目所及皆沐浴在迷濛春雨中，雨水的味道佔領了整個世界。雨水擁有自己獨特的氣息，那是一種帶有泥土芬芳的濕潤氣味，我喜歡四月陰鬱的色彩、以及雷雨洗刷過後萬物的宛若新生。若有一支名為「春日雷雨」的香氛，我想前味會是溫暖的漂流木、中味是馥郁的晨露、後味則是清新的綠草。

也許是天候的關係，今天一路上的行車稀稀落落，所以當後方傳來引擎沉重的嘶吼時格外引人注意。隨著隆隆車聲愈來愈接近，一隊重型機車輕易地跟上我們，毫不遲疑地衝入壞天氣裡，騎士們穿著線條俐落的防摔衣和雨靴在雨中奔馳，如閃電劃過天際。重型機車一輛接著一輛超越了我們，車隊中最後的是紅白相間的DUCATI，駕駛的男子頭戴紅色安全帽、身穿白底紅色條紋的套裝，經過時還轉頭瞄了我們一眼。

車隊逆風疾行，我瑟縮在飄動的雨衣內望著車隊呼嘯而過，直到DUCATI的尾燈消失在視線範圍內，而周遭街景再度恢復為倒退的跑馬畫面。

我們到的時間剛剛好，雨停了，連日的豐沛雨量讓水庫寬鬆的容量緊繃，於是選在這個春光明媚的午後釋放壓力。停好車後，布魯斯與我並肩穿越草坪，在平面導覽圖前稍事逗留，接著走向水庫的蓄水池，池畔已經有不少和我們一樣全副武裝：穿著雨衣和涼鞋的遊客攀附在圍欄邊緣，引頸企盼領受洩洪的洗禮。

水庫洩洪一點兒都沒讓我失望，有看過洪水如衝刺的賽馬嗎？如同馬蹄揚起了灰塵，洶湧波濤踏著黃濁的泥水，爭先恐後從二百五十公尺、相當於八十三層樓高的壩頂傾泄而下，溢洪道前濺起幾乎等高的水幕，彷彿海嘯撲天蓋地而來。

太陽從雲層後方露臉，水花在陽光照映下不斷變化色彩，猶如彼此追逐的小小彩虹，這是一場大腸桿菌超標的露天派對，可是沒有人在乎水質乾不乾淨，大家都興奮極了，歡呼與尖叫聲不絕於耳，漫天水霧就是閃耀的霓虹燈。

「很刺激，對吧？」布魯斯滿臉笑意。

「對，幸好最後決定跟你一起來了。」我側過身子，避免水珠溜進嘴裡。「比伊瓜蘇瀑布和尼加拉瀑布還棒。」

「什麼？」

「就是世界前幾大的瀑布，不知道也沒關係，這個比較厲害。」我豎起大拇指。

布魯斯是個好朋友，而且是那種願意為友情赴湯蹈火的超級好朋友，但偶爾，我們之間那種超越語言的歧異還是會明顯得難以忽略，這時候讓我特別懷念奧利佛，我聰慧敏銳、命不該絕的弟弟。

如果奧利佛也能看到水庫洩洪就好了。附近有幾個年幼的孩子在水花中奔跑嬉戲，不一會兒又跳進水窪裡踢著水玩，幾張小臉洋溢著燦爛笑容，那純真的表情如此熟悉，簡直和奧利佛一模一樣。

我的視線隨著小朋友們移動，忽然，在十多公尺遠的地方，一抹紅色引起了我的注意，是剛才重機車隊押車的那位騎士。紅色騎士依然戴著安全帽，全罩式的黑色鏡片遮掩了他的面容、倒映出高聳的水幕。

混在大批遊客裡的他看起來明顯格格不入，當所有人都倚著欄杆面向朝洩洪道，唯獨全副武裝的紅色騎士自始至終朝我們的方向凝望。

詭異。起先我以為是自己看錯了，於是我做了一個實驗。幾分鐘內，每當我轉頭，都會看見紅色騎士維持固定姿勢，紅色安全帽上的黑色鏡片直勾勾地盯著我，那充滿惡意的窺視令人不寒而慄。

我認識他嗎？應該不會，自我搬到台灣後交往的朋友屈指可數，印象中沒有身材修長、愛騎重型機車的人士，我目測那傢伙的身高應該有一百八十公分。

一個不認識的人猛盯著我瞧幹嘛？是因為我的長相特殊嗎？大家都說我的混血臉孔精緻美

麗，但是我自己知道，在每個人都漂亮得像是盛開向日葵的山區部落裡，一朵幽谷水仙是因為難得才顯得珍貴。所以紅色騎士肯定不是因為我的美貌而失神。

那會不會是瑪雅阿姨認識的人？也許某個人知道我偷溜下山，打算抓住我的小辮子、好向阿姨打小報告？

「布魯斯……」我不安地拉扯他的衣角。

「等等。」布魯斯的手機響起，示意我先等一下。「喂？」

我旋身躲入布魯斯身後，靠比我高眺的身材作為掩護，之後再次瞥向紅色騎士的方位，心裡暗暗祈禱一切只是錯覺。

剎那間，對方有了動作。騎士將安全帽的黑色鏡片掀起，露出一雙在台灣十分罕見的藍色眼睛！

湛藍色的瞳孔透出深沉的氣息，如廣闊海洋倒映出的清朗藍天。那股淡漠的藍讓我不禁聯想起某個人，某個帶著噩耗前來、又扔下謊言離去的人。呸，我甚至不願提起他的名字。

「布魯斯！你快轉頭看那個人！」我更用力扯他。

「小敏，」布魯斯掛上電話時一臉震驚，結巴地開口道：「我們現在得立刻回去，出事了！」

「到底怎麼回事？」我焦急地問。

同樣一條路，回程竟比來時漫長得多，布魯斯不停催促油門，路程依然進展緩慢。

「那通電話是我媽打來的，她說理查神父死了。」布魯斯眉頭緊蹙。

「怎麼會？昨天我去的時候神父還好好的啊！」我驚叫。

「可是剛剛有匿名人士報警，而且……」布魯斯的喉頭乾澀，「而且警察到的時候，發現瑪雅阿姨也在現場，她說自己是去送蔬菜的，可是警方好像認定瑪雅阿姨是現行犯，所以逮捕她了。」

「什麼？」我詫異地瞪大雙眼。

「大家都知道平常是妳去送蔬菜，而且都挑晚飯過後的時間，所以瑪雅阿姨下午去教堂很奇怪啊。另外還有警察沿街詢問鄰居，想知道這兩天有誰找過神父。」布魯斯回頭瞄了我一眼，「小敏，我媽說警察好像也在找妳。」

風自耳邊呼嘯而過，和布魯斯的聲音融合成一團模糊的嗡嗡鳴響。我的大腦似乎停擺了，所以張口結舌說不出話。我剛剛究竟聽到了什麼？為什麼布魯斯的每個咬字都如此清晰，結合成語句時卻令人費解？

布魯斯擔憂地說：「妳還好嗎？別怕，我們會一起想出解決辦法的。」

我從過度驚愕的呆滯裡回神，腦細胞迅速集結起來。根據我的近距離觀察，神父最近雖然身體微恙，但昨天晚上明明就還能走能吃能開上幾句玩笑，也沒聽說過他心臟不好，光是體力衰退和精神不濟要不了他的命才對。

所以是意外，還是他殺？

阿姨下午去送蔬菜這點確實啟人疑竇，如同街坊鄰居所說，蔬菜平常都是晚飯後由我送去，就算阿姨發現我今天偷溜出門，在不確定我幾點會回家的前提下，並沒有提早親自送去的理由。她跟我一樣從來不上教堂的，我們甚至不是教友呢。

教堂……又是教堂？

直覺告訴我麻煩大了，上次我的父母和弟弟走進教堂後為埋伏的兇手所殺，這次我的阿姨走進教堂後被指控為殺人兇手。難道教堂的福音鐘便是我們家族的喪鐘？

「你也不相信我阿姨是殺人兇手對吧？」我問。

「我當然不相信，問題是我的個人意見毫無用處，警察如果逮捕瑪雅阿姨，肯定是掌握了不利的證據。」他坦白地說。

「好，我們回到鎮上以後就先去警察局，我非得弄清楚理查神父的死因不可。我阿姨是認真工作的普通老百姓，平常連田裡的菜蟲都不忍心殺，警察到底憑什麼證據指控我阿姨是兇手？」我忿忿不平地說。

「欸，我不認為這是個好主意耶，我覺得瑪雅阿姨好像早就猜到會有壞事發生。」他說。

我立即察覺到他欲言又止，於是逼問道：「什麼意思？」

「其實瑪雅阿姨有私底下找過我，當時她交給我一個包裹，說萬一某天有意外發生，就要我告訴妳帶著那包裹趕快逃。」他說。

我從後座逼近他，瞪著他問：「所以你收了我阿姨的包裹，卻沒有想到要跟我提起？」

「對不起啦，因為妳們家有好幾代祖先是巫師，我以為她是作了個不好的預知夢，所以擔心過頭而已。況且，瑪雅阿姨特別強調事先不要告訴妳……」布魯斯尷尬地咬唇。

布魯斯的話如涼風灌進胸口，頓時令我心頭一凜。我向來自詡比他精明百倍，卻沒發現最好的朋友和唯一的家人有個秘密瞞著我……

怎麼可能？我從未見過他們二人私下交談呀。一直以來因為阿姨不好親近，也都是我去布魯斯家的時間居多，這兩個人究竟是在哪裡、在什麼時候達成了祕密協議？

上千個問號如惡臭難擋的泥沼般拉扯我的思緒、堵塞我的呼吸，直到缺氧的肺葉強迫我回神。

「小敏，妳在生氣嗎？」布魯斯一臉歉疚。

我深深吸入一口氣，避免怒火同時焚燒我的理性和我倆的友誼。「布魯斯，你講清楚一點，我阿姨到底是怎麼說的？她為什麼要我逃跑？」

他想了想，答道：「大概是半年前吧，某天放學路上我被瑪雅阿姨開車攔下，她叫我上車，然後塞給我一個包裹叫我藏好，還要我發誓在她發生危及性命的意外時一定要把包裹交給你然後幫助妳逃跑。瑪雅阿姨說你會有很多疑問，可是絕對不能相信任何人、連警察都不能相信，包裹裡面自然會有答案。」

「天哪。」

「小敏，這會不會和妳父母有關？妳最近有察覺什麼奇怪的地方嗎？」布魯斯小心翼翼地問。

「沒有，一切正常。」我說。

阿姨有一套固定依循的行為模式，日復一日同樣的作息、習慣的日用品品牌、以及記帳時托腮的小動作。她算是全世界最正常、最好預測的人了，就連反對我去石門水庫看洩洪也早在預測之中。

所以說，哪來的不正常？

我的焦躁情緒與摩托車儀表板上的里程數一樣持續增加，直到震耳欲聾的引擎聲逼近，才令我赫然想起確實有地方不正常，可是已經來不及了！

又是那輛陰魂不散的紅色DUCATI！

DUCATI加速跟上，緊接著來到我們右側的平行位置，我和布魯斯同時向右看，只見紅衣騎士對著我們撇撇頭，示意我們靠邊停車。

「他要我們停車幹嘛？」布魯斯自言自語。

「不要理他，那傢伙怪怪的，剛剛在石門水庫就一直偷看我們。快走！」我附在布魯斯耳邊說。重機車隊不見蹤影，我猜他單槍匹馬應該不難解決。

布魯斯重催油門加速向前，可惜老爺摩托車再怎麼保養得宜，也比不過重型機車兩秒鐘瞬間加速至一百公里的馬力。紅色DUCATI立刻跟上，再度來到我們右側後放慢速度保持平行，這次還伸手比向路邊，清楚表示要我們靠邊停車，這下子讓布魯斯緊張起來。

「奇怪，我們又沒有惹他，妳看要不要報警？」

「可是你沒有駕照，萬一警察來了，你和你爸都會惹上麻煩。」

「都什麼時候了，誰管會不會被開罰單？這種速度下摔車可不是開玩笑的，活命比較重要吧！」

「好啦，我來報警，你的手機放在哪裡？」

「外套口袋。」

我將雙手掠過布魯斯的腰際，伸入兩側口袋尋找救命的通訊設備，這時布魯斯開始故意蛇行想要嚇退對方，恐怖的駕駛技術讓我一度重心不穩，差點從側邊滑下摩托車座椅。

我試著邊穩住自己邊找手機，某個瞬間，我的兩手同時觸摸到口袋中的方形堅硬物品，摩托車卻突然搖首擺尾，我不是整個人被甩到空中就是手機被拋至角落，短短幾公分的距離始終難以推進。

但願已經有好心人士報警了，可惜我無法抱持太高的期待，印象中這條綿延數公里的山路沿途沒有警察局，就算有人報案了，等路途遙遠的警方趕至移動中的現場，我們的小命恐怕也已經玩完了。

意外的是，布魯斯刻意蛇行的策略竟然奏效了。DUCATI車燈每每探頭都讓布魯斯成功逼退，我們暫時抵擋了來自側身的危險，可是紅衣騎士仍然緊緊尾隨在後不肯放棄。

車速愈來愈快，兩輛摩托車在崎嶇山路上競速造成險象環生，原本在我們前面的車子都能閃則閃，位在我們後方的車輛還以為是飆車族之間的較勁，決意和我們保持五個車身的安全距離。我們被徹底孤立了。

此時連布魯斯的摩托車也出現狀況，車身的避震效果本是十年前的水準，現在更是受不了折騰地顫抖起來，連排氣管的聲音聽起來也像是肺病患者在咳嗽。我很擔心這輛布魯斯爸爸好意出借的車最後不是撞毀就是散架，要是我們有幸活著回到鎮上，布魯斯八成會有吃不完的排頭，我則會被禁足一輩子。

男用運動外套的口袋真是深不見底，我繼續努力撈手機，就在指腹捏住它的一角時，緊接著五十公尺外出現另一個彎道，轉瞬間，紅衣騎士趁我們在過彎減速時衝到右邊，然後車頭往左撇、伸手想抓住我們！

布魯斯下意識偏左閃避，剎那間，對向的視線死角冒出一輛汽車車頭，猛烈的喇叭聲和我的尖叫同時炸開，就在即將撞上的零點零一秒，汽車駕駛及時讓出空間、紅色騎士也退回後方，我們和汽車錯身而過，避免了一場嚴重的高速對撞。

「操！他到底想怎樣？」布魯斯喘息著罵道。

還好遇上的是普通小客車和機警的駕駛，若迎面而來的是載滿重物的卡車或砂石車，可就在劫難逃了。我的掌心冒汗，剛到手的手機又滑開了。布魯斯則兩耳脹紅，雙臂也因為過度用力而冒出青筋，畢竟他掌握的不只是龍頭、而是兩條人命。

沒想到對方尚未死心，不消片刻，摩托車後照鏡裡又出現了那抹紅色身影，緊迫盯人的引擎低吼如影隨形。

「再這樣下去就死定了！媽的，我看停車跟他打一架比較乾脆！」布魯斯啐道。

布魯斯的心志已經被逼到死角了。再這樣下去，他只會愈來愈激動、對方也會愈來愈囂張，那我們的處境就會愈來愈危險，出車禍只是早晚的事。

必須立刻制止瘋子，現在就要。可是怎麼做才能制止他呢？想哪，小敏，快想想！

前方又是一個超過九十度的大彎，路邊的圓形反射鏡在雨後變得模糊不清，我右手握住布魯斯口袋裡的物品，雙眼死命盯著反射鏡的鏡面，就怕又有車輛闖入視線範圍。

此時我忽然靈機乍現。

「布魯斯，我們可以長命百歲了！」我大喊。「過前面那個大彎記得不要壓車。」反射鏡裡空無一物，而我知道玩重機跑山路的人都怎麼騎車的。

我們逐漸接近彎道，對方仍然緊咬不放，就在過彎的剎那，紅色騎士故技重施，他加速來到右側，同時順著彎道角度傾斜車身，上半身向我們靠攏……

我算準時間，在兩車最接近的那一刻抽出布魯斯口袋裡的瑞士刀、用力劃過騎士的手臂，刀身立刻在防摔衣上劈開一道裂痕，像一抹卑劣的微笑。

騎士沒料到我們身懷武器並予以反擊，突如其來的舉動讓他慌了陣腳，只見他龍頭一歪，紅色DUCATI便往路邊滑去，發出砰然巨響。

「發生什麼事？天哪，我們不會害死他了吧？」布魯斯問。

「是那個瘋子先找我們麻煩的，我們最好快走，他搞不好還會追上來！」我不帶情感地說。對於致死的顧慮，早在他初次對我們伸出魔爪時就不在我的考慮範圍內了。

最後一段路程快得像是一眨眼，也結束得倉促。

我們順利回到鎮上，兩百公尺外就看見閃爍的警車燈光和交頭接耳的圍觀群眾，壓抑的氣氛讓我不自覺緊張起來，彷彿自己真的是躲避通緝的逃犯。布魯斯把摩托車藏在巷弄的陰影內，低頭快步走進他家的雜貨店，我則躲在暗處靜靜等候。

我依然猜不透阿姨的想法，尤其「不要相信警察」這句話更是荒謬，可是，在我內心深處竟隱約相信這句話是對的。警察抓到殺我家人的兇手了嗎？沒有。說來可笑，我父親生前的摯友還是名國際刑警呢。

無論如何，我決定先按兵不動，看看包裹裡有什麼再說。我在原地耐心等待，直到布魯斯探頭向我施打暗號，才如小偷般躡手躡腳溜進雜貨店。

店門半掩，櫃檯空無一人。人口單純的小鎮藏不住秘密，現在大夥兒都上教堂看熱鬧去了，小偷大概也不例外，所以雜貨店老闆娘才會不鎖門就放心離開。

我們穿越狹長樓梯來到布魯斯位於二樓的臥室，我對這裡再熟悉不過了，每週至少會來一次。我坐在房間地板上吃零食、趴在床上看書打盹、還亂翻過布魯斯的抽屜，我自認觀察力敏銳，曾經在他的舊大衣裡搜出被遺忘的私房錢，卻從未見過任何令人起疑的包裹。

布魯斯走向書桌，拉開最下層的抽屜，然後技巧性地將整個抽屜往上抬離書桌，原本抽屜的位置頓時成為方便藏匿東西的洞穴。他趴在地上，一隻手伸進洞裡，不一會兒便從中拉出一個黑色護照包。

「就是這個。」布魯斯拍拍灰塵，把護照包遞給我。

我接過外觀看起來像寬版長夾的護照包，黑色的防水布料溢著霉味，它躲在書桌深處肯定有一段時日了。我拉開中央的拉鍊後將之攤開，裡面的分層頗為簡單，一邊是橫向的鈔票夾層、另一邊則是直向的護照夾層和幾處卡夾。

我把所有物品一一從夾層內取出：有一疊美金、兩本分屬於英國和台灣國籍的我的護照、幾份填寫好的UM（Unaccompanied Minor無陪伴未成年人）搭機表格、一張名片和一條項鍊。

「那是誰的名片？」布魯斯問。

泛黃的紙片上印著李歐的名字，一個在我記憶中同樣泛黃陳舊的男人。

「我爸的某個失聯的朋友。」我說，然後注意力便移到那條項鍊上。

這裡面最讓我感到好奇的是項鍊，細細的皮繩繫著一個透明的琉璃心型聞香瓶，瓶口以軟木塞牢牢堵住。這樣的瓶子我以前看過，利物浦的家裡有個開放式的古董櫥櫃，裡面陳列著各式各樣母親收集的聞香瓶，我相信自己曾在她的收藏中見過一模一樣的。

怪的是，這聞香瓶裡裝的並非香水，而是五顆渾圓翠綠的小珍珠，在黯淡的室內散發星子般晶亮的光彩。我將心型瓶子拿至鼻前仔細嗅了嗅，軟木塞將瓶身緊緊扣住，我聞不到任何味道。

「我們該走了，我好像聽到樓下有聲音。」布魯斯悄聲說。

我把項鍊的皮繩掛上脖子、聞香瓶藏進衣領裡，然後把名片、美金和護照一股腦兒塞進夾層，再把整個護照包扔進背包。「好了，走吧。」

「妳知道瑪雅阿姨為什麼留那些東西給你嗎？」下樓時布魯斯問。

「不知道，但是大概了解她的意思。」我說。

護照、美金、ＵＭ表格和李歐的名片，就是要我搭飛機去投靠李歐的意思。

好吧，秘密包裹已經到手，可是我不僅沒有得到答案，反而產生更多疑問。阿姨究竟是什麼時候策劃了我的逃亡行動？我為什麼要逃？阿姨真的和理查神父的死亡有關？早就徹底消失的李歐怎麼也牽扯其中？莫非李歐和阿姨一直保持聯絡？

千頭萬緒翻攪不停，直到我迎頭撞上布魯斯，才驚覺他已經停下腳步。

「你們要去哪裡？死孩子，你又惹了什麼禍？」布魯斯的母親雙手叉腰，偌大的身軀擋住整個樓梯口。

「我什麼都沒做！」布魯斯急忙辯解。

「阿姨，布魯斯真的什麼都沒做，他只是想幫我。」我說。

猜忌的目光像是防止逃獄的探照燈，在我和布魯斯之間逡巡來回，布魯斯的母親瞇著眼說道：「你們應該聽說神父的事了吧？」

「我阿姨不是殺人兇手！」我脫口而出，然後發覺自己失態。「抱歉，我不是在吼妳。」

布魯斯的母親挑起眉毛，似笑非笑地盯著我看，最後嘆氣道：「可憐的孩子哪，其實我也不認為妳阿姨是兇手，我認識瑪雅一輩子了，雖然她個性比較奇怪，但根本上是個好人，泡茶還可以、下毒是絕對不可能啦。」

「妳是說，理查神父是被人毒死的嗎？」我尖銳地問。

「是有人聽到警察這麼說。」她猶豫了半晌後繼續說道：「還有人說瑪雅和神父的關係不正常，說瑪雅毒死神父就是因為感情糾紛。大家都知道瑪雅熟悉植物、又有自己的菜園，如果有動機的話，偷偷在家提煉毒藥也不是沒有可能。小敏，現在警察已經去妳家蒐證了，他們懷疑妳阿姨有共犯。」

「小敏是無辜的。」布魯斯抗議。

「笨蛋！我當然知道小敏是無辜的，瑪雅也是無辜的啊。問題是瑪雅和小敏天天給神父送吃的、神父又是毒發身亡，她們當然嫌疑最大。就算兇手另有其人，也可以輕輕鬆鬆推到她們身上。」她說。

事情來得又快又急，這就是阿姨預期發生的意外嗎？我覺得四肢發冷、頭暈想吐，自己又變回兩年前那個聽見噩耗後止不住顫抖的瘦小女孩。

「小敏，妳現在打算怎麼辦？」

我感覺到一雙溫暖厚實的手掌搭在我的肩上，耳畔傳來了布魯斯母親的低沉沙啞的聲音，不帶任何批判、只有關切和憂慮……

我甩甩頭、用力眨了眨眼睛。布魯斯和他的母親都在等待我的答案。這麼說好了，萬一神父的死確實是人為栽贓，那麼我是要押注在警方的公正廉明上、還是阿姨的逃亡計畫上？

我誠實地說：「我沒有投案的打算。」我不喜歡賭博，而且最信任的人是自己。

「媽，瑪雅阿姨之前就把小敏的護照準備好了，要小敏一有狀況就趕快離開台灣，好像早料到了有一天會被人陷害。」布魯斯避重就輕地說。

「那還愣在這裡幹嘛？趕快送小敏走啊！人笨也要有個限度、不要走前門，你們從後山的獵場繞去隔壁村再下山，那邊沒有警察臨檢。」布魯斯的母親從收銀機取出一疊鈔票給他，又將一個方形皮口袋掛在兒子肩上，「來，帶上你爸的獵人背包，那個老不死的就愛打獵，現在總算是有點貢獻。」隨後將我們推向敞開的後門。

「阿姨，謝謝！」我感動地說。

布魯斯朝母親點點頭，堅定地拉著我的手奪門而出。

「我媽真是沒腦袋，塞錢給我們幹嘛？是要跟土地公買供品、還是要付山豬過路費？怎麼不給我們幾包餅乾？就算只有兩條巧克力也好。」布魯斯抱怨。

我們已經連續步行一個多小時，每一步都踏在稱不上是路的獵人小徑上，那是只有獵人自己才認得的路，對普通人來說，就是濕草堆、絆腳的藤蔓和滑溜的樹根。

缺乏有效的工具讓我們前進的速度很慢，布魯斯撿來筆直的硬樹枝給我充當拐杖，自己則用一根竹竿撥開前方的野草。若是手邊有把好使的獵刀便可以在山裡劈出一條路，現在卻只是沿途用棍子逗弄草枝。

猶豫不絕也是行程延宕的原因，布魯斯每年都跟隨父親進入獵場好幾次，照理說應該對環境瞭若指掌，但他卻不時停下腳步觀察地形、確認方位，經過的每個岔路也都考慮再三，緊抿的嘴唇就算不說、也間接承認了緊張。

我必須承認，站在遠處欣賞蒼鬱山林和走入其中完全是兩碼子事，這裡是杳無人跡的山林，可不是規劃良好、指標隨處可見的公園，山裡的地貌保持原始的狀態，樹木與藤蔓交互纏繞，放眼望去只見眼花撩亂的綠意，看久了後好像還有點頭暈。就算味道再好聞，我也高興不起來。我們已經走了老半天，卻像在原地打轉。

而且我們身上的裝束根本不適合健行，布魯斯穿的是運動外套、短袖T恤和工作褲，腳上則是一雙涼鞋。我也穿著出門前換上的薄T恤、牛仔褲和球鞋。獵場裡有些地方草長及腰，有些地方樹冠濃密，還沒被警方找到、我倒先為大自然所捕獲，在雨後草堆裡浸濕的褲管便是我的腳鐐，每一步的重量都考驗著我的求生意志。

不僅雙腿疲累，我的雙手也忙碌到不行，邊走路還得邊揮趕漫天飛舞的蚊蠅。其實在原始森林中，那些嗜血的小傢伙是最微不足道的。其他諸如潛藏在腳邊的毒蛇或從天而降的毒蜘蛛，才是真正足以致死的危險。我的神經緊繃，得要靠意志力強迫自己才能抬起腳步，就連靈敏的嗅覺也因為物種混亂而變得遲鈍，早就無暇煩惱護照包和瑪雅阿姨的事情。

太陽逐漸西沉，樹林漸漸暗了下來，我們也開始感到飢餓。內心的空虛強化了胃部的空虛，讓跨出的步伐愈來愈沈重、前進的速度愈來愈慢，我可以感覺體力和方向感隨著時間一點一滴流逝，就連耐心也即將耗盡。

「你媽不是還有給你一個獵人背包？裡面有些什麼？」我問。

「就只有一包米、一把鹽和打火機。」他說。

「加上我們身上帶的礦泉水和瑞士刀，好吧，起碼待會兒可以煮飯。對了，你確定這個方向是對的嗎？要不要拿手機出來看地圖，手機不是有衛星定位？」我問。

經我提醒，布魯斯立刻迫不及待掏出手機，高舉至頭頂對著四面八方大力搖晃。

「怎麼了，沒收訊嗎？」我失望地問。

「沒有。」布魯斯頹然道，接著嘟著嘴揉揉腹部。「肚子餓了。」

「要不再獵點東西來吃？既然你跟著你爸打獵過幾次，那也算得上半個獵人吧。」我問。

「雖然我的追蹤技巧和準頭是好得沒話說，但現在既沒有獵槍也沒有弓箭，光憑一把瑞士刀能獵什麼啊？跛腳的兔子？」布魯斯無奈地聳肩。

「那就生堆火煮野菜粥吧，不過我們得找個什麼當鍋子。」我說。

「好，我爸的獵寮應該就在前面不遠的地方。」布魯斯道。

又悶著頭往前走了十幾分鐘，鑽過無數個樹林之間的縫隙、跨過無數個草堆與灌木叢後，我們終於找到了布魯斯父親的獵寮。

所謂獵寮，其實就是幾根粗長樹枝撐起了一塊防水帆布，裡面有個生火煮飯取暖的炕，讓獵人在荒山野嶺裡有個像樣的棲身之地。

布魯斯父親的獵寮算是十分豪華，不只固定存放乾燥木材，還設有墊高床架、上面平鋪竹竿作為床板，一想到不用睡在碎石雜草上就讓我鬆了一大口氣。

布魯斯將木材交叉堆疊成塔型後順利升起火堆，驅逐了逼近的寒意。我讓布魯斯顧著爐火，自己則去附近尋找可食的野菜。荒煙蔓草中很容易迷失方向，所以我只敢在附近兜圈子，幸虧很快便發現了想找的東西。

在一棵高大的扁柏下方，風吹動昭和草鋸齒狀的葉片如揮舞著勝利的旗幟，真是幸運，這種野菜不要求嚴苛的生長環境，柔軟的身子也很容易折取，而且通常一長就是滿山遍野地長，有如野火肆虐，眼前即滿地叢生。我蹲在地上，摘了幾把昭和草的莖葉，那股類似茼蒿的濃烈氣味立刻溢散開來，令我聯想到冬日圍爐的火鍋。

接著，我又在鄰近樹幹背陽的陰濕處發現幾株俗稱過貓的過溝菜蕨，我輕柔地採下它彎曲的嫩芽，盤算待會兒煮鍋豐富黏稠的特製羹湯，並非所有人都跟我一樣喜歡這種植物獨特的黏性滋味，可是荒山野嶺裡，肚子餓了也就什麼都好吃了。

其實附近還有些蕨類，砍下後將莖部去皮處理便可食用，煮熟的口感類似大黃瓜，只是得用瑞士刀單薄的刀片一吋一吋慢慢削去毛皮，還是吃葉菜類省事得多！

正當我覺得可以滿載而歸之際，轉身卻瞥見一蔟馬齒莧。這種多肉植物口感清脆、味道酸鹹，當作沙拉生吃也可以。在缺乏蛋白質的狀況下，我們一定很快又會感到飢餓，而我寧願乾嚼樹葉、也不想偷吃蜂蛹和鳥蛋。於是我再度蹲下，準備摘一把帶在身上方便隨時補充熱量。

就在這時，我聽見身後傳來樹枝被踩斷的咔擦聲。

「誰？」我迅速轉身，眼尾餘光中閃過一道沒入樹叢的殘影。

灌木叢的細枝還在不自然地搖晃著，我的身體僵直，心臟躍動如擂鼓，卻壓抑不住上前查探的慾望。

才走三步我就後悔了，真傻，我又不是獵人，我連基本的自衛能力都沒有。

無論躲在樹林裡的是動物還是人，我都只能像傻氣的啦啦隊員揮舞著野菜喊救命。如果是俱攻擊性的動物我就完了，如果是人更慘，雖說現在台灣原住民已經取消了出草的傳統，但對於侵犯獵場的外人還是深具敵意。

我倒退一步，所在位置的角度卻正好看見茂密樹叢後方有塊粉紅色的衣料。是人！而且不是警察也不是獵人！

我悄悄扔下手上收集的菜，隨手拾起一根棍子，緊握著慢慢靠近……

「譽娜？」我鬆開棍子。「妳在這裡幹嘛？」

「我跟著妳們來的。」譽娜的臉色蒼白，額際冒著冷汗。

「妳跟蹤我和布魯斯？」我皺眉。

「妳能不能幫幫我？我一路上追蹤妳們的足跡，途中迷路了兩次、現在肚子很痛。」譽娜有氣無力地說。

我繞過灌木叢走向譽娜，發現她四肢微微顫抖、嘴唇毫無血色。「妳生病了嗎？」

「原本還好好的，直到我摘了一點烏甜菜的果子吃，然後就不舒服了。」

「喔。妳中毒了。」

「怎麼會？烏甜菜可以吃啊！」

「成熟的龍葵果實的確可以吃，可是裡面含有茄鹼，吃多了會頭暈噁心、肚子痛。妳應該吃了不少吧？」

「因為太餓了，所以我把整顆樹的果子全吃光了……」譽娜心虛地說。

「來吧，我扶妳去我和布魯斯紮營的地方，算妳運氣好，今天的晚餐有昭和草，健胃整腸。」我向她伸出手。

雖然譽娜很不討人喜歡，但我的良知無法棄一個病人於荒野中不顧，況且身體不適讓她平時尖牙利嘴的戰力大為減損，似乎也就沒那麼討人厭了。

我攙著譽娜回到獵寮，布魯斯看到我們時一臉不敢置信，等我解釋完來龍去脈，他眼裡的困惑迅速轉為不悅。

「起先我還以為妳幫我們獵了一頭熊回來，害我空歡喜一場。」他嘀咕。「要跟蹤人怎麼不自備口糧呀？現在可好，搞不好警察以為我們挾持譽娜當人質哩。」

我把譽娜安置在爐火旁，問布魯斯道：「你在做什麼？熊貓才吃竹子。」

布魯斯將砍下的竹子劈成一段段，每段都保留了一側的竹節，然後開口朝上斜放在火堆邊烤。「礦泉水不夠用，所以我烤一點竹子取水用，只要把竹子加熱，竹壁裡面的水份就會被逼出來。」

「原來是這樣，對了，你的刀是哪來的？」我看見他手上多出一把木柄彎刀。

「我爸在獵寮裡挖了個秘密洞穴，裡面有藏獵刀和一些子彈，另外還有鍋子、餐具、雨衣和手電筒。」他說。

「喔。」我點點頭。

「有沒有藏吃的東西？我已經分不清自己是拉肚子的痛還是餓到胃痛了。」譽娜苦著臉問道。

布魯斯翻了個白眼說：「女人，妳不知道在獵寮裡藏食物會引來山豬翻箱倒櫃嗎？」

身心俱疲讓我無力參與爭執，於是攤攤手道：「好啦，我這個女人要去把剛剛摘的野菜揀回來啦，你們盡量別打起來，就算打起來也千萬別把獵寮燒了，拜託。」

我撇下互瞪的兩人走入樹林。真該死，連譽娜也攪和進來，這下子成功抵達機場更是難上加難，我該如何全身而退呢？

既然沒有被飢餓和疲勞擊垮，晚餐後我們便在獵寮內各據一方，滿懷心事地發起呆來。萬籟俱寂中，只聽見火舌舔舐柴薪所發出的嘶嘶聲響。

譽娜蓋著雨衣、蜷縮在床板上不發一語，灌下熱粥後氣色顯然好多了。我和布魯斯偎著火光沉默地坐著，橘紅色的火焰在夜晚的冷風裡激烈扭動、大口吞噬木柴後劈啪作響，危險同時也安全，像有個圍著營火跳舞頌咒的隱形巫師，威嚇並嚇退潛伏在四周的毒物。

我的褲管已經就著火烘乾了，原本柔軟的牛仔布料像漿過一樣硬梆梆的，衣服上則滿是洩洪噴濺的泥水留下的黃色汙漬，髒兮兮的衣物貼在皮膚上非常不舒服。不只如此，我靈敏的嗅覺不斷聞到自己頭髮的油臭味和身上的汗臭味，天哪，我從來沒有看起來、聞起來都那麼像流浪漢過。

身體雖然疲累，我的精神卻異常清醒，無事可做下我只好強打起精神，將阿姨準備的護照包拿出來把玩。

算了算，護照包裡總共有五件物品：

一疊可以讓我揮霍好幾個月的美金。不知道身上放這麼多錢搭飛機需不需要申報？最好在身上和背包裡分別多藏幾個地方比較安心。

兩本護照，分屬台灣和英國兩個國籍。太好了，我想我可以利用英國護照離境，藉以躲避台灣警方的追緝。

幾份UM表格。阿姨的心思真是縝密，連未成年人獨自搭機的申請書都幫我填好了，這下子全世界可以辦理落地簽證的英國邦交國，我都可以大搖大擺地入境了。

李歐的名片……說到李歐我就有氣，那個德國佬是爸爸的好朋友，每次出差英國都會來我家拜訪。爸爸小時候的保母是個信仰虔誠的印度裔猶太人，猶太經典可說就是他的床邊故事，李歐特別喜歡和爸爸討論經文，每次在書房一待就是一整天。父親過世後我還見過李歐一面，當時他還誇口會保護我呢，結果他的承諾和他本人一樣消失得無影無蹤。

最後一件物品，是我脖子上的聞香瓶鍊墜。這是母親的首飾嗎？印象中沒看她戴過這條項鍊。我將瓶子高舉眼前輕輕搖了搖，翠綠色的小珍珠相互碰撞，卻沒有發出任何聲音。於是我拔開軟木塞，將瓶口湊進鼻子，此時竟聞到極其濃郁複雜的植物氣味，像是芬芳的花朵混和了熟透的水果和濕潤的樹木，聞香瓶裡同時保存了花香、果香和若隱若現的木質香氣，彷彿有人在聞香瓶裡放入整個亞馬遜雨林。

很好，同樣是落荒而逃，這次我身上除了皮夾和一本童話故事書，起碼比上次多了五樣東西。

「會不會冷？我的外套借妳穿？」布魯斯打斷我的思緒，這是他第三度想要脫下外套讓給我。

「傻瓜，我來自會下雪的國家呢，十幾度的氣溫對我來說很舒適，外套你穿著就好。」我說。

「那妳要不要去睡一下？我來守夜。」布魯斯問。

「我睡不著，把你的手機借給我。」我瓶蓋塞回原位後道。

原本我只是抱持嘗試的心態，沒想到這裡居然有收得到訊號，我再次登入電子信箱、可惜也再度期望落空，收件匣內依然只有廣告信函，沒有關於我家人的隻字片語。

「妳要不要乾脆在離開前辦支手機？這樣我就知道要打哪個號碼找妳。」布魯斯說。

「懶得辦，好麻煩。」我把手機還給他。

這時，遠處傳來譽娜嗤之以鼻的輕笑。

「妳笑什麼？」布魯斯瞪她。

「笑你們啊，小情侶臨別時刻離情依依，真是感人哪！」譽娜酸溜溜地說。昭和草順利為譽娜緩解了腹痛，卻也讓她恢復刻薄刁蠻的氣力。

「亂說什麼！」布魯斯喝斥，「跟妳講過八百遍了我們只是好朋友。」

「才怪，如果你們兩個的關係單純，那竹雞就會飛上天、飛鼠都可以跑馬拉松了。」她索性從床板上爬起來坐直身子。「一個說要借手機，另外一個馬上雙手奉上，速度比看到山豬的時候拿出刀子還要快呢！撇開這個不說，光是一個畏罪潛逃，另外一個搶著當亡命鴛鴦就夠淒美的了。」

「我沒有畏罪潛逃，布魯斯也沒有窩藏逃犯，我們更不是朋友以外的關係。」我強調。

「喔，看來有人打獵的準頭不夠喔，獵物還沒到手呢。」譽娜說。

「我知道妳懷疑我在躲警察，可是妳絕對抓不到任何把柄，因為我什麼都沒做。」我說。

「那妳幹嘛要逃？為什麼不協助警方調查？」譽娜的態度益發咄咄逼人。

「我有我的理由。算了，跟妳多說無益，我去哪裡何必跟妳報備？」我輕嘆。

「小敏之所以會離開鎮上，是因為有人陷害她和瑪雅阿姨。搞鬼的人可能就是警察！」布魯斯說。

「還真能掰啊。」她說。

「不然妳說，她們有什麼理由殺人？」布魯斯問。

「聽說鎮上有個孤單的女人和神父好上了？」礐娜不懷好意地說。

我回頭，惡狠狠地瞪著她。布魯斯則站起身子面向她，啐了口唾沫道：「那些八卦流言都是狗屁！」

「奇怪，妳為什麼那麼討厭我？早知道就不救妳了。」我後悔地說。

礐娜挺起胸膛，毫不退卻說道：「妳想玩真心話大冒險是不是？好，那我也來實話實說。我確實討厭妳，我就是看不慣妳裝無辜、裝柔弱，永遠都是無精打采的死樣子。考不好的時候只要可憐兮兮的低下頭，老師就不會處罰妳，體育課的時候一副快要暈倒的樣子，老師就讓妳在旁邊休息！」

「妳閉嘴！難道妳不知道小敏轉學過來，是因為家人全部喪生了嗎！」布魯斯怒斥。

聽見布魯斯抖出我的私事，我立刻驚恐地制止：「布魯斯，不要說了！」

「我還沒說完呢，班上的活動妳一概不參加，整天擺張臭臉是要給誰看哪？不要怪別人排擠妳，是妳孤立妳自己！說穿了妳也沒別的本事，專門就會利用喜歡妳的男生！」礐娜繼續窮追猛打。

「我從來沒有——」

譽娜打斷我，質問道：「還說沒有！少在我面前裝蒜了，有哪件事情不是布魯斯替妳做得好好的？難道妳不知道他喜歡妳嗎？」

「譽娜！夠了！」布魯斯低吼，同時將一塊木材用力砸向地面，揚起的飛灰總算堵住了譽娜的嘴。

我噙著淚轉身，背對他們不再說話。我真的很氣譽娜，可我氣的不是她尖酸刻薄的嘴臉，而是那張壞嘴披露的內容通通都是血淋淋的實話。

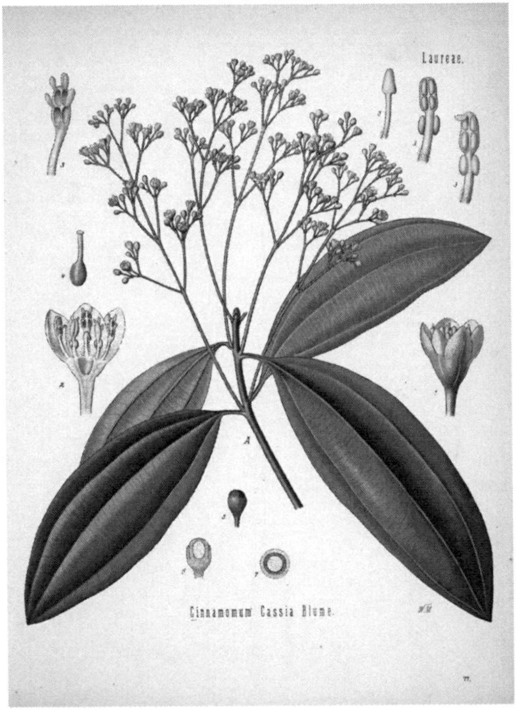

肉桂（學名：Cinnamomum cassia）

樹皮、枝、葉、果、花梗都可提取芳香油，廣泛應用於食品、飲料、醫藥、香料、化妝品和日用品。能減緩輕腹瀉及反胃的情形，緩和充血狀況、幫助末梢循環，並增強消化作用。

第三章

清晨的第一道曙光叩了叩眼皮，思緒拖著朦朧睡意前來應門。

三人中就屬我最早醒來，我一向淺眠，任何來自外界的細微干擾都能成功將我的眼皮撬開一條縫。我打了個呵欠、坐起身子，所有滯留的夢境一掃而空後，眼前的綠意瞬間將我拉回現實，並喚起昨日的記憶。

旁邊的布魯斯如嬰孩般熟睡著，淌了口水的嘴角帶著淺淺的微笑，譽娜發出一聲不滿的咕噥，翻了個身再度陷入昏睡。這兩個傢伙還真能睡哪，不像我，整晚始終處於半夢半醒之間，飢餓和恐懼不時前來驚擾。現在雖然已經甦醒，卻彷若置身夢中，而且是一場遍尋不著出口的惡夢。

於是我起身到附近採集野菜，打算以剩下的少許米粒煮點薄粥當早餐。等我終於升起火堆時布魯斯也醒了，他爬下床板，順便一腳把睡夢中的譽娜踢起床。

「喂，起來幫忙弄早餐啦！」他說。

「幹嘛啦，今天禮拜天耶！」譽娜揉著眼睛說。

「小敏早就起來煮飯了，妳還睡得跟豬一樣，快起床，今天我們還要趕路耶。」他繼續嚷嚷。

「稀飯已經快好了，可以準備吃早餐了。布魯斯，你臉上有口水。」我說。

譽娜將身上的防水布甩到一邊，伸了個懶腰道：「以大地為床、以天空為被，睡得可真香哪，我感覺好多了。」

「拜託，要不是小敏的藥草，妳哪能那麼好睡啊？還賴床哩。」布魯斯一臉嫌棄。

「我又沒說不是。」譽娜懶洋洋地瞟了他一眼，晃到爐火邊坐下，短暫尷尬後她開口道：「呃，小敏，關於昨天晚上，就是那個藥草粥——」

「不客氣。」我明快地答。

過去十二小時大概是我們這輩子相處最久的時間了，譽娜教訓了我一頓後，經過一夜省思，我體悟到她講話刻薄卻不失明理，找到我們以後也沒有報警，其實是個標準的刀子口豆腐心。也許我們之前處不來單純只是個性差異造成的誤會，就像穿山甲與刺蝟相互防備，我從來沒有刻意不合群，她也不是有意欺凌轉學生。

「好，吃完小敏的愛心營養早餐後我們立刻出發，預估中午前就會到隔壁村子了。」布魯斯察覺和平融洽的氣氛，鬥志也跟著高昂起來。

飯後我們即刻上路，不到半小時，酸痛的肌肉便證明他將半段旅程想得太簡單了。前一天跋涉造成的乳酸堆積還沒代謝完畢，我的雙腳如繫上沉重的鉛球般舉步維艱，早餐倒是全消化光了，咀嚼馬齒莧的葉片也止不住胃部的空虛。

「加油！我爸的獵場只有到前面那片檳榔林，經過檳榔林就代表路程已經走完三分之一了。」布魯斯說。

「剛剛你也說過了大榕樹就算走完三分之一了。」譽娜嘀咕。

我們已經變換隊形，比我高的譽娜走在布魯斯後面，在他專心開路時協助留意環境安全。前面的路已經有兩個人幫忙踩平，我走在隊伍末端，沿途順便採些左手香、菖蒲之類的驅蚊植物，藉以擺脫那些緊跟在後的嗜血生物。

「到底是你數學太爛還是你在唬弄我們啊？」譽娜推了前方的布魯斯一把。

「不要亂推啦，不小心走會踩到蛇耶！」布魯斯回頭瞪她一眼，「妳好好跟小敏學學氣質，知道嗎！」

譽娜嘖的一聲表示不屑，意外的是，她沒有再抓緊機會調侃布魯斯和我的關係。

上午的陽光逐漸熾烈，我們正穿越一片高度及肩的芒草，纖長銳利的葉片已經將我的手臂劃出兩道淺淺的血痕。我飢渴的嗅覺輕易地捕捉到空氣中血液與汗水的鹹味，腦中瞬間冒出海灘、棕櫚樹和雞尾酒的畫面，這下子更是口乾難耐。

終於，我們越過了濃密的芒草叢和錯落有致的檳榔林，緊接著步上一片茂密樹林中的下坡路段，我們在荒蕪中緊靠著彼此，林子裡有限的視野讓我神經緊繃，於是更加仰賴其他感官能力。

我的敏銳嗅覺能在氣味繁複的森林中辨認距離較近的植物，這可比聞試香紙上的香味困難許多，無味的試香紙經過特殊處理，讓氣味能輕易吸附在紙張的纖維上，以原始的方式呈現。而自然環境中的氣味強弱會隨著動植物本身和氣候等因素產生變化，除了擁有一個超級鼻子外，還必須經過練習累積經驗，大腦也要配合記憶分析才行。

幸好我的童年裡不乏各式各樣的味道，母親允許我在放滿香精原料的工作檯邊玩耍。我邊走邊提高訓練的難度，開始猜起遠處的前方有些什麼植物，藉以轉移對這趟苦難行軍的注意力，暫時將突襲機場的目標拋諸腦後。

一股濃郁的味道撲鼻而來，這涼意似曾相識，比薄荷口香糖更清涼帶勁，又比新鮮的檸檬皮來得溫和，聞久了有點嗆鼻……我猜是樟樹？

二十步後，縱向粗糙溝紋的暗褐色樹幹出現在我們右前方，這是一棵巨大古老的樟樹，我猜對了。樟樹給我的感覺像是瑪雅阿姨敞開的衣櫃，也許是樟腦丸的關係吧。

另一陣芬芳溫潤的氣味傳來，它帶有微微的番石榴香，卻又沒有番石榴那兼具青澀與甜美的果香，好難猜，我不知道是什麼。

我邊走邊東張西望，持續尋找那芳香的來源，不久後便發現了那棵姿態優雅的樹木，是楓香。楓香常常被人們和楓樹搞混，兩者都有綠葉轉紅的特性，不過楓香的刺球形果實非常好認。

我再次確認自己的嗅覺表現得比視覺好很多，當視神經已經被叢林裡豐富的植物種類搞得很混亂，嗅覺卻還沒有因氣味複雜而痲痺，就算稍微感到疲勞，只要我聞一聞自己的手腕皮膚，熟悉的味道就可以讓鼻腔迅速恢復精神、再次投入工作。

辨認氣味的遊戲讓我的技巧持續進步，就像是在一團打結的繡線裡找線頭，關鍵在於耐心和細心，現在我的觸角已經延伸到二十公尺外，命中率大約是一半一半。說穿了，這其實和品嚐食物差不多，咬下一口蘋果派後，味蕾會自動分辨蘋果的甜蜜和肉桂的辛辣，聞香師和廚師同樣需要分辨味道，只是運用的器官不同。

這時，一種嶄新的氣息擄獲我的注意力，就來自前方不遠處。

泥土味、腥騷味，還混和了一點糞便的臭味……有動物擋在我們前面！

「布魯斯，等等……」話還沒說完，前方便傳來驚叫。

布魯斯和譽娜手忙腳亂地推擠著彼此，接著在叫喊中同時跌坐在地。

我的目光掠過二人頭頂，看見了一頭大山豬！

約莫三公尺遠，一頭怒氣騰騰的山豬正對我們咆哮，雖然牠匍匐在低窪的土坑中，有兩隻獵犬加起來那麼大的胖碩體型仍然難以忽視。尤其整團黑色粗毛中那對閃著白光的銳利獠牙，此刻正磨刀霍霍。

牠的一條腿被繩子纏住了，原來山豬落入獵人的陷阱，而且顯然對此非常不爽。製造陷阱的樹枝渾然天成，一端穩穩地插入土壤深處，另一端則以細細的繩結編成索套，難怪山豬誤踩其中。

「快退後！」布魯斯大喊，邊使勁推開壓在身上的譽娜。

山豬眼露兇光、鼻孔噴出熱氣，四條粗腿蓄勢待發。

「趕快起來啦！」布魯斯又氣又急。

譽娜在發抖，她不聽指揮的肢體對求生本能毫無反應，像是對火山爆發反應不及的龐貝城居民。我立刻衝上前去拉她，好不容易把人高馬大的譽娜從布魯斯身上移開，她卻又踩到布魯斯的手，一個踉蹌後再度倒下，這回是壓在我身上。

四周景物皆如快轉般模糊，唯獨躍起的山豬像是畫面中唯一清晰的焦點，就在我倒地的剎那，瞥見那對白牙由遠而近畫出兩道代表死亡的拋物線。

說時遲那時快，布魯斯從地上爬起來，他正面迎向山豬，以自己伸展的軀體保護我們。一切都發生在眨眼間，山豬頭一歪、獠牙一勾，毫不猶豫地選擇攻擊最近的目標。

布魯斯發出了我這輩子聽過最淒厲的慘叫，我的心跟著一緊，恍惚中，見到布魯斯像是被隨意甩棄的舊抹布般，翻滾幾圈後重重撞上樹幹。

山豬的目光如炬，左側白牙點綴著血紅的勝利，牠興奮地向後倒退兩步，緊接著轉向譽娜和我……

戰鬥是公山豬鞏固地位的天性，而我們之中唯一勉強算得上獵人的布魯斯受傷了。塵土自蹄子周遭揚起，冰冷的恐懼的急速凍結我的血液，我只能在譽娜驚惶的尖叫聲中閉上眼睛，甚至懶得掙扎。

可是沒有痛楚，譽娜也安靜下來，此刻耳際傳來的竟是山豬滿是挫折的低嚎。

我睜開雙眼，僅僅三十公分的差距，陷阱的繩結已經拉到緊繃，牢牢箍著牠結實的小腿。山豬咆哮著，憤怒的唾沫落在我們的皮膚上，卻再也無法向前推進一步。

譽娜和我如大夢初醒，立刻起身，連滾帶爬地逃開原地。

我奔向布魯斯檢查他的傷勢，布魯斯臉色慘白，他的小腿被山豬獠牙刺傷了，牛仔褲撕裂的中心點由藍轉紅，鮮血順著布料纖維向外擴散，我的眼眶霎時如他的傷口同樣殷紅。我感到四肢發冷，好似那流血受傷的、生命正緩緩流逝的人是我一樣。

「可惡，這裡手機不通！現在怎麼辦？」譽娜趕了過來。

歉疚沒能耽擱我的理智太久，我從布魯斯的腰際扯下外套，摺疊成塊狀後壓在他的出血點上。「妳先幫他加壓止血，我去找找看有沒有用得上的草藥。」

「好。」

譽娜接手後，我強自鎮定，在布魯斯混濁的喘息與山豬挑釁的吼叫中快步離去。

止血植物的名字快速在我的腦海裡一一浮現：洋耆草、萬壽菊、月見草、聖約翰草……不對，這些藥草在台灣山區裡不容易找到，讓我好好想想，台灣原住民平常用來止血的植物是什麼？各種形狀和氣味各異的植株在我眼前流轉，我屏氣凝神，試圖從中找出我需要的植物，卻益發心煩意亂。片刻後我終於發現這樣亂槍打鳥根本行不通，偌大的森林裡充斥著成千上萬的植物，就像置身聖誕節前的商場，隨意瀏覽完全沒有效率，除非我決定好自己要買什麼東西。

我靜下心來，在記憶中仔細搜尋關於止血的隻字片語……

兩種植物的輪廓在我的腦海中逐漸成形，一是藤類、一是蕨類，對了，就是山葛和金狗毛蕨！山葛總是在草地上自成聚落群集生長，金狗毛蕨則常見於低海拔的陰濕處，所以我只要往平緩的草堆或山壁陰涼的地方找就對了。

我在視線範圍內搜索細長的蕨類葉片和紋理鮮明的卵形葉片，找了好一會兒，目光卻逐漸在大面積的深淺綠色中迷失。我做了個深呼吸，重新從腳邊開始找起，片刻後再度頭暈目眩，這簡直比大海撈針還困難幾千倍。

一想到布魯斯正在大量失血我就急得想哭，一陣酸楚衝入鼻腔，宛如置身採收季節的萊姆田。可是心愈急、眼睛就愈不管用，要是我能嗅出山葛和金狗毛蕨的氣味就好了，偏偏我又想不起來那是什麼味道。

我緊張地小跑起來，一邊在內心祈禱幸運之神、祖靈、上帝和菩薩的眷顧，忽然踩在枯葉上的腳一滑，便轟然倒地。

我趴在凹凸不平的地面上悶哼，這一跤摔得不輕，現在止血植物沒找著，自己又掛了彩，就連脖子上的聞香瓶也打翻了，軟木塞和五顆翠綠色的小珍珠此刻全數傾倒而出，一定是昨晚沒蓋好。

我懊惱地拾起小珍珠邊塞回瓶內，一、二、三、四，少一顆。

我手握軟木塞站起身來，順著那股亞馬遜叢林般的特殊氣味找到了第五顆小珍珠，這個小東西溜到一棵大榕樹下，在盤根錯節之間的裸露土壤上給自己找了個好位子。

我嘆著氣走了過去，心裡依然描繪著止血植物的模樣，暗自揣想：我真的好想要金狗毛蕨哪！

就在我的指尖即將觸及它時，突然，第五顆小珍珠像是有生命似的逕自鑽入土裡，接著地面冒出嫩芽，並且以超乎尋常的速度生長，如同縮時攝影般，這棵無中生有的植物快速抽高它的莖葉，等到末端的一片蜷曲嫩葉伸直身子，我終於看出那是什麼。

不到半分鐘的時間，一株茂盛的金狗毛蕨出現在我眼前！

我揉了揉雙眼，是什麼樣的魔法讓我心想事成？是上帝的應許還是祖靈的回應？究竟是怎麼一回事？緊接著我拍了一下自己的額頭，傻瓜，現在可不是追根究柢的好時機，既然找到了我要的草藥，就得儘速趕回布魯斯身邊才行。

我湊上前去細細打量這株綠色的魔法，又撕下一片葉子聞了聞，是貨真價實的金狗毛蕨沒錯！

於是我將軟木塞塞回瓶口，這次還多用了點兒力氣，然後我徒手挖起植物的根莖，確認底下的小珍珠已經消失無蹤後，便趕緊捧著那塊覆有金毛的根莖返回。

當我返回山豬陷阱前，布魯斯的唇色已經白得像鋪上一層細雪。我拔下一撮纖細有如蜘蛛絲的絨毛，小心地敷在他的傷口上，絨毛就像是錯綜複雜的阻塞網，能有效減緩出血的流速、讓血液快速發揮凝血功能。

「小敏，看哪，血止住了！」譽娜吁了口氣。

「布魯斯的傷口沒有消毒，雖然止血了，我們還是得儘快把他送去醫院才行。」我對她說。

「要不然我們生堆火，製造濃煙求救？」譽娜問。

「不好，等到我們升起火堆、再找濕草製造濃煙就太慢了，乾脆我們其中一人陪著他，另外一個走出森林求救。」

「好，妳陪著布魯斯，我去求救。」

「不對，我一路上利用植物和地形記路，應該是我去求救比較合適。」

「妳瘋了嗎？都什麼時候了還想往回走？當然是繼續往前呀！」
「問題是我們不知道往前的路怎麼走。」
「可以問布魯斯啊！只要他指出方向，我就可以找到路。」
「身上沒有指南針太容易迷路了，走出森林的希望很渺茫，往回走是相對安全的作法。」
「妳的意思是說我方向感很差嗎？那妳的體力又有多好？往回走比較遠欸。」
「拜託妳就事論事行不行？要是妳失敗了，我們三個就通通完蛋了。」
就在譽娜和我爭執不休時，布魯斯虛弱地舉起手揮了揮。
「布魯斯，怎麼了？」我握住他的手。「有話要說嗎？你應該也比較贊成我的想法吧？」
「妳問布魯斯幹嘛，他就算沒受傷的時候腦袋瓜都不太行的。」譽娜撇撇嘴。
「噓！聽他說。」我制止她。
布魯斯乾燥的嘴唇勉強地吐出幾個字：「有東西在靠近……」
這句提醒有如當頭棒喝，譽娜和我終於停止爭吵，安靜下來側耳傾聽。果然，我們聽見動物踩斷樹枝的腳步聲快速逼近，有動物朝著我們跑來，而且不止一隻。
「會不會是山豬的兄弟姊妹？」譽娜猝然驚叫。
「天哪，要不要我們合力把布魯斯抬上樹？山豬應該不會爬樹。」我被她的慌張感染。
「來不及了！」譽娜從布魯斯的側身抽出獵刀，「不管是什麼，我都跟牠們拼了！」
凌亂的腳步混合著喘息聲愈來愈清晰明顯，現在我已經能夠嗅到動物身上充滿野性的味道。

檳榔林的另一端出現了幾個黑點，那群動物發出興奮的吠叫，是狗！
轉瞬間，一群狗已經飛奔至眼前，牠們迅速在受困的山豬四周圍起陣線，全身每吋肌肉都因激動而鼓起，甚至沒有費力瞥我們一眼。
「先鋒狗。」布魯斯喃喃道。
六隻先鋒狗使用迂迴戰術逗弄牠們的獵物，牠們輪流上前挑釁，卻又故意保持安全距離，腹背受敵的山豬憤怒地橫衝直撞，無奈受制於腿上的繩索，土坑成了牠的監獄，再過不久還會是牠的墳墓。
後援部隊幾乎是立刻就抵達了，另外六隻主力為戰鬥的獵犬竄出樹林，先鋒狗退至後方，讓體型高大的戰鬥狗佔據有利位置。
若說先鋒狗像是先遣的輕航轟炸機，戰鬥狗便是重裝甲的坦克，虎視眈眈的狗兒們渾身緊繃地跳躍著，紛紛垂涎於山豬柔軟凹陷的喉嚨。
在獵犬爭先恐後的邀功吠叫中，獵犬的主人也到了，兩個揹著獵人背包的男子快步跑來，獵人中較為年輕的男子喝令獵犬退下，年長男子則舉起刺刀，瞄準山豬的心窩便猛力刺去，山豬當場氣絕身亡。
危機解除後，獵人將焦點轉移到我們身上。
「不知道危險嗎？小孩子怎麼跑到獵場來玩？」年長男子面帶責難。
「這個孩子受傷了！」年輕男子在布魯斯身旁蹲下，掀開貼在傷口上的金狗毛蕨，「這山豬咬的嗎？算你們命大，沒有被咬到主動脈，而且知道用這個止血。」

「我們的朋友受傷了，拜託幫幫我們！」我懇求道。

年輕男子對年長男子投以詢問的眼神，對方開口道：「我們這趟是帶刑警先生來的，當然是以刑警先生的任務優先。」

獵人的語句如音叉在我腦中嗡嗡鳴響，我屏息思忖，難道這兩個獵人是為了抓我而來？

「刑警先生？」年長男子呼喚。

獵人的目光落在我後頭，我轉過身去，不知何時，已有另一名頭戴漁夫帽的中年男子站在我後方。

被稱作刑警的男人摘下帽子，露出他藏於帽沿下、迥異於亞洲人的金髮藍眼與鷹勾鼻，瞬間令我跌坐在地。

我詫異道：「李歐？」

直到救護車近在眼前我才終於回神。

「對不起，沒能安全把妳送到機場。」布魯斯躺在擔架上說。

「不，記得瑪雅阿姨留下的包裹中有張名片嗎？名片上的人就是找到我們的國際刑警，所以你算是功成身退了。」我說。

他把自己的手機塞進我懷裡。「帶著這個，只要我繼續收到電話費帳單，就知道妳還在世上的某一個角落裡安然無恙。」

「好，有一天我會回來，買一支新的手機還給你。」我握住他的手。

「好了好了，我會陪布魯斯去醫院的，這裡就交給我吧。」譽娜拉開我們的雙手，轉而向我說道：「小敏，不管過去如何，我要謝謝妳救了我和布魯斯的命，希望那位刑警先生能早日幫瑪雅阿姨洗刷冤屈。」

「謝謝。」

「祝妳一路順風。」

譽娜突然將我一把摟入懷裡。她的擁抱強而有力，黑色的長髮拂過我的臉龐，當玫瑰洗髮精的香味鑽入我的鼻腔時，讓我僵硬緊繃的肢體連同最後一絲防備全都軟化下來。

良久以後，我才緩緩退出她鬆開的擁抱，鑽入李歐的車內，離開這座生活了兩年的山頭，我的生活再次脫離我的掌控。

猶記得兩年前從英國搬來台灣，我孑然一身，擁有的全部財產就只是背包中的一本童話書和一個皮夾，就連護照也交由瑪雅阿姨保管。我猜，聞香瓶項鍊和李歐的名片當時就在阿姨身上了，之後那三件物品就和現金與ＵＭ表格一起待在布魯斯家的隱密抽屜後方，直到昨天才重見天日。

「小敏，我知道妳肯定有許多疑問，為什麼理查神父會發生意外、為什麼阿姨會被捕，還有發生在妳父母與弟弟身上的事。」李歐從駕駛座飛快地瞥了我一眼。

我選擇沉默以對。此時此刻，很多字詞可以形容我的感受，生氣、不滿、憤怒、忿恨，可是絕對不是疑惑。我對於厄運纏身的忿慨早已超過困惑，就像踩到狗屎後擺脫不了惡臭的內心獨白，是「去你的！」而不是「怎麼搞的？」。

「嘿，妳都沒有表情，」他面露尷尬，討好地說：「不如由妳來提問吧？我保證所有問題都會盡力答覆。」

啊哈，要不要先從你為什麼消失了整整兩年開始？我心想。從上車後我就一直偷偷打量他，一樣皺巴巴的上衣搭配破舊牛仔褲、一樣的鍍金十字架項鍊、一樣陳年褪色的皮鞋，從頭到尾一樣的邋遢，表示他兩年來絕對是好端端的正常過日子。

李歐像是看出我極力掩飾的惱怒般，說道：「我知道妳八成不想跟我講話，畢竟我曾經承諾過會照顧妳。雖然現在看來會像是沒有兌現諾言，但事實上，我是以另一種方式履行我的承諾。」

我仍舊不吭氣。扣除我的父母，身為父親摯交的李歐算是我最信賴的長輩了，可是他卻把我扔給初次見面的阿姨，彷彿我是一袋又臭又麻煩的廚餘。我是嗎？這個想法擊潰了我所剩無幾的信心，也更堅定我不能信任他人的念頭。

「其實，理查神父是我的朋友，我們持續保持聯絡，所以我對妳的狀況可以說是瞭如指掌。」他說。

宛如跌入剛以氯劑消毒的游泳池，李歐的話讓我的感官神經全數緊張起來，我轉頭正眼看他，問道：「你說什麼？」

「理查是我就讀神學院時的學長，我們一直斷斷續續保持書信往來，當然啦，他在妳阿姨家的教區服務並不是事先安排好的，不過當我得知這層關係後，就決定讓妳搬去和瑪雅住，理查也可以順便照顧妳。」他說。

我愣愣地凝望他，我以為的朋友居然是個安插在身邊的間諜，專門將我的一舉一動分析回報給李歐？

李歐胸前的十字架項鍊閃爍著詭譎的金光，像是在嘲笑我的愚昧。我向來自恃聰明，就算沒有雪亮的雙眼，靈敏的鼻子也絕對嗅得出欺騙。可是兩天內，我的嗅覺二度令我失望了，而理查神父和李歐的私交又比布魯斯和阿姨的祕密包裹更令我感到驚愕。

李歐嘆氣道：「唉，理查死亡和瑪雅入獄真是糟糕透啦。說起來，我和瑪雅最不希望發生的事情終究還是發生了。」

「這什麼意思？」

「當瑪雅把妳從英國帶回台灣後，我們便一直提防壞人追蹤你的下落。而當殺害妳父母的主謀落網時，我們還以為接下來就高枕無憂了，妳也能夠健康安全的長大。」李歐說。

「殺我家人的主謀落網了嗎？」奇怪，我的GOOGLE訂閱並沒有收到相關新聞哪？

「嚴格說起來是兩個死了一個瘋了，死亡原因是自相殘殺，剩下那個瘋的則被關在精神病院裡，這輩子再別想出來了。」他說。

「那他們……為什麼要？」我鼓起勇氣依然無法把句子說完。

「為什麼要犯案嗎？唉，我本來希望等妳大一點後再告訴妳事情的全貌，看來，現在非得全盤托出不可了。」李歐瞥向後照鏡，眼尾餘光卻投射在我臉上。

「年齡多寡並不影響我知道真相的權力。」我惱火地說。

我想起夾在童話書裡的那張剪報，上面只簡單交代了謀殺案的事發地點和時間，至於兇手的手法、目的和被害者身份全都潦草帶過。這很奇怪，如果破案了，網路上應該會有相關的追蹤報導才對，難道記者認為在教堂裡奪走三條人命的新聞不值得一報？

「妳說的對。潔絲敏，妳總是比實際年齡還要早熟，我總以為妳還是那個紮了辮子在足球場上奔跑的小女孩。只不過，真相恐怕超乎正常人的理解範圍，就連我現在回想起，還彷彿只是做了一場夢。」

「說吧，我可以承受。」

李歐沉吟道：「克勞德、萊斯莉和奧利佛被吊死在教堂祭壇前，死後嘴巴裡被塞入燒紅的木炭，就和另外一個受害者一樣。」

我試著不拿摯愛的家人去拼湊那恐怖的畫面，想像力卻不肯放過我。我轉身面向窗戶，偷偷抹去淚水後又問：「還有別的受害者是嗎？」

「對，一名叫做卡莉的法國女子。」

「所以這是一樁連環謀殺案？兇手為什麼要這麼做？」

「這解釋起來有點複雜。首先，妳要知道將人吊死和嘴巴塞入燒紅木炭是十六世紀獵巫行動時處死女巫的方式——」

「這是獵巫行動？」我打斷他。

「——不，是有人模仿獵巫行動來殺人。」

「我不懂。」

他點點頭。「這就要從頭說起了，潔絲敏，你聽過七原罪嗎？」

「不就是聖經裡的玩意兒？」

「七原罪就是傲慢、貪婪、淫慾、憤怒、妒忌、暴食和懶惰，很多人像妳一樣，認為七原罪單純只是神學理論，卻不知道這世界上真的有七原罪，而且化身為七個人，成為七條綿延不斷的血脈。他們是莉莉斯——也就是亞當的第一任妻子的七名子女，因為莉莉斯反抗亞當、又化身為蛇引誘夏娃吃下智慧之果，所以上帝懲罰她每天生下一百名子女後再眼睜睜的看著子女死去，結果莉莉斯偷偷藏匿了七名子女，這才是七原罪的真正由來。」

我本來眉頭緊蹙，但是因為李歐的話太荒唐，使我忍不住笑了出來。

「記得我第一次登門造訪的情景嗎？」

「記得。」

怎麼可能不記得？那是個陰雨連綿的夜晚，潮溼的氣息中混和了夜露和遠方港口的鹹味，正適合做個揚帆出海的夢。當我們即將就寢時，門鈴卻在雨滴聲中響起了。父親前往應門時我和奧利佛就躲在廊柱後頭窺視，敞開的大門外，一個濕漉漉的人影在街燈照映下散發詭譎光芒。如同戰時報喪的信使，雨中神祕的德國佬為我們家帶來難以置信的消息，那就是李歐的初次造訪。

當天晚上父親和李歐徹夜詳談，基於某種特殊的連結，兩人從此成為莫逆，之後李歐就是我們家的常客了。他經常忽然現身我們家門前，並且成功以巧克力糖收買我和我弟弟，不過，我總能在他按鈴前率先聞到他那雙舊鞋的皮革味。父親的朋友本來就不多，於是李歐自然而然獲得了我們全家人的信任，他甚至教會我和奧利佛踢足球。

那些父親和李歐關在書房裡的把酒言歡、促膝長談，和日後的不聞不問是多麼殘酷的對比哪！那時候的我並不特別討厭他鞋子的氣味，但是，現在和他同處在密閉空間裡，代表著獵物與屍體的濃郁皮革味忽然令我有些作嘔。

「那時候我正在海德堡大學裡念神學，我早就知道自己的身分特殊，而我進入神學院就讀的目的，正是為了解開身分與法器的謎題。我努力接觸所有資源、幾乎翻遍了校內所有館藏，終於有一天，從一本詮釋聖經的古老典籍內頁中發現一張夾藏的希伯來文手寫稿，上面還繪有奇怪的插圖。」李歐說。

「所以你就來找我爸替你翻譯？」我問。

「是啊，這是個天大的機密，我不能仰賴容易洩密的網路和電話，所以乾脆親自飛到英國利物浦，找七個人中唯一熟悉希伯來文的人。雖然我們七個少有往來，但基於一種同盟的心理，對於彼此的狀況多多少少還是會加以掌握。」他說。

我微微頷首，部分塵封的記憶片段浮現。父親兒時的保母是個信仰虔誠的印度裔回教徒，閒暇時的興趣便是研究希伯來文經典，耳濡目染下，父親對於希伯來文和聖經也十分詳熟。父親是個認真起來非常嚴肅的人，倘若他也參與此事，那這個離譜的故事就增加了不少可信度。

「我呢，代表的就是原罪中的貪食。不只如此，七原罪還各自擁有一項獨門法器。想知道我是怎麼找到妳的嗎？」

「線民？衛星定位？」

「都不是，是我的法器。」等紅燈的時候他從外套內袋裡掏出一只皮口袋，鬆開袋口後，將一把閃耀金光的黑色小石頭攤放在手掌上。「這是尋人石，可以用來問出要尋找對象的方向、所在地名或經緯度。貪食原罪加上尋人石法器，聽起來有沒有很熟悉？有讓妳聯想到什麼嗎？」

我搖搖頭。

「糖果屋的童話故事啊！」李歐用力拍著方向盤說。「韓賽爾和葛瑞特不就是因為貪吃才被巫婆關進糖果屋裡，最後卻找到回家的路。七個原罪中還有擅長吹笛子的音樂家和很會使斧頭的武術家，就和童話故事裡把老鼠和小孩引走的吹笛人、以及金斧銀斧鐵斧裡的樵夫一樣。起先我們會以為自己是童話故事的後裔，直到我發現七原罪的祕密，才知道因果關係應該倒過來，是先有其人、然後才被作家寫成故事。」

「那我父親呢？他是什麼童話人物？」

「妳們家族的原罪是懶散，關於妳們的童話故事則是傑克與魔豆。仔細想想，妳的祖先們全都對植物很有一套是吧？妳父親成為園藝師並非偶然。」

我想起背包中母親手工謄寫的童話書，裡面唯二的故事便是「賣空氣的小販」和「傑克與魔豆」。難道這就是父親留給我的暗示？所以，聞香瓶項鍊裡裝的不是翠綠色小珍珠，而是魔豆？這是它長出金狗毛蕨的唯一合理解釋。

可是，我對於原罪的說法依然半信半疑。

「懶散？我父親可一點兒都不懶惰。」

「我認識克勞德一輩子了，他的脾氣我很清楚。只要是有興趣的事情，克勞德絕對會一頭熱的鑽進去，可是如果是沒興趣的事情，他根本連碰都懶得碰，無論那件事情多麼重要都一樣。就拿交際應酬來說好了，克勞德很討厭打官腔，奉承啦說場面話啦一概不想做也做不到，所以他只能當自己的老闆。」

我承認，父親的怪脾氣倒是完全遺傳給我了，我也很懶得拓展社交圈，認為朋友貴在精不在多，這也是我不使用Facebook的原因，在網路上按讚的友誼根本不算是友誼。許多人以為我個性冷漠內斂，原來這是基因問題。

「你也不算貪吃吧。」我說。以李歐的年紀而言，他的身材算是維持得相當好。

「喔，那是因為妳不知道我做了多少運動來抵消吃進去的熱量。」他說。

「是啊，我也沒機會知道。」我奚落道。

李歐張口想要辯解，下一秒卻神色淒然緊抿雙唇。

經過一陣短暫的尷尬後，我打破沉默：「所以，身為原罪的七個人你都認識嗎？」

「倒也不能說都認識，我的確知道七個人是誰，但真正維持友誼的就只有和妳父親。」李歐說。

我將諷刺吞回肚裡，又問：「好吧，那除了糖果屋、傑克與魔豆、吹笛人和樵夫以外，還有什麼童話故事？」

「睡美人、白雪公主和美人魚。而且嚴格說起來，這些故事的原貌其實是寓言故事，經過好幾百年才慢慢被改編為童話故事的。」他說。

我想了想，開口道：「既然你清楚交代了七個家族、七種原罪和七樣法器的來龍去脈，是想表達謀殺案和法器有關嗎？」

「聰明。謀殺案的主嫌便是覬覦法器所以才犯案的。十六世紀的獵巫行動起始於基督教教廷得知了七原罪活於人世的祕密，所以使出極端手段想要揪出七人，幸好我們幾千年來精於躲藏，只是可憐了那些無辜被誣賴為女巫的凡人女子。兩年前主謀藉由類似獵巫的處決手法讓我們以為教廷獵巫行動捲土再起，其實主謀的目的是要將我們各個擊破，方便奪取法器。」

「為了法器，我的父母和弟弟就成了犧牲品？」

我搖下窗戶，讓新鮮空氣灌入車內，卻惹來一陣勁風吹得頭髮猛烈拍打臉頰，有點痛、又不太痛，就像李歐荒誕的論調一樣，是令人感到很不真實的真實。

「潔絲敏，我很抱歉。」他說。

「是誰？」我噙著淚質問他。「我要主謀的名字、幾歲、哪裡人、家中還有什麼成員，我通通都要知道。」

「妳問這個幹嘛？」他嚇了一跳。

「死了也沒關係，總之我需要這些資訊。至於那個瘋了的，李歐，帶我去，我要親眼見見殺死我家人的兇手。」

我要唾罵他、刮他耳光，我要看穿他隱藏在瘋癲面具下的真實模樣，然後拆穿他的偽裝、把他送上刑場。如果法律沒辦法還我家人個公道，那就把他送上我私人的絞刑檯，然後在他嘴裡也塞進燒紅的木炭。不管要花多久時間都沒關係，我很有耐心，可以慢慢來。

李歐謹慎地看了看我，說：「很抱歉，我現在還沒辦法透露。妳只要相信兇嫌已經受到應有的制裁就好了，我認為妳的父母也不會希望妳耽溺於過去的傷痛。」

「怎麼會是過去？難道謀害理查神父的人不是主嫌未清的餘黨？說不定就是關在精神病院裡的傢伙偷跑出來犯案？」我問。

「不可能。」他斷言。

「帶我去精神病院，我要親自確認。」我堅持。

「潔絲敏，保護妳是我的第一要務，這是我唯一能為克勞德和萊斯莉做的事了。至於是誰毒殺理查和陷害瑪雅，這我會調查清楚的，妳就別煩惱了吧。」他敷衍著。

我不禁啞然失笑。就在幾分鐘前，李歐不也承諾過會盡力答覆我的所有問題嗎？他的承諾還真是一文不值。我吸了吸鼻子，立刻聞到空氣中因緊張而冒汗的謊言的味道，李歐在刻意虛應故事。他嘴上說不希望我沉浸在痛苦中，行為上卻像是有意保護主謀似的，太奇怪了。

「潔絲敏，離開利物浦前，妳父親有將法器交給妳嗎？」他突然問道。

聞香瓶鍊墜安然無恙地藏在我的上衣裡面，貼著我的皮膚，與我砰砰亂跳的胸口共同起伏。

「沒有啊。」我說謊。「你知道法器是什麼樣子嗎？說不定我在家裡有看過。」

「克勞德說過妳們家族的法器是魔豆，我是沒有親眼看過，至於存放在哪裡我也沒有多問。看來我們得找個時間回去利物浦找找看，那麼重要的傳承可別弄丟了才好。」他說。

謊言！謊言的味道愈來愈濃重。如果連父親都沒有把法器的細節告訴李歐，那就表示父親也並非完全信任李歐。換個角度想想，搞不好他本人就是覬覦法器的主謀之一，搞不好他是穿著刑警制服的罪犯、是披著羊皮的狼。

「好啊，我也希望法器不要弄丟了，找到以後我要租個保險櫃來放。」我故意試探他。

「是嗎？我不建議放在保險櫃這麼公開的地方欸，妳年紀還太小，法器的力量對妳來說太危險太難掌控，不如先放在我這裡吧，等到妳成年後再拿回去，這段時間就多充實跟植物有關的知識吧，這也會是克勞德的期望。」他說。

抓到了，李歐果然想要我的家族法器。我不動聲色地轉移話題：「如果阿姨一直沒有洗清罪名，我要被送去孤兒院或是寄養家庭之類的地方嗎？」

「別擔心，我會處理好一切的。現在先讓我們回到德國安頓下來吧。」李歐說。

我點點頭，從背包中拿出布魯斯的手機把玩，然後趁空登入電子信箱打算好好檢查垃圾信件匣，看看有沒有之前被遺漏的新聞訂閱。

沒想到才剛登入，電子信箱就閃起了收到新郵件的燈號，猶如百年難得一見的彗星般閃亮。

我趕忙進入收件匣，發現最上方有一封來自Facebook個人檔案的訊息，有人在布魯斯替我建立的帳號留言給我……

來自：伊莎貝

內容：我和妳一樣是七分之一。我知道真相。見面詳談！

無須思考，我的手指立刻飛快地在鍵盤上舞動起來……

時間？地點？

然後按下送出。

http://dflkjwflkvhg.ksfchlfwv.slkjv.ALsdcnjl128947hcrpn dj

寄件人：影夫人

收件人：奶油公爵

內容：找到適合的漁場了，一起釣魚嗎？

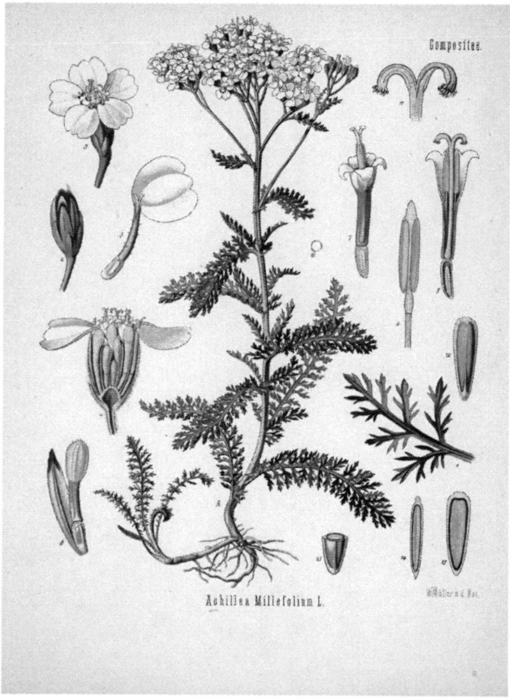

蓍草（學名：Achillea millefolium）

蓍草在古蘇格蘭被認為有驅除惡靈的力量，嫩芽可以烹飪或作湯，中世紀的歐洲也被用作啤酒添加劑。有抗發炎、利尿和抗菌的功效，並可減緩肌肉痙攣、發燒、腸胃病、發炎和病毒感染。

第四章

車輛疾駛於高速公路上，排氣管因賣力吐息而發出悶哼，像是睡過頭似的急著將夢境拋諸腦後。緊閉的車窗形成壁壘分明的界線，把未知、李歐與我圈在一起，那些我日漸熟悉的、屬於母親故鄉的事物隔絕在外。

沒等我將炎熱潮溼的氣味複習最後一遍，機場已近在眼前。

上午的桃園國際機場正值繁忙時段，幾個旅行團在出境大廳裡各據一方，等候姍姍來遲的團客、也等待一趟交織歡笑的旅程。我覺得他們就像是某種洋洋得意的秘密結社，看看那些三兩成群的團員，惺忪的睡眼裡儘是期盼與篤定，不像我，行單影隻而漫無目的。

我走在李歐的右後側，始終保持三十公分的禮貌距離。一群混合了白人與亞洲人面孔的中學生相互簇擁著從我們面前經過，這些和我年紀相仿的青少年穿了ＴＡＳ（台北美國學校）的制服，正高談闊論於即將出發的旅行和夜間慶祝派對，說到興奮之處還你推我擠的打鬧起來。我別開臉，假裝自己對於他們口袋裡裝滿的鈔票與祝福毫不在意。

「走吧，報到櫃檯在那個方向。」李歐搭上我的肩，在我冷淡地瞥向肩頭的重量後，他縮回

手，彷彿肚子被打了一拳。

我再度低頭察看手機，蟄伏已久的收信匣仍舊沒有動靜，無論我怎麼按網頁重新整理按鍵，螢幕就是沒有變化。

「在和朋友聊天嗎？也好，有了通訊軟體，妳和朋友聯絡也比較方便。」李歐再度嘗試與我交流，他以為我是和朋友難分難捨，正用手機和布魯斯或譽娜打字聊天。

「嗯。」我咬著下唇，把緊張和雀躍全都藏在平靜無波的表情下。

伊莎貝怎麼還不回信？她說她也是七分之一，還說她知道真相，這正是我所需要、而李歐不肯全盤托出的。這個伊莎貝究竟身在何處呢？非洲、歐洲還是澳洲？八成是某個和亞洲有時差的地方，所以還沒看到我的留言。

「哇，航空公司櫃檯前的隊伍好長哪。」李歐在長長的人龍前止步，建議道：「不如妳先去喝杯咖啡，等我劃好位了再去找妳？」

「好，那就麻煩你。」我伸手進入斜背包中摸索，從黑色護照包裡取出台灣護照交給他。

「待會兒見。」他微微頷首，加入隊伍的最後方。

咖啡氤氳而強烈的香氣引領我找到一百公尺外的咖啡店，我替自己點了杯伯爵紅茶、又替李歐點了杯單品咖啡，然後找了張空桌子坐下。老實說，我這麼做的理由僅是為了彌補讓他獨自排隊的虧欠，而非體貼。

我常常覺得自己的心就像是矗立於尼斯湖畔的厄克特城堡——遺世獨立且固若金湯。小時候我曾跟著爸爸媽媽去過一次，那時真的喜歡極了，即便城堡在戰爭與歲月的摧殘下日漸頹圮，我仍然能夠想像它百年前佇立於丘陵上、凝視湖水的優雅姿態。冷靜、嫻雅、固執、內斂，就像我一樣。任何人想要貼近我的內心，也必須跨越外層厚重的石牆，然後登上陡峭地勢、橫渡護城河，接著還得穿越蜿蜒的迴廊、翻過層層疊疊的階梯與塔樓才能抵達。

而且進去很困難、出去卻很容易，只要犯下了背叛的過錯，只要一次，就會令我永難忘懷。我會不留情地以投石器將對方扔到老遠，說不準的，還會放任我心裡啃噬仇恨的尼斯湖水怪恣意肆虐。不過我的厄克特城堡已經空了很久了，本來狹窄的心房就只能容納少數人，父母與奧利佛去世後，再小巧的空間也顯得多餘了。

就在我想得出神時，掌心忽然傳來一陣酥麻，震動中的手機提醒我期待已久的收件匣出現了新訊息。

來自：伊莎貝

內容：十二小時後泰國清邁國際機場見。

什麼！十二小時後？清邁？

我從座位上一躍而起，理智迅速運作起來，我的評估如下：我的優勢是人正好在離泰國不遠的台灣機場，身上還偷偷藏了一本英國護照和為數不少的美金，要趕在十二小時後抵達清邁機場應該沒問題。但同時，我的弱勢是附近有個身懷法寶的尋人專家近在咫尺。

說曹操、曹操到。李歐已經完成劃位，正朝咖啡廳的方向走來。我踮著腳尖朝大廳方向張望，雖然我個子不高，但李歐是超過一百八十公分的大塊頭，所以我的視線能輕易地掠過人群頭頂、認出那摻雜白絲的散亂金髮。

是要跟隨李歐去德國？還是單刀赴會去泰國？這是一場理性與感性的擂台賽，我應該聽從長輩的安排，還是跟隨自己的心意？

幾乎是立刻，對真相和復仇的渴求一拳擊碎表面的順從。

我跑出咖啡廳，再度撞見那群吵吵嚷嚷的ＴＡＳ學生，於是乾脆趁亂鑽入嘈雜的隊伍之中。這些中學生就像是從動物園裡被野放回大自然的猴群，你推我擠地急著探索新世界，剛開始頗為引人側目，等到習慣他們的存在後反而不會特別去注意。

我牢牢抓著這個信念，就像是潛水之人拼命銜著攸關生死的呼吸管，放膽走入人群裡邊道歉邊忍受白眼，果然成功地藉由掩護與李歐擦身而過。

我看著他的身影進入咖啡廳，同時觀察逃脫路線的選項，正好瞥見前方轉往第一航廈的電車車門開啟，於是便抓緊機會搭上電車，駛離第二航廈。電車沿著軌道向前，隨著視線中的建築物愈來愈模糊，我的呼吸也恢復平順。

成功到達第一航廈後，我找到了泰國航空公司的櫃檯，並候補上半小時後飛往清邁的機位。只是，當我把護照交給櫃檯地勤人員時，還是發生了一段小插曲。

地勤人員翻開護照，倏地抬頭瞪我，道：「同學，等等。」

「怎麼了嗎？」我全身一僵，心虛地問。地勤人員看出什麼端倪了嗎？莫非這是本假護照？

「同學，妳還未成年吧？未成年人在沒有成人陪同下搭機，必須辦理特殊申請喔！」她說。

「喔，不好意思，我忘了這個。」我趕緊從黑色護照套裡翻出UM表格，畢恭畢敬遞給了她。

「妳看起來很慌張。」地勤將表格壓在桌面上，神秘兮兮地說：「我在上班的路上看到好多妳的同學，今天睡過頭了是吧？哈哈，出門旅行的前一晚興奮得睡不著嗎？」

「對，妳怎麼知道！」我裝出無辜的傻笑。她肯定誤以為我是TAS的學生了。

「姊姊也年輕過嘛，別緊張，如果有心儀的男生，記得抓緊機會就對了！」她對我眨眨眼。「好啦，這樣就可以了。祝妳玩得愉快！」

「謝謝姊姊。」我奪回護照和登機證，快步逃離現場。

還有三十分鐘才起飛，我躲進女廁裡大口喘氣，今天我要嘛就是呼吸窘迫，要嘛就是換氣過度，現在似乎只有廁所芳香劑和空洞的回音方能營造出安全的環境。

我扭開水龍頭，鏡子裡的我糟透了，頭髮糾纏打結、衣服又皺又髒，牛仔褲腳和球鞋上有著斑斑泥濘，而且渾身都是燃燒木炭的煙薰味。難怪地勤人員會以奇怪的眼神打量我，我這副德性根本不像觀光客，反而比較像是在泰國叢林裡與虎搏鬥、劫後餘生的浪人。

嘩啦嘩啦的水聲與消毒過後自來水的氣味讓我暫時沉澱下來，已經一整天沒洗澡了，我把沁涼的水潑灑在臉頰與雙手上，再以手指順了順頭髮，然後沾濕紙巾擦拭鞋上的污泥，當鏡中的女孩恢復整潔後，自來水彷彿也洗滌了我不安的情緒。

這時，我為了避開走入盥洗室補妝的女子，故意躲至其中一間廁所，意外發現門上的掛勾有件被人遺落的連帽外套，顧不得失主可能回頭找尋，也顧不得外套比我的身材大上兩個尺碼，我穿上帶有陌生人氣息的寬鬆外套並戴好帽子，在女子離去後跟著離開女廁。無論如何，彆腳的喬裝總比沒有的好。

躲在帽沿下的我吁了口氣，頓時有些沾沾自喜，卻發現自己忘了一件異常重要的事：李歐的法器是尋人石。

當我脫離廁所芳香劑的味道，從迎面而來的空氣中嗅出一絲李歐舊皮鞋的氣味時著實嚇了一大跳，隨即想起那把閃閃發亮的黑色小石頭。

李歐說過什麼？尋人石可以顯示出對方的方向、地名和經緯度是嗎？既然李歐能從德國找來台灣，又怎麼不會從第二航廈找到隔壁的第一航廈呢。

我強迫自己冷靜下來，算算時間，李歐耽擱了十分鐘才找到這兒來，八成是因為不敢在公開場合秀出他的法器。所以我只要避開他、趕緊登機就好了。

此時機場的廣播系統響起，專業而溫和的女人聲音宣布飛往清邁的班機已經開始登機了，我倚著轉角的牆壁伺機而動，打算在李歐氣味消失並再度折返的瞬間衝向登機門。

這時，一隻手驀然拍上我的背部，讓我起了滿身雞皮疙瘩。

「不好意思！」一對貌似美國人的老夫妻喊住我。

首先我注意到的是兩人身上散發的混和了肥皂和人體自然油脂分泌的氣味，許多老人家都有這種味道。我看看老先生、又看看老太太，身材高大的老先生頂著一顆光亮的禿頭，休閒襯衫底下圓滾滾的啤酒肚彷彿想要掙脫皮帶的束縛。嬌小的老太太將滿頭銀絲盤成高聳的髮髻，卻還搆不上老先生的下巴。

「什麼事？」我抬起雙眼，神情戒備地問。

「年輕人，能不能請妳幫我看看這上面寫的是幾號登機門哪？」老先生問。

我鬆了口氣，眼前笑得臉上勾勒出深邃魚尾紋和法令紋的老人家只是單純需要協助。

「年紀大了，不但視力變差，就連記性也退化了，剛剛櫃檯小姐才提過登機門的號碼，結果我們轉個身又忘了！」老太太羞赧地說。

「沒關係，我來幫忙看看。」我接過登機證，驚覺這是個天賜的巧合。「好巧，我們要搭同一班飛機耶，不如我陪兩位走過去吧。」

「好哇！」老夫妻說。

我趁隙插入兩人中間的位置，分別勾住老先生和老太太的手臂，露出最親切可人的笑容道：「兩位去清邁旅遊嗎？」

「我們女兒跟著他先生被外派到清邁，上禮拜剛產下一名寶寶。太好了，親愛的，我們和這位小姐一起走就不怕錯過登機了。」老先生對老太太笑道。

「恭喜兩位當外公外婆了，你們在台灣轉機嗎？」我誠摯地說。

「謝謝！我們女兒說亞洲國家就屬泰國和台灣最友善，強烈建議很我們順道過來玩幾天。」老先生說。

起來。

「喔，去了哪些地方呢？」我刻意讓話題無限延伸。

「我們去了不少地方呢，九份、金山、淡水，還搭了火車去太魯閣……」老太太滔滔不絕了起來。

就這樣，我躲在一件寬大的連帽外套裡、挽著一對老夫婦的手臂，怎麼看都像是感情融洽的祖孫三人。我在心裡偷笑，披上別人的外套算不上高明的變裝，但換個新身分可就是絕佳的偽裝了。

從曼谷到清邁的交通工具有多種選擇，想要飽覽由南至北不同風光可以搭巴士，計畫體驗臥舖夜車可以坐火車，希望深入當地生活邊走邊玩可以租汽車，而我選擇了最直接、最不麻煩的一種——國內航班。

由於轉機耽擱了不少時間，抵達清邁時已接近傍晚，一下飛機我便迫不及待地傳訊息給伊莎貝，然後依約在機場餐館點了杯橘紅色的泰式奶茶、坐在角落裡的僻靜位置等候。

我用力吸入一大口泰式奶茶，紅茶的香氣和煉乳的濃稠甜味順勢沖進胃裡。我的第一個念頭是：好甜！喝慣了家裡自製以味覺取勝的花草茶，會覺得泰式奶茶的強勢口味完全壓倒氣味，才喝一口便不敢領教。於是我無聊地攪動著吸管，讓透明的冰塊在橘紅色的漩渦中載浮載沉，偶爾撞上杯子發出清脆的聲響。

已經超過約定時間五分鐘了，翻騰的焦慮不斷推扯拉我的嘴角與眉心，我努力維持表面的平靜，將雙手交疊平放於桌面，下巴則懶洋洋地擱在手背上，這樣就能讓半張臉藏於茶杯後方。等待的每分每秒都令我坐立難安，就像迎接一場盲目的相親或艱難的面試，但相親或面試都可以取消和放棄，我卻沒有任何退縮轉圜的餘地。

機場裡旅客絡繹不絕，入境、出境、過境，人們來來去去。伊莎貝是個怎樣的人呢？我不禁胡思亂想起來。會是那個身穿套裝、提著公事包的中年女子嗎？還是打扮得像嬉皮的遊客？會不會他根本就是個男的，坐在電腦的另一端吃披薩、或是嗑藥呼麻？

正當我的思緒像是脫韁野馬般恣意奔騰，前方一名年約十七八歲的女孩走向我，她咧嘴一笑，在對面椅子坐了下來。

「嗨！我是伊莎貝。妳是潔絲敏？」她問。

「嗯。」我從杯子後方抬頭，呆呆地望著她。伊莎貝既不是嬉皮也不是毒蟲，她是個打扮老氣的書呆子！

眼前的女孩蓄著參差不齊的及肩金色短髮，堪稱清秀的素淨臉龐掛著一副極不相稱的粗框眼鏡，遮住了她的湛藍色眼睛。她的身材高挑纖細，缺乏戶外活動讓她活像是一副蒼白的骨架。她的服裝品味也很怪異，過時且過大的格紋襯衫和復古喇叭牛仔褲鬆垮地掛在身上，加上一個超醜的螢光橘後背包，簡直就是從四十年前穿越時空來到現代的古代人，就連聞起來也有點古董家具的味道。

「妳約我來，是想當面談談關於七名童話傳人的事情嗎？」我直截了當地問。

「嘿，小妞，這裡是公共場所耶！」伊莎貝驚呼，「要談可別在這裡，走吧，我們路上談。」

「去哪兒？」我問。

「當然是去古城區啊。機場裡人來人往的，可以安插眼線的地方太多了！」她從鏡片後方偷偷打量四周。

「等等，我特地從台灣飛到泰國，除非妳先解釋清楚找我來的目的還有妳在躲避什麼，否則我哪兒也不會去。」我嚴正拒絕。

「哇，妳的防備心還真重耶！反正都已經願意搭幾個小時的飛機來了，再多坐幾十分鐘的車又有什麼差別呢？」伊莎貝嘀咕。

看我不為所動，她才推了推眼鏡道：「我是一名駭客，一直在網路上追蹤和我一樣的人，我知道我們總共有七個，可是每個人似乎都忙著在世界各地跑來跑去，實在很難聯絡上。至於妳呢，雖然妳過去有兩年時間固定待在台灣，可是妳很少上網，就算上網每次也只花一兩分鐘的時間，所以也很難接觸。」

「是沒錯。」我說。

「直到前兩天，妳居然在Facebook上開了帳戶，而且還玩了上面的遊戲，妳知道Facebook的個資有多容易外洩嗎？任何一個蹩腳的程式設計師都可以從上面抓下大把大把的用戶資料！」伊莎貝翻了個白眼。

我恍然大悟，去石門水庫的前天晚上，布魯斯的確擅自作主替我開了帳戶並讓我玩了裡面的心理測驗，現在回想起那些繞著童話人物打轉的問題，才驚覺諸多巧合近乎詭異。

「妳是駭客，那個網路上關於童話人物的心理測驗，該不會就是妳做的吧？」我問。

「正是。」伊莎貝沾沾自喜地說。

「妳為了找我們而設計了一個遊戲當做誘餌？像釣魚一樣？」我問。

「而且只花了一個禮拜不到的時間就釣到大魚了。」她說。

「所以妳到底是誰？妳怎麼知道我的名字？伊莎貝確實是妳的名字嗎？」我連珠炮似地發問。

「噢，一次解決一個問題好嗎，首先自我介紹好了，我來自美國，今年十八歲，伊莎貝確實是我的名字。再者，我當然知道我們七人中每個人的名字，也知道我們分散在不同國家，這些都是常識啊，難道妳不知道嗎？」她認真地凝視我，彷彿我是個智能低下的傻瓜。

「也許我不知道人名，但是我對於其他資訊的掌握超乎妳的想像。」我不高興地說。

「所以妳也知道童話傳人和法器的事情嘍，我們真該向格林兄弟索取版稅。」接著她話鋒一轉，道：「我和妳一樣，在兩年前的撲殺中失去親人，是我的親姐姐。我的父母早逝，海柔是我僅剩的家人，所以妳可以想像，當我接獲海柔遇害的消息時有多難過。」

「嗯。」我淡淡回應，胸口隱隱作痛。

「不過沒關係，為了幫家人討回公道，我已經做好完整調查了。」伊莎貝從螢光橘背包裡取出一台筆記型電腦。

她纖細的十指在鍵盤上靈活跳躍，進行擅長的事情讓伊莎貝看起來專注又機警，完全擺脫了笨拙。電腦外殼閃耀著銳利的銀色光芒，像它的主人一樣聰穎敏銳卻少了點什麼，我自認十分不好相處，比起我的難以親近，伊莎貝的過分熱烈更是古怪。

安靜等待了幾分鐘後，電腦螢幕出現變化，先是一連串奇怪排序的字母與數字，接著又跳出幾張檔案。我不太懂電腦，只能看著伊莎貝像變戲法似的操弄科技。

伊莎貝將螢幕稍微轉向我，道：「妳看看這兩張驗屍報告，雖然一宗案子發生在英國、另一宗發生在法國，可是犯案的手法卻一模一樣。」

「妳駭進了警方的資料庫？」我震驚地問。

這就是我查不到任何相關資料的原因，人家是駭客，而我只會用google訂閱。

「我從不同的資料庫裡交叉比對出相同的手法，沒什麼困難啊，就是稍微花了點時間。瞧瞧這裡，受害者的死因是脖子被綁上繩索吊在教堂祭壇上方導致窒息，死後嘴裡還被塞入燒紅的木炭，造成口腔灼傷。」她說。

雖然不是第一次聽說犯案過程了，但伊莎貝的一席話還是令我胃部糾結，像是有隻無形的手伸進我的腹腔裡又揉又捏，當我在檔案上瞄到父親的名字時，那噁心的感覺更是加倍。

「法國的受害者就是妳姐姐嗎？」我忍著不適問道。

「喔，不是，她叫做卡莉。簡單來說，殺害妳家人和這位卡莉小姐的兇手是主謀三人，謀殺我姐姐的則是他們付錢請的墨西哥殺手。不過無所謂啦，反正他們就是同一掛的嘛。」伊莎貝譏諷地哼了哼，語氣中的酸味如陳年老醋。

「這真是讓人難以忍受，對於發生在妳姐姐身上的事，我很抱歉。」我說。

伊莎貝敲打一陣後點選了一張圖片。「其實我姊更慘，海柔是被兇手以刑具凌虐到死的，所以她痛苦到最後一刻。」

當圖片被放大到佔滿整個螢幕時，我必須要死命地捏自己的大腿才能忍著不吐出來。那真是我這輩子看過驚悚指數最為破表的照片了，任何限制級恐怖片的畫面跟它比起來都如卡通影片般無害。

整張照片有三分之二的面積都濡浸在半乾的暗紅血泊中，被綑縛在囚椅上的受害者穿的不像是上衣，而像是一條撕裂的破抹布，衣服上除了濕答答的紅色血漬，便是重複染上的乾涸黑血了。大量的血水順著她的褲襠流下，最後積聚在腳邊。簡直像是一尊歌詠死神的噴泉雕像。

就算只是看著照片，我都能聞到血腥味與尿騷味。海柔死得好沒尊嚴。

「我為妳的損失感到難過。」倍受衝擊後，我吐出連自己都不屑的悼慰。我再次朝照片瞄了幾眼，紅色的畫面中，一叢銀白色捕捉到我的目光。「伊莎貝，妳不是說海柔是妳姐姐嗎？為什麼照片中的人滿頭白髮呢？」

「魔法啊。」伊莎貝黯然道：「海柔在臨死前使用了魔鏡的魔法，才得以解脫。」

「伊莎貝，兇手受到制裁了嗎？警方到底破案沒？」我問起我最在意的問題

伊莎貝邊搜尋資料邊說：「早就結案了吧，不過說到這個我就一肚子火，國際刑警將橫跨英

美法的三個案子串在一起後，判定是精神失常的主謀夥同情婦和管家共同買兇犯案。最後自己人鬧到窩裡反，管家被情婦開槍打死，情婦又死在主謀手上。找到了，看看這裡寫的，涉案最重的主謀最後卻能夠舒舒服服地住進高檔精神病院，真是太不公平了。」

「真的很不公平。」我喃喃道。

「最扯的是，負責辦案的國際刑警也是我們的一員，他是李歐。」伊莎貝憤憤地說。

「什麼？」我大驚失色，「李歐為什麼放任主嫌不被判刑？」

「因為主謀也是我們的人啊，一個是美人魚、一個是金斧銀斧鐵斧裡的樵夫，他們蛇鼠一窩、狼狽為奸，想要剷除我們其他人。就算美人魚死了、樵夫進了精神病院，但我認為他們的子女也有份，而且看李歐包庇他們的樣子，肯定也有收受好處。搞不好根本是黑吃黑！」伊莎貝發起牢騷。

怎麼可能？這下子換我躊躇不定了。

我的確懷疑李歐隱瞞了部分事實，礙於長輩和警務工作的身份考量，對故友的未成年女兒語帶保留倒也無可厚非。但無論是同謀還是黑吃黑，這兩者的可能性都未曾出現在我的考量中。再怎麼說，身為我父親的摯交好友，很難想像他會對我的家人痛下殺手。如果只是覬覦法器，李歐對我家的屋子瞭如指掌，何不用偷的比較乾脆也比較不會將事情鬧大？還是我不夠了解他？

「妳確定李歐有參與？」我問。

「百分之百確定。若不是國際刑警居中斡旋，這麼駭人聽聞的跨國連環兇殺案怎麼可能不上各報頭條？」伊莎貝信誓旦旦地說。

「這麼講確實有道理。那麼，妳肯定樵夫和美人魚的子女也是同謀嗎？警方的調查報告裡並沒有這樣寫。」我狐疑道。

「當然，否則為什麼霸著我的法器不肯物歸原主？妳的家族法器也被他們拿走了對吧？」她怒罵。

我不置可否，決定暫時保留聞香瓶項鍊的祕密。「好吧，那接下來的計畫是什麼？」

「我希望能把屬於自己的法器拿回來。」伊莎貝鏡片後的眼神閃爍著渴望。

「就憑我們兩個？」我問。

「當然不是，我們還有一張秘密王牌哪，不然特地跑來泰國來幹嘛？」她拿起我喝了一口的泰式奶茶，一飲而盡。

伊莎貝故弄玄虛，而我馬上就聽懂了。三樁命案，三個受害者家屬。

「能不能取回法器就要看這張王牌了，不過在辦正經事前，我們還得先找間服飾店，把妳這一身亂七八糟的衣服換掉。」她嫌棄地看了我一眼，這倒令我啼笑皆非。

我們搭上前往古城區的巴士，一離開機場，各式各樣的味道便源源不絕地撲鼻而來。熱氣蒸騰的路邊攤上散逸著椰奶、咖哩、羅望和魚露等泰國食物特有的強烈氣味，轉個彎後的香料店裡飄出班蘭、香茅、南薑和檸檬草等辛香植物自成一格的獨特氣味，街角琳琅滿目的水果店裡傳來木瓜、芒果、葡萄和鳳梨酸甜馥郁的氣味。

忽然，一陣薰天臭氣瀰漫開來，難以忽視的濃重臭味像是雨後堵塞倒灌的排水溝那麼臭，不對，還要更臭上一百倍。

「是什麼東西這麼難聞？」我摀著鼻子問。

「果中之王，榴槤。」伊莎貝咧嘴一笑，「又香又甜又便宜，我一定要多吃幾個。」

巴士繼續往前開，我們和那股臭不可當的水果香味漸行漸遠，緊接著又有路樹的氣味、汽車排氣管的氣味和街頭鴿屎的氣味迎面而來。

清邁真是一場嗅覺的盛宴。這個城市的味道，好華麗。

我們在古城區附近的寧曼路下車，這裡聚集了咖啡館、餐廳和許多特色小店，每轉過一個巷弄，都能發現風格鮮明的舖子和匠心獨具的裝潢。外國觀光客喜歡在寧曼路上消磨時間，無論是具設計感的家飾品或帶傳統色彩的手工藝品都有的買，逛累了便任意推開一扇看得順眼的門，點上一塊蛋糕和一杯咖啡，讓自己成為街區的一部分，點綴這幅愜意閒散的清邁風景。

伊莎貝拉著我去買衣服，此刻的我對購物興趣缺缺，可是身上半件換洗衣物也沒有，只好半推半就地買了幾套內衣褲、幾件簡單的T恤短褲、幾雙襪子與一雙夾腳拖鞋，順道還買了個旅行袋裝這些東西。我想伊莎貝對我的服裝品味真的很有意見，最後結帳時，她又往我的購物籃裡扔進一件白色洋裝強迫我買單，若非懶得與她一般見識，我也能對她的穿衣風格給予不少批評指教。

之後我們找了間便宜旅館投宿，旅館老闆邁可是個蓄著雜亂鬍鬚的加拿大人，他已經充分融入當地生活，起先我還以為門口躺椅上那位喝著啤酒曬太陽的人也是觀光客呢。邁可將最後一間雙人房留給我們，還給了個不錯的折扣。

一進房間伊莎貝就迫不及待地打開電腦，熱切投入工作，電腦螢幕的亮光和她眼中的光芒相互輝映，恍若與世隔絕。

等我好好享受完睽違已久的熱水澡後，發現她依然專注守在螢幕前。

「在幹嘛？」我問。

「研究我們的王牌啊。」伊莎貝撫摸著下巴說道：「賽門，十八歲，從西點軍校退學後就跑到世界各地當背包客，還在法國做了一陣子傭兵。他喜歡攀岩、風箏衝浪、越野摩托車和飛行傘等極限運動——」

「聽起來像是個不學無術又不要命的傢伙。」我輕聲說。

「——賽門前陣子在清邁定居下來，受雇於一家旅遊業者，專門做外國人的生意。自從雇用了超級帥哥擔任當地導遊以後，消息一傳十十傳百，多少女性慕名而來啊，旅行社的生意蒸蒸日上，簡直快要可以掛牌上市了，顧客還封他為清邁最迷人導遊！嘖嘖，你看他的嘴唇多性感、體格多好，真是百看不厭。」伊莎貝對著照片傻笑，一臉心猿意馬。

螢幕上的男子確實長得好看，他有一張圓圓的娃娃臉，灰綠色眼眸純真而友善，配上直挺的鼻樑和線條優美豐潤的嘴唇，就像大學兄弟會裡金髮的陽光男孩。如果只是長相迷人也就罷了，偏偏他還擁有令人垂涎的強健體魄，照片中他的結實胸肌簡直快要衝破合身的上衣。這位賽門渾然是個可愛與性感的綜合體，難怪會讓伊莎貝神魂顛倒。

「有必要把他拉進計畫中嗎？我不喜歡麻煩人家。」我說。

「當然有必要，以我的電腦專業加上賽門的軍人背景，便是智慧與體能的完美結合了。」她說。

「說的也是。」我自忖沒有犯罪頭腦也不懂格鬥技巧，頂多只會蒔花弄草，算不上什麼了不起的本事，就算不喜歡這種利益結盟卻也無力反駁。「拉攏賽門以後，妳打算怎麼做呢？」

「等到一切布局完成，就換妳派上用場啦，誰能抵擋一個未成年孤女的求救呢？」她打了個響指道。

我大概能了解伊莎貝的意思，最終，她是打算利用我孤苦無依的受害者形象作為誘餌，騙敵人自己找上門來。

「好吧，那我們現在要去哪裡找這位迷人導遊兼前西點軍校生？」我問。

伊莎貝輕鬆敲了幾個按鍵，道：「晚餐前他會帶客人去參觀素帖寺，從這邊搭車過去很快，我們直接去廟裡堵他。」

「哇，妳追蹤他的手機位置？」我說。

「沒那麼麻煩，我和他是Facebook好友呢。偷偷告訴妳，我用一張超級大正妹的照片設了一個假帳號和他套交情，只要他打卡我都看得到。」她笑嘻嘻地說。

「妳是駭客欸，何必把自己搞得像死纏不放的瘋狂前女友？為何不用妳聯繫我的方式，直接丟訊息問他有沒有意願加入就好了？」我問。

「聯繫過啦，可是他不理我。我想他是那種不會隨便相信陌生人、主見很強的人吧，超有男人味的！」伊莎貝一臉陶醉，接著對我揮揮手，「我的意思不是說妳很容易上當啦。」

我雙手一攤，無奈地說：「既然明知道他不願意加入，我們又為什麼要跑這麼一趟？」

「幸好我知道他很買美女的帳，我們是Facebook好友嘛！」伊莎貝對著鏡子擺出一個古怪的微笑，還解開了襯衫最上方的兩顆扣子。

「我懷疑這會有用。」我嘀咕。

伊莎貝咂了一聲，催促道：「愣在這裡幹嘛？妳不是買了一件洋裝嗎，快去換上啊。」

當所有線索集結起來後我頓時了然於心，伊莎貝可比外表看起來的還要精明多了。我仰頭微笑，腦海閃過一縷清新明亮的思緒，彷彿長久以來愁雲密布的天空終於露出一道曙光。也許，駭客、傭兵和花匠的怪異組合會有勝算。

http://dflkjwflkvhg..ksfchlfwv.slkjv.ALsdcnjl128947hcrpn dj

寄件人：奶油公爵

收件人：影夫人

內容：分開釣魚更容易收穫豐富，目標是高度智慧的海豚，已放出魚餌。

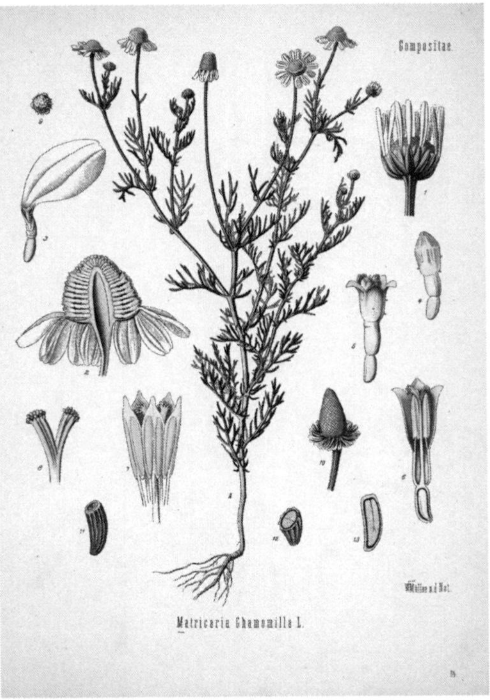

洋甘菊（學名：Matricaria recutita）

洋甘菊自古被尊稱為「植物的醫生」，具有卓越的殺菌、抗炎症、抗病毒、抗過敏作用，對肌膚粗糙、更年期障礙、生理痛等女性困擾很有幫助，亦能治癒割傷、預防蟲咬。

第五章

「非得穿這個不可嗎？」我審視著鏡子，面有難色道。

伊莎貝停下收拾東西的動作，向我拋來譴責眼神。「不想報仇了嗎？妳知道籠絡賽門對我們的計畫有多重要吧？」

「當然，不然我也不會在這裡了。」我皺眉，壓抑著心裡的怏怏不快。「可是也沒必要色誘他吧？我穿這件洋裝看起來像是雛妓……」

其實白色洋裝的剪裁合宜，船型領和腰際的褶子凸顯出我的鎖骨和纖腰，立體胸線和及膝圓裙又適切地彌補了我的骨感。有問題的是那會透光的蕾絲布料，我踱至窗邊，蕾絲網紗下的肌膚在昏黃斜陽的照映中若隱若現，明亮的室內燈光更如男子意淫般猖狂，若是站在面光的位置，我的內衣幾乎一覽無遺。

她推推眼鏡，輕蔑地笑著說：「妳的乾癟身材活像發育不良的十二歲小孩，就那張臉蛋還算出眾，誰要妳色誘他啊？妳的形象是孤苦無依的落難千金。色誘賽門的任務當然是交由我這樣兼具智慧與美麗的成熟女人啊。」

伊莎貝挑了件像是情趣睡衣的豹紋洋裝來搭配她的厚重眼鏡和螢光背包，完全將混搭風格發揮到極致，這個十八歲電腦宅女不僅品味獨到，就連自信心也高得異於常人。

「算了，當我沒說。」我決定退讓一步，起碼她沒有要求我和她穿得一樣。

我們離開民宿房間，步行至大馬路上搭乘雙條車前往素帖寺，雙條車算是泰國的公共汽車，是將小貨車的車斗兩側加上長椅和頂棚後改裝而成。這種奇特的公車沒有固定路線，可以在路上隨招隨停，完全展現泰國輕鬆隨性的風土民情。

泰國的交通資訊都是伊莎貝告訴我的，隨身攜帶電腦的她簡直是真人版的百科全書，她總是知道該上哪兒找答案，而且找得又快又好。若說普通人上網查資料像是大海撈針，駭客侵入系統就像是以聲納和魚雷的恐怖組合，兩者在技術上有根本的不同，這點令我相當折服。

轉動的車輪將市區繁複的街景和氣味被拋在身後，是接近晚餐的時間了，我感到視覺與嗅覺同時澄澈鮮明起來。遠方天際已經披上帶有霧紫色和鮭魚色的紅霞，蒼翠的綠樹也染上一層墨色，郊區的清新空氣在車輛開放式的空間裡流動，讓人耳目一新。

駛入山區後的路程就沒那麼閑適了，素帖山崎嶇的道路反覆檢驗著前往參拜信徒的決心，不到三十分鐘的路程便要轉過二十幾個彎道，只見乘客如同失控的鐘擺，在油門踩放之間左右晃盪。每過一個彎道，伊莎貝膝上的電腦就冒著一次飛出車外的風險，和我們同車的另兩名日本人驚呼連連，司機則自始至終面不改色。

在一次有驚無險的電腦凌空平移後，我忍不住問道：「伊莎貝，車子晃得厲害，妳打算一直捧著筆電嗎？」

「說的也是，萬一摔壞了可就麻煩了。」伊莎貝關機後將筆電塞回背包，接著掏出一個尺寸稍小的平板電腦。「電腦等同於我的性命呢，幸好我的十吋平板和我的駭客電腦同步。」

我苦笑道：「我光是坐在車上就有點暈車了，妳竟然還能盯著電腦螢幕看，平衡感未免也太好了吧，妳真不像是白雪公主，比較像那個擅於獻計的穿長統靴的貓。」

伊莎貝擔憂地撫摸臉頰，「怎麼會？莫非我長皺紋了？真的要趕快把那該死的魔鏡要回來才行。」

「魔鏡？妳是白雪公主的母后？那個追殺繼女的反派角色？」我問。

「這有什麼好驚訝的，妳該不會相信真的曾有過一位美如天仙又受盡欺凌的白雪公主吧？」伊莎貝嗤之以鼻，「說起來，妳的祖先爬上藤蔓偷走巨人的錢幣、金雞和豎琴，也算是偷竊慣犯不是？」

「是沒錯。」我承認。

「所以啦，我以自己的身分為榮，無論如何我都要替海柔討回公道、拿回屬於自己家族的法器。」她信誓旦旦地說。

伊莎貝的果決令我好生羨慕，相較之下，我彷彿一直在疑雲迷霧裡橫衝直撞。

一天前我才得到屬於自己家族的法器，半天前我才從李歐口中得知七個童話故事與七原罪的來源，而在幾小時前，伊莎貝才告訴我三件兇殺案的始末。將這些拼圖一塊塊湊起來後，事情的全貌終於撥雲見日。

邏輯簡單，真相卻荒誕不經。這就是為什麼我的父母從未向我提起，卻在日常生活中不斷加以暗示。從小讓我接觸各式各樣的植物、培養我嗅覺的敏銳度，還有那本親筆手繪的童話書都是為了披露真相的這一天。

「伊莎貝，妳很早就知道自己的身分了嗎？」

「從我懂事以來。」

「那家裡還有其他人嗎？」

「我的父母早逝，海柔很早就離開家裡獨自生活，我們向來互不干預。雖說如此，我還是沒辦法諒解兇手奪走我唯一的親人。」

伊莎貝的家庭背景解釋了她的古怪個性，以及她為何汲汲營營籌備復仇計畫。

「我懂。事情發生以後……是警方通知妳的嗎？」

「是啊。不過警方避重就輕的態度讓我產生懷疑，所以才駭進警察局的資料庫裡自己找答案。」

「懂電腦真好，不像我不明不白的過了兩年……所以妳們家把魔鏡傳給你的母親，妳的母親又傳給海柔，法器只傳承給第一個小孩是嗎？」

「沒有明文規定，這應該是某種潛規則吧。」

我點頭表示理解。

瑪雅阿姨曾說，我母親因為做了個預知夢，所以特地央求她從台灣飛到英國，並將聞香瓶項鍊和我的護照一併交給她。其實我一直覺得奇怪，為什麼是我的護照？為什麼不是奧利佛的？

如果法器只傳承給嫡系子女，那麼這一切就說得通了。我一直偷偷希望爸媽不是因為聰明世故的性格而選擇我，這樣會讓我覺得自己間接害死奧利佛，天真無邪應該是處世的優點，不該是生存的弱點。

啊，奧利佛，我想念我的雙胞胎弟弟。

話題在我的嘆息聲中草草結束，沿途漸增的人潮顯示我們即將抵達目的地。

雙條車抵達素帖寺的牌樓前，下車後我們沿著紅磚階梯拾級而上，階梯兩側有許多販賣水果、小吃飲料和手工藝紀念品的攤子。成熟水果的甜味和湯麵熱食的香味撲鼻而來，讓我想起自己好一陣子沒有進食了。我輕撫自己凹陷的腹部，但願這個賽門值得我為他強忍飢餓。

上山的人少、下山的人多，更多的人停佇原地，每隔幾步就能見到遊客站在路邊和攤商討價還價。伊莎貝和我像是逆流而上的鮭魚，急著回應賽門的Facebook在素帖寺打卡的召喚，於是奮力在人群中穿梭前進。

緊接著，一道像是沒有盡頭的漫長階梯出現眼前，階梯兩側是精雕細琢的龍型護欄，從下緣的兩座七彩雕飾龍頭一路延伸，飾有金綠色華麗鱗紋的龍身蜿蜒向上直達廟口，十分壯闊。

「這道長達三百零六階的階梯代表著彩虹橋，象徵從人間通往天堂，不過爬上去的過程可真是地獄哪。」才踏上第一階，伊莎貝就開始唉聲嘆氣。

穿著裙子和拖鞋的確不好走路，若說方才是耐心的磨練，現在就是體力的考驗。我踩在三百多個啪達趴達的足音裡，聽著伊莎貝滔滔不絕的咒罵聲，終於在夕陽餘暉中登上素帖寺大門。

我們買了門票，又在廟方的異樣眼光中租了兩件沙龍套在裙子外面，這才脫下鞋子進入素帖寺找人。原來，在泰國穿著裸露進入廟宇是非常不禮貌的行為，我將自己緊緊裹在沙龍裡，伊莎貝倒是表現得毫不在意，如果可以，她絕對會大搖大擺地穿著那件暴露的睡衣進廟裡參拜。

「找到了，賽門剛剛被標註在一張照片裡，就在中殿的佛塔旁邊。」伊莎貝指著平板電腦說道。

我尾隨她經過門廊來到中殿，立刻看到幾個穿著低胸緊身上衣的美國女孩圍繞著一名高大壯碩的法國大男孩，爭先恐後地向他拋媚眼，其中一位染成藍髮的女孩最為大膽，她熱情地勾著男孩的手臂，大方地將整個胸脯往前貼。那個宛若被瘋狂粉絲團團包圍的超級巨星的男孩就是賽門。

賽門和照片裡一模一樣，而且更鮮活、更有魅力。他開口說話時表情生動詼諧，一雙灰綠色眸子蘊含笑意，彷彿世界上沒有任何事情值得他煩心。我目不轉睛盯著他看，他的豐潤雙唇比照片裡更性感、更立體，我還注意到他左臂的袖口露出一小塊刺青，像是一幅半掩的藏寶圖，令人想要一探究竟……

賽門沿著牆邊慢慢踱步，為他的客人們解釋道：「在一三八三年，有位高僧從斯里蘭卡帶來了佛祖的舍利子，他請一頭白象挑選興建寺廟的地點，白象走啊走啊就來到素帖山上，也就是現在我們腳下素帖寺的位置。所以，素帖寺已經有六百多年的悠久歷史了。」

語畢，女孩們馬上大驚小怪地發出誇張的讚嘆。

伊莎貝一臉鄙夷，低聲道：「這些女人也太做作了吧。」

「什麼是舍利子？」某個女孩睜大眼睛問賽門。

「舍利子就是高僧圓寂後，火化剩下來的結晶體，佛教認為舍利子是透過修行和功德產生，所以非常尊重景仰。」賽門說。

接著又是一陣高聲驚呼。

「哇，你說話的腔調好性感喔。」女孩們無不一臉陶醉，目光集中在賽門的唇邊、臉上和緊實的臀部，就是不在寺廟上。

「Merci beaucoup（非常感謝），不過我還是最喜歡妳們美國人說話時的捲舌音，聽起來……該怎麼說呢……舌頭非常非常靈巧。」賽門空著的那隻手順勢摟上另一名女孩的肩，讓她笑得花枝亂顫。

「說話我最會了，我可以說給你聽，一整晚喔！」藍髮女孩的手掌輕輕拂過賽門胸前。

「我也可以。」另名女孩嬌笑道。

賽門笑而不答，繼續說道：「女孩們，專心看這邊，你們肯定會想知道這個。這座寶塔就是存放舍利子的塔，以242.4公斤的黃金打造而成，據說繞著佛塔外圍走三圈，許下的願望就會實現。」

順著賽門指引的方向望去，女孩們不約而同發出讚歎聲。高聳的黃金佛塔在斜陽中閃爍耀眼光彩，其奢華與貴氣幾乎讓人無法直視。

賽門說：「各位可以到捐獻箱那邊添點香油錢，然後領一朵白花，像大家一樣雙手合十捧著花繞圈許願。好了，現在給各位二十分鐘自由行動，許願完成之後回來這裡集合。」

女孩們一哄而散，紛紛前去追逐自己心中的願望，唯獨藍髮女孩沒有離開，似乎打定主意纏著賽門。

「梅格，妳不去許願嗎？」賽門問。

「我的願望啊，只有你可以幫我實現。」藍髮女孩撒嬌道，語氣中充滿挑逗。

伊莎貝終於忍無可忍，她翻了個白眼，道：「我受夠了！」說完便拖著我衝到賽門面前。

「幹嘛？」藍髮女孩不友善地問。

「賽門，我們有事情想和你談談。」伊莎貝露出自認完美的古怪微笑。

賽門一臉狐疑，視線在伊莎貝身上略作停留後轉向我，繼而展露笑顏道：「如果是和這位小姐，我很願意一起喝杯咖啡，促膝長談。」

不知為何，這個法國男孩的語氣輕浮，如一汪綠水的雙瞳卻滿是無辜，而且他身上有股奇特的味道，像是看著浮雲從葉片之間溜過、樹蔭下的完美野餐，又像是曝曬在豔陽下、拍鬆了的柔軟床單。通常我並不喜歡男人身上一整天累積下來的體味，但賽門的味道有種慵懶繾綣的野性，無論是野餐毯還是床單，女性都會願意和他捲捆在一起，非常好聞。

「如何？不喝咖啡的話，茶也可以。」賽門勾起的嘴角像是難以抗拒的邀請。

我尷尬地意識到自己沉浸在嗅覺的探索與想像中，臉頰瞬間燥熱起來，慌張推辭道：「是伊莎貝有事情和你談，我跟你可無話可說。」

「潔絲敏呀！」伊莎貝用力扯我。

「原來是潔絲敏和伊莎貝，聽口音我猜伊莎貝是美國人、潔絲敏是英國人吧，好一對漂亮的友人。」賽門紳士地頷首示意。

「不知道你有沒有印象？我之前在Facebook有留言給你，可是你一直沒有回覆我。」伊莎貝說。

「喔？我怎麼會忘了回覆美麗小姐的訊息呢？真是抱歉。」賽門眨眨眼。

「沒關係，我們能不能找個地方談談？」伊莎貝提議。

「現在是賽門的上班時間，他沒空。」藍髮女孩尖銳地打斷我們。

「潔絲敏，把你的電話留給我，我下班後打給妳，如何？」賽門對我說。

藍髮女孩拽著賽門的手臂耍賴。「賽門，不要管她們啦，光是我就會讓你忙不完了。」接著她猛然鬆手，直接跨步格擋在我們和賽門之間，兇巴巴地說：「不回覆訊息就表示沒興趣，這個都不懂嗎？不管你們是潔西還是伊莉，你們可以離開了。」

伊莎貝氣得猛翻白眼，她回頭做了個深呼吸，又對賽門擠眉弄眼地強調：「可是我們有很重要的事情必須私下討論，是只有我們兩個和賽門才會理解的事情喔。不要讓這個女人擺佈你，醒醒吧，睡美人？」

賽門眼裡閃過一絲詫異，瞬間態度丕變，他斂起目光，淡淡地說：「我覺得我和妳們沒有什麼需要討論的。你們大概找錯人了。」

「你知道我的意思對吧！童話故事？」伊莎貝滿臉企盼，賽門卻只是聳聳肩。

「賽門都說妳們找錯人了，還不滾？」藍髮女孩得意洋洋起來。

伊莎貝被一再挑釁給激怒了，她惡狠狠地看著藍髮女孩，兩人互相瞪視，猶如兩隻爭寵的發情母獅，低吼、咆哮、張牙舞爪，衝突一觸即發。

「嘿，藍髮婊子，妳以為只有妳有奶子嗎？告訴妳——」伊莎貝索性解開沙龍的活結，那塊布料在半空中劃出一道狂妄的拋物線後落地。她驕傲地挺胸，順道將我的沙龍也一把扯下。

「——我們也有，」她瞄了我乏善可陳的胸前一眼，宣布：「而且有四個！」

剎那間驚呼四起，其他遊客對我們指指點點，我聽見有人喊著說要報警把穿情趣內衣跑到寺廟的瘋子抓起來。

「喂！妳們！」和尚快步朝我們走來，雙眼明白寫著惱怒。

人群自動向兩邊退開，如分開的紅海讓這位穿著黃色袈裟的摩西通過，然後又將我們團團圍住，圍觀群眾的視線如聚光燈，輕易捕捉到我們這兩個禮儀的逃犯。和尚比手畫腳地指指佛像又指指寶塔，又嘰哩呱啦說了一長串泰文，雖然我一個字也聽不懂，仍不難猜出他的意思大約是指我們欠缺禮佛應有的尊重與禮貌。

晚風將屋簷下吊掛的成排風鈴吹得叮噹作響，我穿著單薄洋裝沐浴在謾罵聲中，低頭瞪著地磚上同樣赤裸的十根趾頭，頓覺背脊發涼、膝蓋發軟。不是因為涼風，而是因為帶著寒意的目光從四面八方襲來，讓我的體溫和尊嚴都在迅速流失中……

沒想到，賽門這時挺身而出，他輕輕推開藍髮女孩，拾起地上的沙龍溫柔的替我們披在肩上，還不忘一臉好笑地欣賞我們半裸的身材曲線。

沙龍薄如紙張卻又厚如盔甲，足以抵擋冷言冷語和刺骨寒風，織進布料裡的金線在暮色中熠熠生光，我抬起臉，拾回自尊。群眾感到無聊後便自動散去，我感激地對賽門笑了笑，身體似乎也慢慢暖了起來。

可惜，藐視規定的舉止已經觸怒廟方，最後我們還是被攆出了廟外。

伊莎貝和我拖著疲憊的身心離開素帖寺，她終於承認穿洋裝和拖鞋遠征半山腰的寺廟不是個好主意。我們回到寧曼路，在馬路旁的一個小麵攤坐下後點了兩碗米粉湯，決定先填飽肚子再說。

等候食物上桌時，伊莎貝從背包裡取出一個橘色塑膠瓶，從中倒出一顆扁平的白色藥丸吞下。

「那是什麼？妳生病了嗎？」我問。

「沒什麼。營養補充劑罷了。」她不願正面回答。

「嘿，身為妳的旅伴，我想我有必要知道妳的身體如何、有沒有固定服用什麼藥物，才能應付突發狀況。」我嚴肅地說。

「好啦好啦，那個藥丸是麻黃，我吃來減肥的。」她說。

「減肥？妳又不胖！伊莎貝，你從哪裡買來這種藥？麻黃會讓中樞神經過度興奮，還有可能造成心臟不適和拉肚子的副作用，這東西對身體不太好欸。」我皺眉道。

「可不是每個人都像妳一樣天生麗質，有些人就是需要靠著藥物維持身材。」她沒好氣地說。

伊莎貝的激烈反應讓我無言以對，我想起原罪和童話故事論，或許太過在意容貌便是白雪公主母后的宿命。現在想起來，大多時候伊莎貝的古怪表現，包括那些奇怪品味、過度自信和嚴苛要求通通都和美麗的外表有關，沒有拿回魔鏡，她是絕對不會善罷甘休的。

這時，兩只盛裝米粉湯的大碗上桌了，細如髮絲的米粉上鋪滿豆芽菜和貢丸，再灑上肉末和切碎的芹菜，肉香、菜香與麵香化作冉冉上升的騰騰蒸氣，一時之間香氣四溢。

我在狼吞虎嚥中瞥見伊莎貝雙手各持一支筷子撈米粉，那專注的神情和笨拙的動作實在令我看不下去，只好放下我們對執行計畫的歧見，主動指導她使用筷子的技巧。

「妳會用筷子？對唷，差點忘了妳在台灣待過兩年。」伊莎貝搔搔頭。

「會，只是我更喜歡用刀叉。」我嚥下貢丸，讓食物和餘怒慢慢被消化。「還有，下次妳若是有什麼計畫，請提前告訴我，我們商量過後再進行。剛剛脫衣服那招太莽撞了。」

「抱歉我搞砸了。」伊莎貝囁嚅。

「其實妳沒有，看得出來那傢伙在裝傻，當妳提到睡美人的時候他多心虛哪，所以可以確定我們找對人了，只是溝通的方法需要修正。」我說。

「那是當然，我絕對不可能找錯人。」她信誓旦旦地說。

「見過賽門本人以後，我也贊成將他拉進計畫中，他壯得像個拳擊手一樣，如果有人告訴我賽門是打泰拳的，我也會相信。」我說。

「他的身材真的很棒對不對？尤其站在一大票個子不高的泰國人裡面更是突出。」說到這個，她雙眼一亮。

「而且賽門並不是那種四肢發達頭腦簡單的傢伙，我覺得他很精明，色誘他是個很糟的想法。」我說。

「不然怎麼辦？提個圖文並茂的企劃案給他嗎？」伊莎貝撇撇嘴。

我略作思忖，說道：「我們不可能威脅他，也沒辦法誘騙他，平心而論，現在是我們需要他多過他需要我們。所以不如逆轉情勢，讓他覺得自己需要我們。乾脆直接告訴他說我們掌握了足夠的資訊，只要他加入，保證他能替親人報仇雪恨，還能順道拿回家族法器。」

「問題是，妳我都不知道法器究竟在哪裡，我們還得好好拷問兇手一番呢。」伊莎貝苦惱地說。

「但是賽門不知道啊。」我笑了笑，繼續吃米粉。

伊莎貝和賽門的法器肯定在兇手那裏，但是，詳細的藏匿地點究竟在哪裡呢？是家裡？銀行保險箱？還是某個荒郊野外的地窖裡？我們沒有大把時間隱瞞身分接近兇手明察暗訪，也不可能盲目的跑到兇手家裡去翻箱倒櫃。拷問兇手勢在必行。

飽餐一頓後，伊莎貝再度取出電腦追蹤賽門的位置，過了一會兒後她忽然推推我、要我湊上去看，此刻賽門正在兩條街遠的一處酒吧裡。

「去不去？」

「當然。」

我們付賬後離開麵攤，按照電腦顯示抵達鬧區中的一條僻靜巷子裡。若非路口有兩名打扮妖嬈的歌手攬客，否則從熙來攘往的馬路上，根本不會注意到夾藏在超市和商場中間的巷弄裡居然有間酒吧。

門口的保全是個笑容滿面的瘦小男人，他雙手合十向每位客人問好，伊莎貝毫不遲疑地拉著我走向保全，他也僅是瞄了瞄伊莎貝刻意拉低的領口兩眼，就很客氣地放我們進入室內，並不打算查驗身分。看來乳溝和薄透洋裝是進出酒吧的另類通行證，算伊莎貝聰明，本來我還擔心被拒於門外呢。

推開門後，伴隨著濃嗆的煙味和酒精的氣味，震耳欲聾的電子音樂從門縫傾洩而出。我們一前一後走入室內，首先映入眼簾的是主舞台和兩側向前延伸的長形鋼管舞台，兩位濃妝艷抹的森巴女郎各據一方，對著聳立的鋼管做出各式各樣帶有性暗示的挑逗動作。

我們找了張空桌子入座，並點了杯汽水和啤酒作為掩護，試圖在人群中尋找賽門的蹤影。酒吧裡的客人很多，但更多的是穿著清涼的女侍，這些女孩為了賺取小費而賣弄風情，男客則沉醉在乳波臀浪和一杯又一杯的啤酒裡，煙霧瀰漫中一片肉慾橫流。

「有看到賽門嗎？」伊莎貝轉頭問我。

「沒有欸。」我按壓著太陽穴回答。

「頭疼嗎？妳喝的是汽水耶，怎麼光是聞空氣中揮發的酒精就醉了？」伊莎貝不解地問。

「我的鼻子很靈，而這裡的空氣太差了。」我說。

從進門後我就極力抵抗充斥著煙味與酒味的濃濁空氣，我試著用嘴巴呼吸，但各種煙草燃燒和小麥發酵的氣味混合著男人酒嗝的噁心氣味像是一團灰濛濛的霧氣，將我整個人包覆在內。好像有一百個醉醺醺的邁可同時湊到我臉上哈氣一樣。加上森巴女郎們不停在我眼前搖晃著臀部昂然挺立的繽紛羽扇，更加令我頭暈目眩。

「駭客電腦在這裡派不上用場，妳看著我的電腦包，我去晃一圈找找看。」伊莎貝灌下一大口啤酒說道。

「找到賽門以後不要輕舉妄動，我們等他獨處的時候再一起跟他談談。」我提醒。

伊莎貝不置可否的聳聳肩，起身離席。

我望著那襲讓我哭笑不得的豹紋洋裝在酒客與女侍之間穿梭，幾分鐘後垂頭喪氣地回到桌邊。

「每個角落都找過了嗎？妳有檢查過每個森巴女郎的胸前嗎？」我問。

「除了男廁和辦公區域，我都快把酒吧翻過來了，結果來回走了兩趟都沒看到賽門，反而被人偷摸了兩把。」伊莎貝砰然坐下，氣呼呼地說。

我嘆了口氣，一個伊莎貝已經夠古怪了，沒想到這個賽門更難搞。怪了，酒吧裡雖然燈光昏暗，但不至於認不出高大英挺的法國男人、或和女人纏綿的高大英挺的法國男人，伊莎貝繞了兩圈都找不到他，會不會是已經離開酒吧了？還是說，他真的湊巧在男廁或辦公室裡？

我閉上雙眼，深深吐息後再深深吸入一口氣，試圖從鬱滯的空氣中辨別賽門獨特的味道，那股如春夢般慵懶繾綣的氣味依然縈繞心頭，如果我靠得夠近、夠用心的話，應該可以聞得出來。

可是我聞不出來。

一般而言，單獨使用嗅覺會比合併視覺更為專注，所以我試著在黑暗中探索氣味，可是酒吧裡的空氣實在太差了，連隔壁桌上的花生都被煙味掩蓋。我懊惱地睜開雙眼，掃視一桌又一桌的酒客，依然一無所獲，只聽見耳際傳來伊莎貝的低吼。

「我不要啦！」伊莎貝用力推開一個打算坐在她腿上的森巴女郎。「我跟她說我不喜歡女生，她還硬要湊過來！」

「看來妳在泰國酒吧很受歡迎喔，男人女人都對妳有興趣。」我遞出一張紙鈔打發森巴女郎。女郎收下小費後隨即離去，伊莎貝翻了翻白眼，邊揮手拂去森巴女郎轉身時掃到她臉上的尾羽。

忽然，似曾相識的氣味竄入鼻腔直達腦門，我聞到賽門的味道了！原來斜前方看似空無一物的漆黑牆壁後方藏著ＶＩＰ包廂，直到幾位即將進入包廂的森巴女郎打開暗門，才讓封閉空間裡的氣息散出。

「伊莎貝，妳看那後面有包廂，賽門應該就在裡面。」我低聲暗示。

可惜我忘了先將伊莎貝綁在椅子上，也忘了伊莎貝老是操之過急。她從椅子上一躍而起便衝上前去，我連忙跟上她的腳步，循著賽門愈來愈濃的氣味繞過幾張桌子後，在還來不及阻止伊莎貝之前，她就跟著隊伍末端的森巴女郎進入包廂內。逼不得已，我只好趕在門闔上前一頭鑽進去。

包廂內擺放了一張長桌和U型皮革沙發，四名森巴女郎走向沙發就座，分別在兩名男子的左右兩邊坐下，其中一名男子是穿著條紋襯衫的賽門，另一名則是位黑衣黑褲搭配金項鍊、虎背熊腰的光頭泰國男人。

「……柯爾特、魯格、托卡列夫，要什麼有什麼。」光頭男子晃了晃手上的武器，粗聲笑道：「不過我個人偏愛大口徑的華利——」

「怎麼又是妳們？」賽門抬頭驚呼。

眾人立刻注意到呆立於長桌前的伊莎貝和我，我們倆則注意到桌上琳琅滿目的長短手槍、彈匣、手榴彈和許多從未見過的軍火。

森巴女郎們一看苗頭不對，便識相地雙手合十低著頭退出包廂。而原先安靜佇立於沙發後方的七八名泰國男子，紛紛舉起槍口正對我們，蓄勢待發。

我和伊莎貝高舉雙手作投降姿勢，被這浩大場面嚇得說不出話來。這分明是黑道的軍火交易，完了，我們闖進什麼樣的麻煩裡了？

「這裡是私人包廂。」光頭男子聲音粗嘎、滿臉橫肉，說話時如損壞的手風琴般顫動。

「孟堤先生，請稍安勿躁，這兩位小姐只是走錯包廂，讓你的人把槍放下吧。」賽門勸道。

被稱作孟堤先生的光頭男子大手一揮，沙發後方的泰國人便動作整齊劃一地卸下武裝。

「很抱歉……」伊莎貝結結巴巴地說：「我們不是故意闖進來的，只是有事情想和賽門談談。」

「這兩個女的是你的人？」孟堤先生瞇著眼睛問賽門。

「也不能說是我的人，她們想和我談生意，已經追著我跑一整天了。」賽門雙手一攤，往後靠著沙發說道。

「談生意談到踩我的場子？」孟堤先生提高音量，一聽老大動怒，列於後方的小弟們立刻舉起槍枝，口徑一致瞄準前方。「賽門老弟，我知道你一向女人緣很好，可是今天是你找我談生意，不管是愛慕你還是真的想找你談事情，都不該在我的地盤上撒野，我若是不處理，別人會說我心軟，以後要怎麼帶人哪？」

「看在我的面子上，您就放她們走吧？清邁是個觀光勝地，要是惹出什麼外國人受傷死亡的麻煩事，不僅會影響觀光產業的發展，還會造成國際情勢緊張。」賽門繼續替我們求情道。

孟堤先生沉默下來，似是認真考慮賽門的提醒。包廂內靜悄悄的，沙發後方的槍手們則屏氣凝神，等候他們大哥的指示。

我聽見耳邊傳來細微的碰撞聲，是伊莎貝的牙齒打顫，雖然她努力挺直腰桿咬緊牙關，卻還是止不住害怕地發抖，猶如吃喝拉撒都在樹上解決、以肉身護樹的嬉皮。我佩服她的頑固與勇氣，不過還是得想個辦法突破僵局才行。

「萬寶龍頂尖提琴手男香？」我低聲說。

孟堤先生的肥頭大腦微微傾斜，瞇著眼問道：「妳說什麼？」

「孟堤先生，您喜歡萬寶龍的頂尖提琴手男香是嗎？東方木質氣息的香調，前味是花椒、柑橘、胡椒和四川花椒，中味是薰衣草和鼠尾草，後味是咖啡與廣藿香。」我一口氣說完。

我會知道的那麼清楚，是因為那支香水正是母親生前的作品。我還記得母親的木製收藏櫃中有一支同樣的香水，透明的方形瓶子，裡面裝著琥珀色的純釀，那是調香師揮灑的魔法。

孟堤先生臉色一凜，接著忽地大笑著鼓起掌來。「原來這位小姐有個超級鼻子哪，真是了不起！」

「這支香水優雅穩重，初時辛香刺激、餘韻溫潤回甘，如絕美的詩人、如高超的工匠、又如頂尖的音樂家，特別適合人生閱歷豐富、智慧與事業皆有所成就的男人，孟堤先生，您的品味真好。」我恭維道。

賽門的食指輕叩下巴，面帶微笑一臉激賞地凝視著我。伊莎貝則稱許地對我眨眨眼。

「我確實鍾愛這個味道啊，可惜這支香水已經絕版，現在都買不到了。」孟堤先生感嘆。

「如果我說我可以幫您弄到呢？家母是調香師，我相信在她的收藏中還留有一兩罐。」我說。

「那妳們就不是不請自來的闖入者，而是我的貴客了！」孟堤先生撫膝大笑，轉頭對賽門說：「我喜歡這個女孩，好啦，他們是你的了。」語畢，他拍拍雙手，兩名森巴女郎迅速走入包廂，來到他身邊坐下，三人調笑起來。

「我們想和你談筆生意。」伊莎貝走向賽門，一屁股坐在沙發上。

賽門無奈地說：「生意要有買方和賣方，問題是我沒有東西賣給妳，也不想跟妳買東西。」突然，他轉頭對我笑道：「如果潔絲敏要和我做生意，那又另當別論了。」

我面無表情，默不作聲。

「我是駭客，我可以查出任何我想知道的資料。和我們合作，你可以替受害的家人討回公道，還可以拿回傳家之寶。」伊莎貝說。

「我不知道妳在說什麼，那些東西我都不需要。」賽門苦笑著搖搖頭。

伊莎貝傾身靠近他，說道：「別裝蒜了，我們都知道你的真實身分，你也知道我們和你是同一種人，不妨告訴你吧，我是白雪公主的後母，潔絲敏是傑克，那個爬上魔豆的傑克。聽懂了嗎？睡美人？」

「天哪，你要不要乾脆辦個出櫃派對？」賽門驚叫。「就算我承認好了，我也可以很明白的告訴你們，我並不打算和你們有任何瓜葛。」

「你不想替卡莉報仇？」我皺眉問。

「不想。」他咬牙說道。

「不想要回傳家之寶？」伊莎貝愕然。

「不。」他說。

「你的腦袋裡到底裝了什麼？就只有酒精和女人而已嗎？」伊莎貝氣急敗壞地說。

「妳說珍妮和小碧嗎？他們不是女人。」賽門順勢握住伊莎貝的手，放在森巴女郎的三角褲上。

伊莎貝放聲尖叫，接著不停甩手。「他們、他們有……」

「蛋蛋。他們是人妖。」賽門微笑。

就在伊莎貝被賽門耍得團團轉時，我決定挺身而出。我向前一步，開口道：「聽著，我和伊莎貝都有和你同樣的經歷，而現在，我們覺得應該要捍衛自己的權益，取回被剝奪的東西，失去家人、失去傳家之寶，這些難道你都無所謂？」

他聳聳肩，彷彿肩上毫無責任的重量。

我難掩失望，逼問道：「你就這麼沒有自尊心？打不還手、罵不還口？還是你怕了？」

「當我打包離開法國時來到泰國時，就決定揮別所有過去。」他瞥了瞥桌面，臉上閃過一絲掙扎。

「那你一定是忘了打包你的骨氣。」我冷冷地說。

賽門看著我，若有所思地說：「帶著妳的高傲和骨氣請回吧，我和孟堤先生還有些真正的生意要談。」

「走吧。」我對伊莎貝說：「我們隨便一個人的蛋蛋都比他還要多呢。」然後便拖著她離開酒吧。

我使盡力氣，將伊莎貝帶離酒吧。

「幹嘛硬把我拉走啊？我話還沒說完欸，一定要說服賽門才行。」伊莎貝掙脫我雙手的束縛，打算往回走。

「妳看不出來嗎？他不是不想報仇，而是另有打算。」我喘著氣，依然死命拽著她。

她這才停下腳步，斜眼睨我道：「怎麼說？」

「其實賽門很在乎，他只是不願意承認，妳沒看到當我提到卡莉時他整個表情都變了。」我說。伊莎貝仍一臉狐疑，於是我解釋道：「妳之前不是說賽門被西點軍校退學了嗎？軍校可不是普通人進得去的，所以我猜他應該是個自尊心和榮譽感很強的男生。雖然不知道他退學的原因，但是這條線索起碼讓我們推測出，他絕對不是個任人欺負的孬種，他肯定也在盤算如何報仇，只是他的計畫中並沒有我們兩個。」

伊莎貝露出了然於心的表情，雙手拍了一下，像在捕捉一個聰明的點子。「這樣啊，他有信心自己一個人報仇？」

「可能是，也可能不是。酒吧的包廂內滿桌子都是軍火，妳想想，他買那麼多武器，除了尋仇還能幹嘛？不過他剛才的態度很明顯是不打算在孟堤先生面前攤開私生活，也不想讓人認為他需要兩個女生的幫助。」我說。

「死愛面子。」伊莎貝嘀咕。

「就算不能說服他一起行動，起碼我們還能成為他的B計畫。反正妳可以固定在Facebook上查他的位置，我們繼續跟蹤他。」我說。

「我有個更好的點子。」伊莎貝神祕地笑了笑，「剛剛坐在他旁邊時，我已經用電腦駭進他的手機，以後他的手機就是我們的追蹤器，而且我還可以監聽他的電話、監看他的訊息。」

我倆相視大笑，任洪鐘笑聲淹沒哀愁。印象中，我已經很久沒有笑得如此暢快。

我覺得頭不暈、鼻子也不癢了，酒吧外的空氣涼爽清新，閃耀著霓虹燈的清邁夜晚比白天還要美麗。

http://dflkjwfflkvhg..ksfchlfwv.slkjv.ALsdcnjl128947hcrpn dj

寄件人：影夫人

收件人：奶油公爵

內容：鎖定海豚，即刻佈網，建議圍捕。

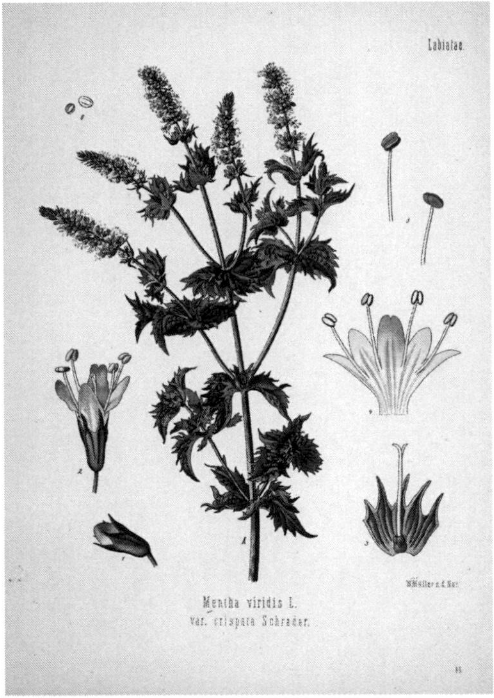

綠薄荷（學名：Mentha spicata）

古印地安人拿薄荷來驅蟲殺跳蚤，功效繁複，能提神解鬱、消除疲勞、鎮定安神、幫助睡眠、治感冒頭痛、健胃消脹、消炎止癢、防腐去腥、清新空氣，餐後飲用還能幫助消化。

第六章

我夢見自己躺在英國利物浦家中，那個牆上貼滿壓花與葉拓作品房間裡的維多利亞古董床上。臥室風格淡雅，床褥和家具的用色偏向低調簡潔，但是牆面上一幅幅的裱框壓花和葉拓則色彩鮮豔繽紛，像是框住了靜止的時空，將植物的短促美麗以優雅姿態永恆保留。

那些作品都是奧利佛與我合力完成的。父母親工作結束後總會帶一兩種植物回家，幾朵木蘭、兩枝柳條或一把松針，然後說說這些植物的故事。年幼的奧利佛與我總是興致勃勃地靠在桌邊，以崇拜景仰的神情仔細聆聽，在我們眼中父親不只是個園藝師，他是知識淵博、可以讓枯萎花木起死回生的綠手指；而母親也不僅僅是個幫香水公司研發產品的調香師傅，她更像是氣味的魔法師，揮揮手便能創造出令人驚奇的嗅覺體驗。

維多利亞古董床雕花繁複，是一對引頸啄食葡萄串的蒼鷺，核桃木明顯的紋理令蒼鷺栩栩如生，牠們微微翹起羽翼，看起來像是墊起腳尖迎合酸甜多汁的一頓美食。深淺不一的木紋也讓葡萄顆顆渾圓立體，光是瞥上幾眼便會齒頰生津。

床上覆著一件繡有茉莉花的灰綠色被褥，我很喜歡這樣層次鮮明的配色，在黯淡底色的烘托

下，含苞待放的花朵更顯潔白明亮，宛如夜幕橫越大地後，朦朧晨光中令人欣喜的初綻。

奧利佛也有一件類似的，不過他的被子底色是褐色，上面繡著帶有葉片的深青色橄欖果實。據說這兩條被單是在我們出生以後，奶奶依照名字含意親手縫製的禮物。

歷史悠久的古董床與奶奶的愛心被單，兩者共同編織出一張張孕育美夢的搖籃，在父親閱讀床邊故事的溫柔語調中伴我沉沉入睡。總是那兩個故事輪流地說，我已經熟稔到就算閉著眼睛也能在指尖拂過頁面時逐字逐句地背誦。

日復一日、年復一年……

一陣如雨滴般的答答敲擊聲將我從夢中驚醒，我驀地睜開眼皮，先是看見泛黃牆壁上那張民族風格強烈的鮮豔織毯，然後才注意到床邊的伊莎貝和她的駭客電腦。原來那擾人清夢的雨聲是伊莎貝敲打鍵盤的聲音。

「這麼早就醒了？」我咕噥道。

「不早了，已經正中午了，照妳這種沒日沒夜的睡法，難怪祖先會窮到家裡只剩一頭擠不出奶的牛。」她頭也不抬地說。

「知道了，皇后殿下。我應該效法您除掉白雪公主那不屈不撓的精神。」我將自己從床上撐起來，問道：「在忙什麼？發現主謀住在哪間療養院了嗎？」

「還沒，我已經將北美洲和南美洲的每間療養院和醫院都搜尋完畢了，他要嘛就是用假名登記入住，要嘛就是不在美洲。接下來我會開始查歐洲地區的療養院，只是跑資料還得花上一陣子。」伊莎貝嚴肅地推推眼鏡，又道：「不過我查到了他兒子的資料，那個叫做尼可拉斯的年輕男人居無定所，經常往返加拿大和美國兩地，每年也會固定飛到墨西哥一兩次。」

「太好了，那我們今天的工作是追蹤賽門嗎？」

「我從賽門的手機駭進他的個人行事曆了，我們的王牌今天要帶團前往山區活動。撇開這個不談，妳過來一下，今天早上我有新的發現。」

「好。」

伊莎貝用鼻尖指向螢幕，「吶，來看看這個，我一直想要查出我們的祖先和法器是怎麼來的，在持續不斷的追蹤了好幾年後，昨天有個美國麻州塞林鎮的導遊在她的個人網站上推出新的旅遊套裝行程，叫作闇黑女巫秘密集會。」

「闇黑女巫秘密集會？詭異。」我在她身邊坐下，納悶道：「人們為什麼要跑到波士頓參加這種奇怪的旅遊行程？」

「因為塞林鎮啊！塞林，連這個也不知道嗎？」伊莎貝翻了個白眼，不耐地說：「塞林鎮是有名的女巫鎮，在十七世紀獵巫時期，光是塞林鎮便逮捕了一百五十個女人，其中有二十名被求處死刑，算是歷史上規模數一數二的女巫獵殺事件。天哪，身為童話後人，妳都沒有一丁點的概念？就算對歷史一無所知，起碼也該有點研究的興趣吧。」

我不敢吭氣，伊莎貝找到的網站像是在歡慶萬聖節，黑色背景前方是反白字體，南瓜和蜘蛛繞著首頁排成一圈，標題旁還有一個騎著掃帚的女巫飛來飛去。

「瞧，這個導遊給自己取了個名字叫做血腥瑪麗呢。」她厭惡地吐舌。

我噗哧一笑，心想，如果她是血腥瑪麗，我就是達德利城堡的灰夫人了。

「很可笑，對吧？如果是本名，那潔西卡艾芭的女兒昂娜（Honor）和金卡達夏的女兒諾絲（North）的名字都算稀鬆平常了。不過如果血腥瑪麗是個藝名，那取這名字的人肯定很想紅。」

「不過她生意好像還不錯呢，網站光是本日的瀏覽人次便多達三千多人，看來大家都對參觀女巫歷史博物館、女巫博物館以及女巫地牢博物館的私人導覽套裝行程很感興趣。」

「那些都是真實存在的觀光景點嗎？」

「貨真價實。還沒完呢，遊客還可以夜訪霍桑故居和墳場。」

「寫紅字的那個霍桑？我知道他，他曾經是派駐利物浦的美國領事。」

「對，他的祖先就是女巫審判當時的法官之一。霍桑是個信仰虔誠的教徒，他深信原罪、卻又痛恨宗教的專橫和偽善，這個血腥瑪麗好像是他的遠房親戚的後代。」

我猶豫著該不該告訴伊莎貝關於李歐的七原罪理論，卻又擔心她知道李歐和我的關係。我們現在算是生命共同體，相互坦白是信任的基石。可是，倘若她因此懷疑我的立場有所偏袒，將我排除在計畫外怎麼辦？不行，我不能冒這個險。

「做得好。」我聽到自己的僵硬語氣。

「我還沒說到重點呢，血腥瑪麗宣稱，她是全世界唯一知道霍桑故居和墳場之間祕道的人唷。聽好囉！」伊莎貝清了清喉嚨道：「即日起報名即可夜探祕道，還可一瞥失傳的《索亞之書》初稿，欲購從速，名額有限！妳八成又聽不懂，我就直接告訴你好了，《索亞之書》號稱是世界上最神祕的書，它算是魔法典籍的元老，裡面撰寫了許多不為人知的巫術和光怪陸離的法器，以及亞當和伊甸園的真實故事，據說女巫獵人的聖經《女巫之槌》便是參考《索亞之書》而編撰的。」

「所以只要找到《索亞之書》，就有可能解開我們身分和法器的祕密？」我問。

李歐透露他在某本古籍裡夾藏的書頁發現了真相，搞不好那張書頁就是《索亞之書》。

「是啊，聽說這本書全世界只有兩本，看來霍桑可能偷偷收藏了其中一本。如果能夠破解所有秘密，那麼不只你我想看看《索亞之書》，另外五個人一定也很想看。妳能理解這條資訊的重要性嗎？」伊莎貝興奮地說。

我替她把話說完：「我們多了一項說服賽門加入計畫的誘因，如果真的拿到這本書，還可以用來吸引樵夫和美人魚上門。血腥瑪麗的《索亞之書》將回成為重要的籌碼。」

「沒錯！」

「了不起，真高興我認識了個駭客。」我低呼。

伊莎貝伸了個懶腰，說道：「我還要繼續深入研究，既然妳不是駭客也對深入研究沒啥興趣，不如幫個忙，去替我們兩個買些吃的吧？」

「那當然。」我點頭應允，遂步出房門。

正當我踩著地磚走下樓梯，一邊盤算著要買香蕉煎餅還是芒果糯米飯回來當早午餐時，忽然聽見旅館老闆邁可正在和某人交談，語氣不甚歡快。

「抱歉，我不能透露房客的隱私，雖然在下經營的只是間不起眼的小旅館，但該有的職業道德還是必須堅持。」邁可的聲音聽起來頗為無奈。

大門半掩，按照邁可的喃喃抱怨和翻身時發出的咿呀怪響，不難判斷出他又躺在門邊的涼椅上喝啤酒。至於另一人正好位在視線死角，他刻意壓低音量，讓每個音節都像蒙上一層薄紗，我躡手躡腳地往前走了兩步，還得費力在空氣中捕捉破碎的字句，才勉強把兩人斷斷續續的對話連接起來。

邁可的聲音帶著幾分醉意：「嘿，別說是姓名了，就連長什麼樣子也不行。老兄，看你這麼沉迷，是在酒吧還是哪裡搭上你說的那個女孩兒啊？」

對方：「我要找的人是我的堂妹，她沒有交代一聲就溜出來玩了，現在家裡很擔心。你確定沒有一個十五歲英國女孩入住？她有一頭深色披肩長髮，混血兒，長得很漂亮？」

我感到胸口一震，他是在說我嗎？清邁不小，十五歲混血英國女孩的篩選條件也很寬鬆，但我懷疑還有多少和我背景相似的旅人此時此刻正在清邁逗留。是李歐找來了嗎？

邁可：「……英國人、美國人、德國人、法國人，前面轉角的夜店裡一到晚上什麼國家的女孩都有，個個都長得很漂亮。可惜我的口袋不夠深、人又太貪杯，不然佔盡地利之便哪，要喝當然是去夜店裡和美女喝囉。」

對方：「我沒有心情和你開玩笑，一個十五歲小女孩隻身在異鄉流浪，你明不明白有多危險？」

邁可：「在我的監管下，不管是五歲、十歲還是十五歲，怎麼樣進房就怎麼樣退房，身上一塊肉也不會少，頂多只有荷包裡的錢變少而已。你知道的，都換作酒錢進了我的肚子嘛，客人來來去去，我的啤酒肚倒是都待在原地，而且還愈長愈大。」

對方的語氣軟化下來：「請您行個方便，我只想知道我堂妹有沒有住在這裡。這樣吧，是或否，多少錢可以買下這個簡單的字句？」

邁可：「嘿嘿，我一向惜字如金。」

聽到這兒，我不禁微微側過身子面朝來時方向，拳中的指甲嵌進掌心裡，隨時準備拔腿就跑。

對方：「不妨開個價？」

邁可慢條斯理地開了口：「無價。」

對方：「該死的，你敢耍我？」

邁可：「幹嘛，都說了我惜字如金了，無價不就是最高昂的價格嗎。」

對方：「萬一我堂妹出了什麼事，而我又發現你在唬我的話——」

邁可：「本人是身家清白的優良公民，搬來泰國可不是為了體驗坐牢或是被驅逐出境。只要你高抬貴手不惹事，我這兒是絕對不會出事的。慢走，不送了啊。」

到此為止便沒有聲音了。感謝老天、感謝邁可，那個醉醺醺的加拿大人終究沒有出賣我，幸好酒精是灌進了他的肚子裡，而不是進了他的腦子裡。

我緩緩吁了口氣，腿部肌肉依然如拉緊的弓，就怕狹窄的門縫會突然敞開，讓巨大的紅色影子將我籠罩。

眨眼間，紅色人影自門縫一閃而過，就在千分之一秒的片刻裡，我和那低沉嗓音的主人視線交會，那頭金髮、那雙藍眼睛，立刻在電光火石中拉出我記憶深處的某個片段——他就是日前在台灣追擊我的紅色重機騎士！

不是李歐，李歐的眼睛是冰藍色的，李歐的視線像萬年冰川那般寒冷。而那名騎士的瞳孔是海洋般的湛藍色，與其說像李歐，不如說比較像伊莎貝，可是伊莎貝的眼神堅定執拗，騎士的眼神卻深沉悠遠，彷彿能一眼看盡他人心底最不堪的祕密。

朦朧間，似有若無的腳步聲漸行漸遠，刺探的抑鬱陰霾卻仍在門口徘徊。

我像是負傷的小動物般倉皇逃回房間，進門後即刻跑向窗邊，透過百頁窗的縫隙向外窺視。這回我看清楚了，對街有個穿紅色皮外套的男人坐在租來的機車上，他的身材高挑修長，淡金色的頭髮向後紮成細長的馬尾，嘴唇緊抿為一條直線。

「說說看，我的早午餐在哪裡啊？」伊莎貝見我雙手空蕩蕩的，老大不高興地問。

「沒有閑情逸致可以吃早午餐了，伊莎貝，剛剛有個男的上門來打聽我們，被邁可趕跑以後還站在街邊等呢。」我四肢僵硬，聲音微微顫抖。

伊莎貝放下電腦，來到窗邊順著我指的方向往外眺望。「妳說坐在摩托車上面的那個傢伙嗎？穿紅色外套的？」

「對，就是那個人。」我伸手撫過雙臂上的雞皮疙瘩，像是不停擁抱安慰自己。「我之前見過他，就是我朋友被謀殺、我阿姨被警察當做嫌犯抓起來的同一天。當時我和朋友在路上騎車，他像個瘋子一樣拼命想把我們攔下來，差點害我們出車禍。」

「妳阿姨殺了妳朋友？」她問。

「當然不是，我阿姨是被人陷害的。」我急忙辯駁。

「之前怎麼沒聽妳提過？」她又問。

「之前我不知道該怎麼開口，事實上，我連自己應該待在台灣陪她，還是離開台灣和妳合作都很難決定。不過我確定阿姨是清白的，如果案情有所進展，我在台灣的朋友肯定會打電話通知我。」我躊躇著，隨即承認道：「選擇加入妳的計畫，是因為我愈來愈覺得阿姨牽扯的案子和兩年前的謀殺案有關。如果我能查出真相，對案情會很有幫助。」

伊莎貝再度向外瞥了一眼。「好吧，那妳知道對街的傢伙大概是什麼人嗎？」

「某個想要看我見血的人？」

「我認得七個家族的繼承人，街上那個傢伙並非其中之一。不過當然也有可能是兇手派來找我們的人，例如偵探或傭兵之類的。」

「會不會是教廷派來的？兩年前利用獵巫手法的謀殺案可以說是讓教廷背了黑鍋，搞不好因此讓我們的身分曝光了？」

我會這麼問，是因為想起李歐說的，教廷龐雜的派系裡也搞分化鬥爭那一套，長老會不把我們放在眼裡，不代表浸信會願意接受我們。

「也許我該找個時間駭進教廷的系統裡逛逛，不過現在我們該離開了，無論對方是誰，總之找上我們絕不會有好事。」伊莎貝做出決定。

不消片刻，我們便迅速收拾完行李後溜下樓，正巧遇見酒氣沖天、步履蹣跚的邁可，手裡又拿了罐剛開的啤酒。

「邁可，請問旅館有沒有後門？」我趁機問道。

「好問題。起居室連接的廚房裡有扇後門，穿越後門可以通到一塊公用的空地，空地裡的榆樹旁邊有條小路接到隔壁巷子。那是我的祕密通道喔，從前的屋主用來晒衣服，現在我則用來躲避債主。」邁可的眼神迷離，會心一笑道：「妳們倆出去玩可要注意安全哪，別招惹帥氣卻危險的男人。雖說男人不壞女人不愛，不過哪，搭上那種人可不會有好結果哩。」

「知道了。」伊莎貝和我匆匆轉身想走，卻被他喊住。

「等等，妳們準備密封防水袋了嗎？」邁可靠近我們，他聞起來像是整座傾倒的酒窖。

「沒有，要那個幹嘛？」伊莎貝問。

邁可抓抓雜亂的鬍鬚，笑道：「這是妳們第一次參加潑水節吧？難道你們從清邁機場到古城區的一路上都沒看見旅遊廣告上的潑水節照片嗎？每年都超級瘋狂的耶。聽我的，所有貴重物品一律收在密封防水袋裡，否則通通會泡水，你們不希望鈔票和護照弄溼，或是手機秀逗吧？」

伊莎貝和我面面相覷，顯然我們只顧著在網路世界追查兇殺案，忽略了所有近在眼前的廣告招牌。我們也沒有追究為何租到的是最後一個房間，以及為何大批遊客湧入清邁，導致素帖寺擠得像夜市。

邁可從容不迫地蹭到櫃檯旁，從抽屜裡取出幾個密封袋。「好在我這裡有幾個，妳們先拿去用吧。」

「我不用，我的電腦包是高科技防水材質。」伊莎貝信心滿滿地說。

「我需要，謝謝！」我接受邁可的好意，將行李中的物品盡可能摺疊到最小後塞進袋子裡，然後做好了淋濕的心理準備。

之後，我們向好心的邁可與他令人懷念的酒味道別，按照他口述的路線，從後門經過空地溜了出去。

起先還沒有什麼人作亂。

我們走在和寧曼路平行的另條馬路上，於一家運動用品店裡各自買了件防水連帽外套後便覺得萬無一失了。外套既可防潑水、又可掩人耳目，本來伊莎貝堅持要買螢光色，最後才在勸說下和我一起買了沉穩低調的灰色。

沿路商家擺出潑水節應景商品，各種尺寸顏色的水桶在攤子前疊成了彩色的高樓，繪有當紅卡通人物的手持和後背水槍懸掛於整面牆上，以及琳琅滿目的防水背袋、防水護目鏡和不知作用為何的白色粉末，應有盡有。

「泰國新年。」伊莎貝聳肩說道。為這舉世歡騰的氣氛下了註解。

途中我們多次婉拒了小販滿面笑容的推銷，一心只想找輛前往山區的雙條車。可能是節慶的關係，舉目所及的雙條車班班客滿，而且都往古城的方向去，和我們的目的地完全相反。商量以後，伊莎貝和我決定跟著雙條車往古城走，既然它們載客前往古城，勢必還得再度折返，到時候我們就能攔下一班方向正確的車。

柏油路濕滑難走，我們並肩在水漬斑斑的地面步行了好一段距離，經過了兜售彩色小旗幟的攤子、賣大型冰磚的攤子與泰式奶茶和米粉湯的攤子，車子沒攔到，倒是浪費時間繞開了幾場游擊戰。六七個東方女孩依偎著彼此，和對街的泰國男孩以水槍相互掃射，同時，一輛載滿西方人的小貨車硬生生從路中殺出一條血路，車斗上的乘客直接從腳邊的水桶舀水向外潑，杓杓冷水從天而降，所經之處的路人全都難逃一劫，東方女孩與泰國男孩瞬間尖叫著抱頭鼠竄。

整個清邁沉浸在溼漉漉的氣味中，愈接近古城愈是熱鬧，林立的攤商清楚劃出戰線，並以揚聲器播放節奏感十足的流行音樂炒熱氣氛。前來參加潑水節的人們持續從四面八方向古城挺進，水槍、護目鏡與飆高的腎上線素一應俱全，而古城橘紅色的磚牆依然默默聳立，只是昔日保護的是家園，今日捍衛的卻是一方寧靜。

「如果繼續往前走，我們一定會被淋濕。」伊莎貝停下腳步，擔憂地說。

她說的沒錯，放眼望去，古城周圍的道路已經完全淪陷。本地人或外國人，不分男女老幼，全清邁的人通通傾巢而出，瘋了似的打起我此生見過規模最大的水仗。水槍四處掃射，叫聲笑聲不絕於耳。

「我們還是回頭吧，妳看，這裡所有人都玩瘋了，就算我們只是手無寸鐵的路人，恐怕也很難全身而退。」我束緊帽兜。

話甫說完，有輛緩慢推進的小貨車便在我們身旁停下，我抬頭，正好和一對戲謔的眼睛四目交接，還來不及提醒伊莎貝，一大杓刺骨冰水便迎頭澆來。

水的衝擊力道讓我不由得縮起脖子，我忍著尖叫，將伊莎貝拉進轉角的水果店。防水外套替我擋去大部分的低溫與驚嚇，但水花仍舊濺溼外套沒能遮蔽的短褲褲管，以及我的鞋襪。

「媽的，居然敢潑我水，老娘上次弄溼褲子是三歲尿床時候了耶！」伊莎貝火冒三丈地說。

「回頭吧，人家看到我們濕答答的，肯定以為我們也玩開了。」我頹然道。

「可是我們還沒攔到雙條車啊。」伊莎貝嘀咕。

「搞不好往回走就能攔上一輛，也說不定邁可有認識的司機，反正我不要繼續往前走了。」我甩甩袖子。

這時，高個子的伊莎貝挺直腰椎，目光掠過我的頭頂，匆匆將我往貨架後方拉。她謹慎地問道：「妳看對街那個穿紅外套的人，是不是剛才跑到旅館堵我們的人？」

我旋過身，赫見人群中穿梭的紅色外套與金色馬尾。「就是他！」

紅色騎士如同鶴立雞群，他冷漠的表情也和周遭開懷大笑的遊客們截然不同，紅色皮外套在成片短袖短褲中也顯得突兀。若不是他特別怕冷，就是他在外套裡藏了什麼，我希望不是後者。

伊莎貝猝然蹲下，雙手緊捏背包肩帶，以唇語問我：「怎麼辦？」

「我們朝他的反方向走，帽子拉上，動作不要太明顯。」我說。

紅色騎士緩緩趨步向前，銳利目光在人群中來回掃視，無需恫嚇，他傲人的身高和凝重的神情就足以令路人提不起勇氣向他潑水，還紛紛自動讓出一條路。

我們倆悄悄地沿著街邊往回走，突然，前方人群鼓譟起來，佔有身高優勢的伊莎貝目瞪口呆，約莫兩秒後，我也看見了浮在半空中的馴象夫，然後是大搖大擺走在路中央的大象。

前後總共有兩隻，霧灰色的龐然大物邁開步伐招搖過市！不是動物園裡懶洋洋的那種，也不是非洲草原上活蹦亂跳的那種。

粗厚的象皮儼然成為泰國人的巨大畫布，上面繪著色彩鮮豔且民俗風格強烈的花紋，猶如一張特大號泰式掛毯。大象纖長的睫毛下威風凜凜的雙眼顧盼自若，彷彿對自己崇高的地位十分引以為榮。

泰國人崇敬大象，不過大象成為掃街水車我還是初次見到。長長的象鼻在馴象夫的指示下，直接埋進路邊的水缸裡，吸飽水份後就對著路人胡亂噴出，一次又一次，猶如巨人的灑花器。

象鼻的射程比水槍更遠，我們躲過了車斗上男孩潑的水，卻沒能閃避大象鼻子無遠弗屆的天降甘霖，頓時整件防水連帽外套上全是滾動的水珠。

「喔，我的天，希望那隻大象沒有感冒，幫我看看我頭上有沒有鼻涕？」伊莎貝垮著臉說。

水花漫天飛舞，孩子們興奮極了，馬上呼朋引伴地從攤商、店家和騎樓邊衝上馬路，一股腦兒的朝大象發射水槍，大象皮膚上的層層皺褶夾滿水漬，在陽光下閃閃發亮如披上鑲滿鑽石的晶瑩沙龍。大象們拍拍耳朵開始回擊，於是孩子們、年輕人們和大象再度廝殺起來，夾雜各種語言的笑聲刮擦著我的耳膜，我見到彈盡援絕的人索性跳進圍繞古城的護城河裡補充水份。

不對，太引人注目了，這樣不行。

我在心裡暗道不妙，回頭後果然見到那抹駭人的血紅色撥開人群向我們大步走來。大象現身造成太大的轟動，間接讓伊莎貝與我的行蹤曝光，現在紅色騎士已經發現我們，帽沿拉得再低也遮不住我們的身分了。

「伊莎貝快走，紅色騎士追來了！」我驚叫。

原先盯著大象看的她一見苗頭不對，立刻牽起我的手加快腳步在遊客間穿梭，這時的清邁古城已經熱鬧有如倫敦大笨鐘下的跨年倒數時刻，伊莎貝奮力尋找任何可以向前移動的空隙，我們和大象擦身而過，我不停回頭張望，幸好潑水節雖然拖延了我們的速度，卻也拖累了紅色騎士的腳步。

此時，前方傳來更大的喧嘩聲響。一輛真正的水車現身街頭，黃色的車身隆隆駛近，車頂上的泰國男子臉上堆滿笑容，拿出水管就是一陣狂噴亂射。來自水車的水柱威力強大且源源不絕，與其相比，水槍和水桶無疑是以卵擊石。我懷疑那根本是一輛鎮暴用的水車。

我們硬著頭皮繼續往前，突然，一股蠻橫的力量箝制住我的手臂。

「我們需要談談！」紅色騎士近在咫尺。

「走開！」我推開他，他卻將我抓得更緊，如緊箍的手銬啣著我的皮肉。

牽著我的伊莎貝驚覺有異：「潔絲敏？」

「救命……」我瞬間放聲大喊。

紅色騎士見狀，抓住我的那隻手忽地使勁向後扯，導致我重心不穩，一個踉蹌跌坐在地。

突如其來的粗暴行徑令我不知所措，只能呆呆的仰望他。

那雙銳利藍眼迸發不容置喙的霸道，對我命令道：「跟我走！」

我拼命搖頭，彷彿如此一來，便能將這幅荒謬的景象甩開。歹徒怎會膽敢在光天化日、眾目睽睽之下擄人？

紅色騎士仍然緊抓不放，另一側的伊莎貝也沒有放棄我，我感覺自己的雙手在兩個不同方向的力量中撕扯，快要被活生生從中一分為二……

圍觀群眾還以為只是三個外國人在打鬧，有人朝我們潑起水來，各種大小的水柱噴濺在我們身上，溼漉漉的髮束軟弱無力地垂掛在我的額際，我的睫毛在滴水，視線模糊不清，因為一開口就會喝到髒水，只得緊抿雙唇，彷彿整個人浸在一汪汙穢水池裡。

接下來的發展令我始料未及，居然無端冒出了個新的外來者加入戰局——

男人身穿一襲黑色風衣，只露出袖口外的兩隻手掌和潛藏於帽兜內的一張臉，帽緣陰影下，他的森然雙眼完全沒有眼白，像是兩池黑不見底的深潭，飄覆著來自地獄的濃霧。

然而，更恐怖的是他全身上下沒有被衣料掩蓋的部位。

他的雙手手背佈滿密密麻麻的刺青，不是追求流行的裝飾性圖案，也不是幫派份子愛用的黑道暗語，而是一條一條的經文，沿著掌根越過指關節、一路往指尖延伸。我懷疑在那黑色風衣下，尚未以真面目示人的刺青究竟還有多少。

刺青人趁著紅色騎士分神以掌心抹去臉上的水花的剎那，以一個華麗旋身動作一腳踢飛紅色騎士，他冷冰冰的面孔毫無表情，態度不慍不火，彷彿公然傷害他人的行為再普通不過。

紅色騎士甩甩頭，在短暫評估情勢後決定把我們暫時擱在一旁，他自地上起身，撲向刺青人後與之扭打成一團。黑色與紅色兩抹殘影相互交纏，紅色騎士動作俐落，刺青人卻更為耐打，他中招的次數更多，腳步與架勢卻始終保持穩定。

四周人潮好像以為這只是節慶、派對與毒品交互作用後衍生的一場群架，沒有人打算出手干涉。

在咬牙承受了紅色騎士的一記側踢後，刺青人抹去嘴角的血跡，接著他從風衣內掏出一條金色鎖鏈串起的十字架項鍊作為武器。揮舞的鎖鏈猶如吐信毒蛇，並於下一回合的纏鬥中繞上紅色騎士的頸項，刺青人意圖將紅色騎士勒斃！

這時，而水車的主人終於介入，他將我們當作靶心，強而有力的水柱將所有人沖倒。伊莎貝與我看傻了眼，幸好勃發的腎上腺素敲響了危機意識的警鐘，我們抓住機會從地上爬了起來，一溜煙衝入人群。

更多、更多的水如海嘯席捲而來，人們踩在水窪中又蹦又跳，許多人滑倒了，也有人故意倒在別人身上，原本矗立的人群頓時如保齡球瓶般東倒西歪，很快地，紅色騎士和刺青人被笑鬧的群眾淹沒。

伊莎貝緊握我的手，趁著水車耽擱追兵的片刻逃之夭夭。當我們擠到對街時，我忍不住回頭張望，正好對上那雙讓人不寒而慄的杏仁形狀黑眼……

我們穿越一條窄巷，見到前方有一台停在路邊的嘟嘟車，也不管這輛三輪摩托車有沒有能力長途奔波，便像溺水之人抓到救生圈般毫不遲疑地跳上車子，要求司機馬上發動。

「去那個玩天際飛索的景點，快點！」伊莎貝大吼。

司機是個溫吞的矮小泰國男子，他喃喃說了幾句泰文，臉上帶著疑惑的微笑。見我們沒有反應，於是朝騎樓揮揮手，招呼一位笑容靦腆的泰國女孩前來。

「賽門現在在哪裡？不如告訴司機地名比較直接。你看，他找翻譯來，翻來翻去又要兜個一大圈。」我敦促著。

結果笑容靦腆的泰國女孩不是翻譯，她湊上來，在我們的臉頰分別抹上白色粉末，然後害羞地說了一長串的泰文。

「她是在為我們祈福嗎？」我不敢置信地問：「我們看起來這麼趕時間，她還有心情幫我們祈福？」

伊莎貝不理我，她的雙手在駭客電腦上拼命敲打，忽然傳出驚心動魄的哀嚎：「不會吧？電腦當機了！」

「不是說你的電腦包是高科技防水材質？」我問。

「產品說明是這樣講沒錯啊，可惡！我一定要客訴！」伊莎貝氣惱地咒罵。

我不停朝向路口張望，語帶結巴地問道：「現在怎麼辦？」

她從一只尼龍袋中取出平板電腦，慌忙對司機說道：「坎卡科村……坎卡古村？」見司機摸不著頭緒，伊莎貝乾脆將螢幕推到司機面前。

「喔！」司機對著電腦上的地址點點頭，然後又搖搖頭，兩手比出距離很長的手勢，意思像是：「不，太遠。」

伊莎貝氣急敗壞地從背包掏出裝滿現金的口袋，揮舞著說道：「很多很多錢！」

「快走！走！」我拍打司機的椅背，叫嚷著。

司機這才聳聳肩，慢條斯理地轉動鑰匙，發動車輛。

一個半小時的車程中，我們只有前十分鐘在市區內，三輪摩托車約有一半的時間奔馳於鄉間公路，另一半的時間則花在人跡罕至的蜿蜒山路上。

「剛剛是怎麼回事？」我驚魂未甫地問。

「不知道…來了一個，然後又多一個。」現在，伊莎貝的全副心思都擺在戳弄她的電腦上。

「是對方內訌嗎？我都被搞混了。」我煩心地看著她不停重複敲打鍵盤的動作。「電腦真的沒救了嗎？」

「不管怎麼按都沒反應。」她失落地垂下肩頭。

「妳對電腦那麼在行，好好想想，一定有辦法修的。」我安慰道。

「設計車子的工程師就一定會修車嗎？」她沒好氣地說。

「就算自己不會修，妳應該也認識不少會很會修電腦的人吧？駭客不都有參加那種互通有無的秘密社團？」我問。

「是啊。」她的雙手狂亂地搔著頭。「我確實可以連絡上最近的維修人員，或許泰國也有很厲害的傢伙，搞不好清邁當地就有，可是，電腦宅男再怎麼宅，也絕對不會住在山上哪。」

「那我們只好有點耐心了。」我道。

一路上伊莎貝長吁短嘆，弄得我心神不寧，也沒敢再開口招惹她。

雖然我私心以為，既然平板電腦和駭客電腦同步，應無須擔心遺失資料的問題。再者，電腦硬體因泡水而故障也是必然，若無法挽回就只能報廢了，不然還能如何？心情低落也無濟於事。

但換個角度想，倘若今天泡水的是我父母留下的童話書呢？我還能這麼灑脫嗎？兩個故事我都倒背如流，書本的每頁都刻劃在我的腦海中，但是我承擔得起書本被破壞的損失嗎？背包裡的童話書對我而言獨一無二，同樣的，駭客電腦對伊莎貝來說也是無可取代。

況且，我們還得仰賴那台資料處理器的強大功能呢。關於警方的消息、《索亞之書》和血腥瑪麗的資訊，都得靠伊莎貝和她的電腦持續追蹤與深入調查，我也指望她們能查出紅色騎士的來頭。

現在回想起來，我才警覺自己的臨場反應實在過於遲鈍。當紅色騎士和伊莎貝各據一方時，我明明可以尖叫、抵抗或者怒罵，無論做什麼都好，就是不能被嚇傻才是，可是我卻呆滯了，我把震驚的心情寫在臉上，簡直像是上了街卻沒穿衣服。

該死的，我最忌諱心思全讓人看透。

深深的無力感攫住我，一連串前仆後繼而來的危機讓我亂了陣腳，彷彿變色龍失去了保護色，赤條條地暴露在天敵環伺的荒野中，渾圓的雙眼滿是驚懼。

光是憶起紅色騎士的懾人目光便叫我發抖，在那短短面對面的幾秒鐘，我終於看清楚連日來窮追不捨的敵人的模樣。以壞人而言，他是個罕見的俊美男人，他的湛藍雙眼蘊含霸氣，殷紅薄唇則斂著堅定，當他凝望某人，幾乎可以用眼神讓人俯首稱臣。

這種天生的殺手才最可怕，比任何冷酷殘暴的歹徒都來得危險，就像鮮豔的毒蛇。他們利用美麗的容貌吸引獵物，在對方目眩神迷、心醉彷若置身天堂的剎那，再獻上死亡之吻，將獵物拖向地獄。

我不禁疑惑，那止不住的戰慄究竟源自於對死亡的恐懼，抑或對死亡的渴求？也許在內心深處，我從來沒有擺脫父母和弟弟過世的陰霾，也許有一小部分的我也隨著他們去了，現在正盼望著早日重逢也說不定？

挪移的車影先是變短，然後又慢慢拉長，嘟嘟車抵達目的地時已經是下午了。才剛踏入這個位於山腰上類似小型渡假村的營區，我便嗅出賽門獨樹一格的味道。

賽門的氣味一如既往，溫暖而誘人，像是繾綣被窩裡情人殷切的笑容。不等伊莎貝搜尋他的位置，氣味便引領我找到主木屋中的賽門，他戴著一副雷朋墨鏡，坐在靠窗的辦公桌前，將手中的直刀就著磨刀石來回磨得發亮。

「敲敲門。」伊莎貝跨過門檻，走向桌前。

賽門的雙手維持著規律的節奏，僅以眼尾餘光掃過前門，微笑道：「親愛的潔絲敏，想我所以來了？」

我跟隨伊莎貝的腳步走入辦公室，兀自佇立於她的斜後方，刻意和賽門保持距離，之前我們就說好要將發言權交給伊莎貝。

經過兩次錯誤的嘗試後，這回伊莎貝行動莽撞，用詞卻極為小心。她將今早的發現和紅色騎士的攻擊全數告訴賽門，口沫橫飛中虛實參半，她胡謅說血腥瑪麗握有詳述七個童話人物秘密的《索亞之書》，還對睡美人法器的下落也略知一二。接著又花上不少時間對電腦浸水一事大肆抱怨了一番。

她算是表現得相當好，顯然沒有被電腦泡湯及賽門的魅力沖昏頭。伊莎貝不斷強調手上握有資訊同步的平板電腦，而她神經兮兮的模樣更增添駭客身分的說服力，看得出來，賽門原先拒絕合作的想法已經動搖。

賽門專心聆聽，當伊莎貝提及我們在清邁街頭與紅色騎士搏鬥的情景時，他忽然舉手示意伊莎貝停下。

「他傷了潔絲敏的手？」賽門放下直刀，接著摘下墨鏡扔向桌面，起身朝我走來。

「我沒有大礙。」我退至牆邊。

他向我走來，每一步都是引誘，幽綠雙眼的凝視如燎原野火，我努力調勻呼吸，抗拒著他逼近的氣息。接著，他二話不說便提起我的手腕，將我的袖子向上捲起。

「還說沒有？」臂上的一截瘀青點燃賽門眼中的怒火。

「現在知道那些想將我們滅口的傢伙是玩真的了吧！你到底願不願意和我們合作？拜託，可別說我們冒著生命危險是白跑一趟哪。」伊莎貝愈發心急。

賽門踱回到桌前思忖良久，期間不停瞄向電腦螢幕上的監視器畫面。「在古城區找你們麻煩的是個穿黑色風衣的傢伙嗎？」

我和伊莎貝交換眼神，點了點頭。「那是其中之一。」

「哇咧？還不只一個？那麼，準備好迎接我們的客人吧。」他伸手將直刀插入刀鞘，笑容深不可測。

http://dflkjwfjflkvhg..ksfjchlfwv.slkjv.ALsdcnjl128947hcrpn dj

寄件人：奶油公爵

收件人：影夫人

內容：重新掌握目標，暫時應無需共同圍捕。

金狗毛蕨（學名：Cibotium barometz）

金毛狗蕨植株上金黃色的茸毛 是良好的止血藥，以一小搓金狗毛壓在出血處便能止血，是台灣早期農業社會居家必備良藥。根狀莖還有補肝腎、除風濕、壯筋骨等功效，因富含澱粉 亦可食用和釀酒。

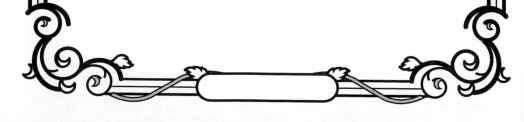

第七章

賽門將豐潤的雙唇抿得老緊，像是為了保持紳士風度而將髒話關在嘴裡。他垂下睫毛，灰綠色的眼眸蒙上一層陰影，再抬眼時卻已目光如炬，宛若兩團熊熊燃燒的綠色烈焰。我認得那個火焰，因為我也有，那是以仇恨為柴薪的怒火。

他是替我的際遇感到義憤填膺？還是為了所有受害者而忿忿不平？我想，八成兼而有之。

只見賽門一語不發地從座位上起身，他拎起置於桌腳的登山背包，拽在肩上後大步走向牆邊的成排鐵櫃，接著打開櫃門，忙不迭地伸手向內揀選起來。

伊莎貝抓抓頭，向我丟來困惑的眼神，於是我走近賽門方才的座位，進而證實了心裡的揣測：在辦公桌的電腦螢幕上，那個穿黑色風衣的刺青人搭乘另一輛車，正穿梭於螢幕上各個不同路段的監視器畫面，經由我們剛剛來時的山路，朝著營區節節逼近。

「刺青人追來了。」我的眉頭緊蹙。

「太好了，終於可以給那傢伙一點教訓了。」依莎貝雀躍地說，邊將她的指關節折得喀喀作響。賽門不容忽視的存在給了她莫大的信心。

賽門持續搜刮鐵櫃，我墊起腳尖張望，瞥見敞開的鐵櫃裡堆滿繩索、安全帽、礦泉水和工具箱等雜物，都是些尋常的物品，可是落在賽門這樣的男人手上，再普通的工具也會變得危險。這時賽門推開電鋸，拎起了一把鐵鍬，金屬發出刺耳的碰撞聲，聽起來像是某種尖銳的警告。

「賽門，沒必要動粗吧？」我問。

「夾著尾巴逃跑可不是我的作風。」他背對我們，雙肩肌肉因憤怒而緊繃。

不知為何，賽門和伊莎貝的騰騰怒氣竟稀釋了我的滿腹怨懟，也許是意識到三個人中有兩個行事衝動，所以總得有一個扮演冷靜的角色吧。

我繞到賽門身旁，雲淡風輕地對他說：「我也不喜歡當膽小的懦夫。我要殺害我家人的兇手用鮮血付出代價，那可不是一點點掛彩就能算數的。你想想，此時敵明我暗，我們掌握了兇手的資料，他們卻不知道我們已經集結起來。如果沒有周詳的計畫便莽撞出手，只會讓敵人摸清我們的能耐，接下來就更容易對付我們了。所以，現在是要殺雞儆猴還是一網打盡，你自己看著辦。」

賽門略作停頓，濃重的呼吸漸漸趨於和緩，像是反覆咀嚼我的提醒。我偷偷高興了一下，對付賽門這種急性子又愛強出頭的大男人，以柔克剛才是絕佳策略。

「很好，一網打盡，何樂而不為呢？」賽門轉身對我淺淺一笑。

「潔絲敏，妳還真會澆冷水呢。」伊莎貝難掩失望。

然後，賽門再度傾身面向鐵櫃，這次回頭時遞給我們每人一套背帶，明快地指示道：「趕快把行李中的長褲換上，然後穿上這個，我會送妳們安全下山。」

我不敢浪費時間詢問賽門換長褲和穿背帶的目的，只是趕緊躲到角落裡遮遮掩掩的換褲子，接著笨手笨腳地模仿他的動作，把黃色與黑色相間的背帶繞過雙臂與兩腿，最後在胸前繫上一個金屬扣環。著裝完成後，才將隨身的旅行袋和側背包原封不動地掛回肩上。

「帶重要物品就好，盡量讓自己保持在輕便好走的狀態。」賽門叮嚀。

我扔下旅行袋，決定捨棄在泰國剛買的換洗衣物，只留下裝有護照套和童話書的斜背包。英國護照、母親手繪的童話書以及脖子上的聞香瓶法器，區區幾百克的重量，代表著我童年短促的平靜生活與漫長無盡的顛沛歲月，對我來說，這樣的負擔便已太過沉重。

相較於我的亟欲擺脫，伊莎貝則顯得難分難捨。她執意繼續背著故障的駭客電腦，說什麼也不肯把那多餘的重量從螢光橘運動背包裡移除。礙於時間緊迫，我和賽門也只能由得她，不再為此耗費唇舌。

刺青人來得比預期中快上許多，他像是不願被捨棄在後的影子，我們才剛穿戴完畢，那傢伙便循線找上門來。

飄動的黑色風衣信步越過門檻，他完全不浪費時間，邊靠近邊拆解頸部的金色鎖鏈，一手握住十字架，讓揮舞的鎖鏈颯颯作響，死亡陰影在他的頭頂盤旋。

「後退。」前方山雨欲來，賽門拾起鐵鍬，並示意我們遠離暴風圈。

如鞭的鎖鏈劃破空氣，賽門舉起鐵鍬格擋，沒想到鎖鏈竟像是擁有自主意識，在下一秒如攀附的藤蔓般捲上鐵鍬，將之抽離賽門手心。

赤手空拳的賽門毫無懼色，他直接衝進鎖鏈的直徑範圍，以一連串搏擊招式逼得刺青人節節後退，怪的是，刺青人接連挨了幾拳，卻眨都沒眨一眼，他漆黑如墨的雙眼直勾勾地盯著賽門，面色依然平靜如水，毫無眼白的眸子卻濃得彷彿要將賽門吞噬。

暫時佔了上風讓賽門得意忘形，他對刺青人吼道：「滾出我的地盤！」

後者顯然沒照辦的打算，刺青人一個踉蹌後，將少了發揮空間的鎖鏈直接一圈圈纏繞在手掌上，接著掄起鐵拳連續反擊，幾次交互攻守後，賽門身上添了好幾處瘀青，喘息聲也愈來愈大。

「賽門！」我從工具箱裡搜出一把釘槍扔向他。

賽門接下釘槍，瞄準對方的下肢扣下扳機，猛烈擊發彈匣內的釘子。活塞高速推進，釘子高速射出，起碼有四、五根釘子嵌入刺青人的小腿，他卻依然不為所動，彷若對痛楚渾然不覺。其中一根釘子穿透刺青人的皮靴，只見他不疾不徐地彎下腰去，以手指的力量試圖自己拔出釘子，他一邊施力轉動釘帽，鞋面一邊滲出血來。

「快走！」賽門帶領我們繞過主木屋，避開車輛行駛的柏油路，自一條隱密的碎石小徑離開園區。

我們步入叢林，賽門為首，我居中，伊莎貝殿後。賽門是個具有領袖氣質的男人，看得出來他刻意放慢腳步，一路上也不時回頭查看我們有沒有跟好。其實他大可不管我們，撇清關係也好、獨留我和伊莎貝坐困愁城也好，他卻選擇對兩個陌生女孩伸出援手，尤其賽門那捲起袖子打算為我伸張正義的舉動，著實魯莽也著實窩心。

賽門說四月是泰國的夏季，位居泰國北部的清邁又比南邊涼爽，算是氣候宜人。我們要是再晚一兩個月來就會碰上泰國的雨季，屆時滂沱大雨會讓觀光客落荒而逃，森林裡也將寸步難行。

下坡路段不算難走，只要懂得利用錯身而過的樹幹和藤蔓作為支撐，即可避免在鬆散的植被上滑跤。我邊走邊豎起耳朵傾聽，好在除了我們三人的腳步聲與風聲外，沒有聽見第四組腳步闖入。風與樹還真是幫上了大忙，風像是使勁給樹撓癢似的，令枝條不住瑟瑟抖動，漫天飛舞的落葉隱蔽了我們的足跡，樹梢摩挲的嘩嘩作響則掩蓋了我們的腳步。

十多分鐘後，來自我後方伊莎貝的腳步開始跌跌撞撞，我的步履依然穩健，兩天前與布魯斯和譽娜共享的野地求生經驗立刻派上用場，我知道如何在斜坡壓低重心以穩住腳步，也知道應該在行進中不僅留心自身安危、還得替前鋒注意周遭環境。

我認為關鍵在於專注。就像在龐雜的氣味中搜索某一種特定味道，靠的就是這個。如草叢裡匍匐的母獅，如河岸邊靜止的白鷺，保持專心才能逐步接近目標。而耐心則是專注的良師益友，少了耐心，短暫的專注難成氣候。

耐心是我渾然天成的特質，可是專注則不然，特別是走在賽門後面的時候。行進間，我得不停提醒自己集中注意力。

身高的差距讓我無法看見賽門前方的動靜，我的視線始終在他卡其色外套下聳立的背肌和牛仔褲包覆的挺翹臀肌之間游移。除非我別開臉或者閉上眼睛，但那就得冒著滾落山坡的風險，而且還會錯過一幅好風景。

難怪女人前仆後繼而來。伊莎貝說賽門曾為西點軍校的學生，他的確擁有一副如職業軍人般的完美身材，近距離觀察下，我確定他高大的個頭和壯碩的肌肉絕對能讓敵人膽寒。若非賽門那雙擅於洩漏情緒的眼眸如此純真，我也會對眼前的巨人心存畏懼。

可憐的伊莎貝顯然不知如何將駭客的高度專注與耐性一併運用在日常生活上，我聽見身後的碰撞與咒罵次數逐漸增加、間歇也逐漸縮短，一下子是草堆勾到她的腳，一下子是毛蟲晃過她臉前，瞬間明白我們押隊夥伴的耐力正快速流失。

伊莎貝的十指靈巧，整體卻高大而笨拙。雖然不清楚她的童年生活，但我猜想習慣在網路中探索世界的依莎貝不是在鄉間長大的孩子，所以四肢不夠協調、肌肉也缺乏訓練。也許在電腦遊戲中打擊罪犯她還可以，但在現實世界的叢林中，室內不會出現的毛蟲和雜草通通都是挑戰。

況且，電子產品再輕巧，也不會是山區健行的良伴。裝有一台筆記型電腦和一台平板電腦的背包很快地成為負擔，漸漸的伊莎貝連低聲唾罵的力氣也沒了，來自我身後的喃喃抱怨被沉重的喘息取代。

突然，遠方傳來微弱卻明顯的腳步聲，我和賽門同時回頭。遙遠的樹林彼端，出現一抹黑色的影子。

「快跑！」賽門大喊。

剎那間誰也管不了勾腳的草叢和煩人的昆蟲了，我們提起腳步飛奔起來，自林木錯落的坡地俯衝而下，沿途屢次因煞車不及而擦撞樹幹，樹林在我的視線內化作殘影，像是一座沒有盡頭的迷宮，我則是一道沿著壁面拂過的疾風。

聲響彷彿來自四面八方，踩斷樹枝的聲音、撞擊的悶哼、凌亂的腳步與伊莎貝像是喘不過氣來的驚呼聲，不僅是眼睛，我的耳朵也混亂而忙碌，我不再是耐著性子獵捕的母獅，刺青人才是那步履輕盈優雅的獵豹，而我比較像是隻鮮嫩多汁的短腿兔子。

我的腳下草屑飛濺，腦袋與手臂在奔跑中撞斷樹枝，可是我顧不得疼痛，只知道要好好跟緊前面穿卡其色外套的男人，那個既英俊又危險、我幾乎不認識的男人。

「就快到了！」賽門回頭喊道。

幾公尺遠的前方，赫然出現一棵聳入天際的大樹，密實如屋頂的樹冠遮蔽了整片天空，樹下則是一座旋轉階梯，沿著粗壯的樹幹一階一階打造而成。幾乎是用跳的，我們三步併作兩步衝上階梯，幾次旋轉後到達約莫三層樓高的木製平台。方形平台中間挖了個讓樹幹穿越的大洞，四周還沒有圍籬，一不小心就可能失足掉落地面。

我面無血色以背抵著樹幹，一股酥麻的涼意自腳底向上延伸，我無法確定腳軟的感覺是來自高聳危險的平台，抑或眼見刺青人在下方森林中穿梭飛躍，從若隱若現的一個小黑點迅速變為一個完整的人形。

「走這邊。」賽門指向平台側邊一座僅能單人行走的狹窄吊橋。

吊橋彼端和另一塊半空中的木製平台相連，這是我們唯一的路。我們可以選擇回頭和刺青人單挑，或者硬著頭皮走過搖搖欲墜的吊橋。

「不是吧？」伊莎貝的眉頭更皺了。「沒有懼高症的是攀上魔豆的傑克，可不是白雪公主的母后哪。」伊莎貝泫然欲泣。

為了避免刺青人追上來，這次賽門讓伊莎貝先走，我排第二，他自己則打算必要時留下來斷後。

我咬緊牙關，跟在伊莎貝後面走上吊橋，這座在空中隨著我們腳步起伏搖晃的吊橋起碼有一百公尺，腳下的木板既薄且窄，每一塊的支撐力都令人不住質疑。尤其在賽門跨上吊橋的那一刻，我更是清楚感受到猛烈的反作用力，那股來勢洶洶的力量有如滔天巨浪，像是打算將我拋出橋面。

承載了三個行人的吊橋晃動不止，我緊握兩側繩索的雙手因冒汗而鬆滑，鞋底因強烈的震晃而在木板上游移，宛如一朵沒有重量的雲。此時我反倒羨慕起負重較多的伊莎貝，起碼她不會像我這樣被甩來甩去。

也不知道花了多久時間，我們終於憑藉意志力成功穿越吊橋，正當我的腳跟離開橋面、跨上平台，打算好好喘口氣時，眼前的景象卻讓我驚叫出聲，因為接下來的挑戰更為駭人。

前面再也沒有路、也沒有吊橋了，連接幾百公尺外的下一個木製平台的，只有一道細長的纜繩。原來，這就是我們在主木屋時穿上的背帶的作用。

這時賽門也跟了上來，他走到我們前面，動作俐落地將伊莎貝胸前的金屬環扣上纜繩。

「這就是天際飛索？你要我們滑下山去？」我瞠目結舌地問。
「不需要戴安全帽或降落傘什麼的？」伊莎貝的臉色慘白。
「很酷吧？保證比用走得快多了。」賽門拍拍她的肩。
「真是酷啊，我的遺願清單上又少了一項……」譏諷還在嘴邊徘徊，伊莎貝就讓賽門一把推下了平台。
我呆呆的聽著尖叫聲由近而遠，最後消失在茂密的樹叢中。心想下一個就是我了。
「有沒有覺得自己像是泰山？」賽門幫我仔細安好扣環。
「比較像是綑綁紮實的東坡肉。」我的胸脯激烈起伏。
「那是什麼？」他問。
「一種中國食物，用線綑綁整塊五花肉，然後燉得爛爛的。」我說。
他俯身貼近我的頸項，湊在我耳邊柔聲說道：「妳好可愛，好有東方情調。如果妳也能吃胖一點，像東坡肉一樣就更完美了。」
我尷尬地憋著呼吸，不等他動手推我，便自己縱身一躍。
如果我是猴子，我肯定會覺得很酷。疾風拉扯我的頭髮、拍打我的臉頰，令我的眼角沁出淚來，心臟也狂跳不止。好啦，其實真的沒什麼好怕的，不過就是在離地好幾層樓高的半空中，靠著一具小巧的金屬環在一條脆弱的繩子上失速滑行罷了。事已至此，也不比坐在布魯斯的老爺摩托車上危險多少嘛。上次我差點送命，只希望這次還沒有把幸運用罄。

等到抵達下一座平台時，金色短髮亂成一團的伊莎貝已經自行解開環扣，背靠著平台中央的樹幹休息。

「賽門喜歡極限運動，但願他也喜歡個性互補、興趣相反的女生。」她虛弱地對我笑了笑。

我沒有答腔，不敢把賽門剛剛的親暱舉動掛在嘴上，暫時也不想掛在心上。

纜繩一陣劇烈晃動，隨後賽門也出現了。在他的協助下，我們陸續滑過幾道長度和坡度各異的纜線，和第一座平台的距離也愈拉愈遠，脫離刺青人的魔爪後我感到愈來愈放心，在林中滑翔也愈來愈放鬆。

天際飛索對我來說是種全新的體驗，起先覺得太過刺激，到了後來，平台與平台之間的長度與落差逐步增加，飛索的驚險度隨之增高，我的心卻變得平靜。我開始欣賞沿途風景，看著自己的影子跑過高低不平的樹梢，我展開雙手，像隻翱翔於林間的飛鼠，讓各種植物的芬芳氣息在指掌間流轉輪替。

重力加速度讓滑行愈來愈快，風咻咻地劃過耳際，我感到肚皮發癢，癢得讓我想笑。原來極限運動也有沒想像中那麼恐怖。

然後，我的體重再次向我開了個大玩笑。

大概是第五還是第六個平台，纜繩的高低差趨於平緩，在我前面的伊莎貝順利通過了，我卻因為重量不足而尷尬地卡在中間。

我離前方的平台很遠，和後方的平台也有段距離，我懸掛在半空中，找不到任何施力點，只好像鐘擺一樣晃動下半身，可是無論我怎麼扭動身體，安全環扣依然文風不動。

「伊莎貝，我動不了……」我手足無措地向伊莎貝求救。

「別擔心，我過去幫妳。」賽門在我後面大聲說道。

纜繩規律震動起來，賽門以雙手攀附纜線控制速度，慢慢朝我的位置推進。賽門的氣味率先找到我，接著是他的體溫，然後是他的身軀。風小了，賽門厚實的臂膀為我擋住了如刀刮般的勁風。

「別怕。」他一手護著我，另一手抓住纜繩將我們往前推。

「你的手受傷了？」我握住他粗糙的手指，將他的手心攤開。

「不要緊。」賽門毫不在意，忽地接近我深吸一口氣，然後語調輕佻地說：「人如其名，茉莉花的香味。」

這個語氣很熟悉，是賽門和眾多女孩們調情時的口氣。我隨即想起網路上關於賽門對女人很有一套的傳言以及素帖寺那些急於倒貼的美國女孩子們，心裡剛萌生的好感瞬間被怏怏不快覆去。

我鬆開手，冷道：「請你離我遠一點。」

「離妳遠一點？那我們就永遠到不了對面的平台囉。」他故意靠得更近，鼻子埋進我的秀髮裡。「妳知道嗎？茉莉花和妳一樣又香又嬌弱，必須要在清晨以人工採收，法國的格拉斯有一座香奈兒專屬的茉莉花園，有機會讓我為妳導覽如何？」

「我根本不認識你，難保你不會像徐四金筆下的葛奴乙一樣變態。而且你知道嗎？茉莉花香的主要成份是糞臭素。是香是臭，全憑濃淡程度。」我說。

賽門放聲大笑，說道：「妳一定不是泰國人，泰國女孩很溫柔，嘴巴沒這麼利。」

「半個台灣人，半個英國人。」我說。

「好極了，我喜歡，英法百年戰爭得以繼續延燒了。」他笑道。

接著，他以兩人加起來的重量緩緩將我們推向木製平台，視線中伊莎貝的身影逐漸清晰，我屏住呼吸，直到觸及她向我伸長的雙手，我立刻跨上平台遠離賽門，逃向新鮮自由的空氣。

「還有多遠才到啊？」伊莎貝哀怨地問。

「我們從下一個平台垂降到地面，那裡是最接近下山的地點。」賽門答。

按照慣例，伊莎貝率先出發。望著她縮小的背影，我安慰自己，只要再一個平台就好了，然後我們就可以從這裡脫身，擺脫這些曖昧情愫、嚴肅且認真地讓復仇計畫回到正軌。

正當賽門替我扣上金屬環時，前方突然傳出伊莎貝的厲聲慘叫。

一股不祥的預感冉冉升起，伊莎貝向來膽大，面對兇殺案的血腥照片和素帖寺和尚的嚴厲指責時全都面無懼色，就連飛索滑行也沒讓她怕成這樣。伊莎貝的叫聲持續不斷，我從未聽過她的聲音如此恐懼，那高分貝的尖叫撼動著我的耳膜，同時震碎我的理智。

我和賽門交換不安的眼神。他命令道：「待在這裡別動，我去看看發生什麼事。」

賽門鬆開我的扣環安上他自己的，然後雙手環抱屈膝，如一道卡其色的閃電迅速跳下平台，轉瞬間消失在我的視線範圍內。

茂密的枝椏屏蔽了前方的視野，我緊捏胸前的金屬環，繞著平台中央的樹幹來回踱步，焦急卻又莫可奈何。夾雜哭聲的尖叫在寂靜的山頭間迴盪，分不清是伊莎貝的聲音還是山谷的回音，但不論是哪一種都同樣折磨人。

金屬扣環在我的掌心裡發熱，那是承載天際飛索玩家生與死的鑰匙。我猛然意識到，倘若我仍舊傻呼呼的站在原地，前方的狀況便無從得知。於是心一橫，我將胸前的扣環安上纜繩，這些動作已經目睹賽門演練好幾次了，自己實際操作時還是不甚靈光。然而，我終究鼓起勇氣一躍而出，將自己送上無邊無際的空中，而且沒有掉下去。

我在空中不斷滑行，越過幾叢高聳的樹冠後，馬上拼湊出事情的全貌⋯⋯

新的擔憂隨即襲上心頭，因為前方等待的巨大危險，我也無計可施。是虎頭蜂。

虎頭蜂的領域觀念強烈、團體行動一致，只要惹上一個，其他就會群起而攻之，儼然是大自然中的黑道份子。而伊莎貝這個天才，不知怎的惹毛了虎頭蜂。

當我滑到一半時，伊莎貝和賽門已經抵達最後一座平台。

「一到地面趕快跑，跑得愈遠愈好！」賽門在吼聲中協助伊莎貝垂降。

可是蜂群也到了，牠們猶如黃黑相間的戰鬥機，怒氣沖沖地對他們展開猛烈的攻勢。虎頭蜂不比身形迷你的小蜜蜂，牠們是殺手，每一隻都有五公分那麼長，黑壓壓的一整群看得我頭皮發麻。

虎頭蜂分散為兩團黑霧，大半數仍然緊緊尾隨伊莎貝下降，另外一群為數不少的虎頭蜂則轉而襲擊賽門。

「賽門！」我登上平台，急急喚道。

「潔絲敏？」賽門一怔，隨即將我拉到身邊，解開我的金屬環後扣在垂降的纜繩上。「快點下去！」

「我們一起走。」我低聲要求。

他迅速瞥了垂降洞口一眼，接著將我倆的金屬環扣在一塊兒，然後便摟著我，彷彿呵護著一名小嬰兒似的盡可能將我包覆在懷中。我們一起擠過木製平台的方形洞口，在嗡嗡聲中垂降至地面。一解開扣環後我們便拔腿狂奔。

賽門拉著我的手拼命向前衝，我覺得自己像是只輕盈的風箏，三兩下便趕上前方二十公尺遠的伊莎貝。

「水！要跳到水裡才可以躲過虎頭蜂！」伊莎貝揮舞雙臂，眼神狂亂地哭吼道。

「不行！虎頭蜂會在水面等待。」賽門對她喊道：「不要打虎頭蜂，那會更加激怒牠們。」到處都是虎頭蜂，沒想到牠們那對小巧的翅膀那麼能飛。見獵心喜的蜂群對我們窮追不捨，伊莎貝像發狂的神經病般邊跑邊大叫，我壓抑著齒間流竄的叫吶，將恐懼緊咬在嘴裡，深怕將舌頭都給咬斷。

生平第一次，我的害怕寫在臉上，情緒毫不掩飾。

起碼跑了五分鐘蜂群才漸漸散開，可是我總覺得嗡嗡耳鳴不曾間歇，彷彿有蜜蜂住進了耳朵裡。

我們在一棵聳立的柚木下喘著大氣，待稍微平復後，每個人都脫下外套檢視身上的螫傷。仔細檢傷後，身為首要目標的伊莎貝最嚴重，算一算她的手上和臉上共有十多處傷口，不過她的眼鏡還在臉上。賽門則是額頭和手背各有兩處螫傷，我因為和戰線的距離較遠，僥倖在這場戰役中全身而退。

「我們得先把螫針拔掉，免得毒囊持續收縮，繼續釋出毒液。」賽門從背包中取出瑞士刀，展開裡頭的小鑷子。

這是一份需要兼具冷靜細心與俐落明快的工作，螫孔的周圍皮膚已經開始紅腫，可是螫針很細，一旦施力不當便會將針頭塞進更深層的皮膚裡。

「我來吧。」我說。

「好，妳先替伊莎貝處理，小心不要擠壓毒囊。」賽門交代。

我接過瑞士刀，小心翼翼抬起伊莎貝的手肘，她的眉頭糾結，每取出一根毒針，就伴隨了一聲啜泣。

「痛嗎？」我問。她噙著淚點了點頭。我安慰道：「別亂動，妳愈是配合，我們就愈快能夠處理完畢，妳的皮膚就不會繼續起丘疹了。」

「妳看我的手又紅又腫，好像怪物！潔絲敏，快說說看我的臉變成什麼樣子了？如果我照鏡子，會被自己嚇壞嗎？」她驚慌失措地問我。

「欸，魔鏡可能會認不出主人吧。」我嘆道。
伊莎貝絕望地發出哀號，她看起來確實淒慘，有點像我們昨天在素帖寺看到的滿頭螺髮的佛像，只不過佛像的螺髮長在頭上，她的卻是長在臉上。
「沒關係啦，會復原的。只是你暫時不能和白雪公主競豔了。能不能夠告訴我，蜂群為什麼對妳這麼有興趣？」賽門問。
「我也不知道啊，滑到一半的時候突然飛來幾隻小蜜蜂，然後就愈來愈多。我發誓我沒有無聊到去捅蜂窩，可是我長得那麼高，會不會在途中不小心踢到一個，可就沒辦法確定了。」伊莎貝哭喪著臉說。
「那些不是小蜜蜂，是足以致死的虎頭蜂。」賽門糾正她。
「會要人命嗎？」她擔憂地問。
「當然，同樣份量的虎頭蜂毒比蛇毒還要危險，蜂毒不但綜合了神經毒和出血毒，更多了一種過敏原。嚴重的蜂螫會導致體內溶血、橫紋肌溶解和腎衰竭，有過敏體質的人還有可能休克和窒息。我剛到泰國的時候就被虎頭蜂攻擊過一次，那時候還在醫院住了好幾天。」賽門用力嗅了嗅，說道：「奇怪，妳有擦香水嗎？虎頭蜂對香味很敏感，不過我只有聞到茉莉花的味道。」
「沒擦。」伊莎貝嘟嘴瞟了我一眼。
我裝做若無其事，繼續埋頭挑起一根根螫針。
「還有，遇到蜂群對人類表現出好奇時千萬不可以驅趕，妳剛剛的揮舞動作會被視為挑釁舉動，如果妳被一隻虎頭蜂螫上，螫針就會在空氣中排放費洛蒙，進而引來更多同類。」賽門說。

「我想，我可能在滑行踢上了什麼東西，然後又打死一隻虎頭蜂。」伊莎貝支吾地說。

賽門沒好氣地重複：「妳打死虎頭蜂？」

「牠一直在我臉旁邊嗡嗡嗡的，情急之下，就一掌打下去了嘛。」伊莎貝辯解道。

「難怪牠們會對我們死纏爛打。」賽門抱怨。

「下一個。」我打斷兩人拌嘴。「伊莎貝的處理好了，接下來換賽門。」

賽門苦笑著搖搖頭，問她：「妳有肥皂嗎？」

「有啊。幹嘛？」她問。

賽門拿出一瓶礦泉水，扭開瓶蓋遞給了伊莎貝，道：「用肥皂和水沖洗傷口，可以沖洗費洛蒙和毒素。幸好我們全都穿著長袖長褲，滑行和垂降的速度也夠快。加上蜂群在叢林裡追蹤不易，不然可不是鬧著玩的。」

趁著伊莎貝專心沖洗，我也集中精神處理賽門的螫傷，他的傷口比較少，傷勢看起來卻更為嚴重，尤其是額頭的兩處傷口局部發熱發紅以外，紅腫似乎也逐漸向外延伸，形成一片接著一片的丘疹，就像是十幾隻蚊子重複叮咬的痕跡。

「奇怪，反應怎麼比伊莎貝的還大？」我自言自語地說。

「據說第二次蜂螫引起的過敏反應又比第一次來得明顯，加上我本身是過敏體質，自然看起來比較嚴重。不要緊的。」他回答。

「那你應該早點說，我就可以先替你處理，拖得愈久愈糟糕不是？」我責怪道。

「捨不得了嗎？」他露出燦爛笑容，灰綠色的眸子倒映出翠綠的樹海，看起來浩瀚無垠。

「好了，拔完了。」我按捺著砰砰狂跳的心。「我的意思是，你只有四根螫針，處理你會比較快，也比較有效益。」

「我是個男人，怎麼可能哭哭啼啼的要妳先處理我的傷勢。當然是女士優先。」賽門說。

伊莎貝湊過來心疼地說：「是啊，我們都知道你是男人，而且還是個愛逞強的男人。看看你，針是拔起來了，可是額頭好像更腫了耶。」

確實如此，他的傷口已經蔓延為整片類似蕁麻疹的過敏現象，整個額頭凹凸不平，看不到一處完好的皮膚。

「這八成就是你說的毒素結合過敏的結果，我看必須要馬上處置才行。你現在感覺如何？」我問。

「很癢。」賽門皺眉，「呼吸也有點吃力。」

我轉頭對伊莎貝悄聲說道：「再這樣下去有可能會過敏性休克。」

伊莎貝取出平板電腦，一陣敲打後說：「網路上說蜂螫必須給予抗組織胺、腎上腺素和類固醇藥物。可是荒郊野外的，上哪兒去找這些東西啊？」

這時賽門開口了：「先報警吧？」

「不能報警！」我心虛地大叫。台灣警察和國際刑警李歐都在找我，誰曉得泰國警方沒有接獲通緝。

「那怎麼辦？不可能靠我們兩個把他抬下山就醫哪。」伊莎貝抓抓頭。

「我對藥草略知一二，讓我先去附近找找可以消毒抗過敏的植物，這段時間你就幫他沖洗傷口，然後密切觀察傷勢的變化。」我指示道。

伊莎貝扶著賽門靠著樹幹坐下休息，然後將礦泉水倒入瓶蓋，輕柔地為他沖洗螫傷。我離開前看了賽門最後一眼，他的金髮凌亂、眼皮浮腫，並且出現輕微咳嗽的症狀。希望真能如我所願，找到適合的藥草。

我將擔憂暫擱在一邊，步履迅速而堅定，腦袋也快速轉動起來。

有什麼藥草可以治療蜂螫呢？

我記得小時候自己也被蜜蜂螫過，那次是在爸爸工作的庭園裡，我和一隻採蜜的工蜂搶一朵盛開的玫瑰，然後就被牠螫傷了。爸爸聽見我的驚叫聲，馬上從庭園的角落裡找出一種叫作黃金桂的植物，他將黃金桂的葉子搗爛後敷在我的傷口上，回家後媽媽又幫我塗上一層蘆薈，說來奇怪，紅腫的部位隔天便好了大半。

搬到台灣以後，布魯斯告訴我他曾因為調皮而被蜜蜂螫過幾次，山裡的孩子都知道要去找生長於田埂旁的半邊蓮。布魯斯指給我看過，半邊蓮的外型嬌小，五片淡紫色的花瓣全長在同一側，活像穿著洋裝的小仙女。它的用法也是搗碎後覆蓋在皮膚上，據說效果奇佳。

不過，那都是些蜜蜂螫傷的經驗，體型有兩倍大的虎頭蜂遠比蜜蜂危險。

印象中姑婆芋的根莖也有治療蜂毒和蛇毒的功能，可是姑婆芋本身的汁液具有毒性，我不確定多少份量會導致副作用，不能讓賽門冒這個險。蘆薈太溫和，姑婆芋又太危險。環顧四周，數不清種類的樹木、藤蔓和花草，卻沒有一種是我需要的。

賽門的生命正在和時間賽跑，挫敗感和自信心在我腦海裡不停拉鋸，不行，我不能任由自己在叢林裡漫無目標的橫衝直撞，還有一條生命需要我挽救！

聞香瓶項鍊隨著步伐在我胸前躍動，還有四顆魔豆，我在一棵漆樹下駐足，伸手拎起脖子上的聞香瓶搖了搖，亞馬遜叢林的豐富氣味再度撲鼻而來。毫無疑問的，我願意為賽門使用一顆魔豆。

我是童話的傳人，我擁有可以幻化為任何植物的神奇法器，上次我不也替布魯斯變出止血用的的金狗毛蕨嗎？雖然嚴格說起來，金狗毛蕨並不是我求來的，而是不小心跌倒後，魔豆意外從聞香瓶裡滾落地面，替我完成了心願。

所以，我得先冷靜想想要它變成什麼植物才行。

我調整自己的呼吸，讓森林各式各樣植物的氣息充滿我的肺葉。陽光灑落樹梢，我凝望瓶中剩下的四顆魔豆，翠綠色的豆子在旋轉的瓶中滾動，發出細微的碰撞悶響，透明的瓶身在某一個角度下散發璀璨無比的光芒，此情此景，似乎曾在哪裡看過。

折射的光線觸發了我的記憶，我用力回想，終於在記憶中搜索出母親暖洋洋的笑臉。

母親曾經好幾次拿出一模一樣的瓶子，她微笑著，在我面前蹲下後揭開瓶蓋，將瓶中的油脂倒在我割傷、擦傷和任何外傷的地方，再溫柔塗抹均勻。母親有許多藥用的瓶瓶罐罐，和聞香瓶同樣款式的那瓶，是一種深紅色的藥草浸泡油。

答案昭然若揭，是聖約翰草，可以抗菌、止血、退熱、紓緩疼痛以及抗憂鬱的草藥。

一想起聖約翰草，我彷彿再度聞到它那獨特的微酸香氣。當然了！隨身背包中的童話書就是以聖約翰草的聞香紙製作而成。這股氣味天天陪伴著我，幾乎成為我每個呼吸中的必然成分，怎麼我還兜了那麼一大圈才想起它的存在呢？

我心急地打開瓶蓋取出一顆魔豆，再將軟木塞塞回原處，然後捧著魔豆跪在地上，專心想像著聖約翰草的模樣。

灌木，有橢圓形對生葉片和如星的五瓣黃色小花。

我將面前的肥沃土壤清出一塊空間，輕柔地將魔豆放在地上，讓長滿黃色小花的灌木影像塞滿整個腦袋後祈禱魔豆像上次一樣鑽入泥土裡，長出我亟需要的救命植物。

魔豆總算沒有辜負我的期望。古老的魔法再度展現，魔豆搖搖擺擺地動了動，然後像害羞了似的一溜煙從我面前消失，過不了多久，如茵的嫩芽便從鬆動的褐色土壤中探頭，我不禁露出微笑，看著細嫩的枝椏逐漸拔高，直到成為一叢高度及膝的青綠色灌木。

聖約翰草持續生長，枝頭末梢則冒出許多小巧花苞，最後開出滿樹耀眼奪目如夏至陽光的花朵，整叢聖約翰草像染上一層金光，豔黃色的花瓣怒放。

我以生平最快的速度採集了花朵和葉片，然後以更快的速度衝回伊莎貝和賽門休息的柚木下，將聖約翰草沖洗乾淨後以清潔過的石塊搗成泥，然後將磨碎的花葉敷在賽門額頭和手背傷口上，還逼他服下了幾口。

「苦苦的。」賽門喃喃道。

賽門看起來眼神渙散、身體癱軟無力，因為傷口紅腫發癢，伊莎貝只好不斷提醒他抓癢會令螫傷惡化，他只好拼命用手背磨蹭臉頰。

服藥後賽門似乎好些了，螫傷的丘疹大概也沒那麼難受了，之前的奔跑追逐令他耗盡力氣，於是打起盹來。

太陽逐漸西沉，我留下伊莎貝看守賽門，不讓他動搔抓傷口的歪腦筋，獨自準備起在山裡渡過一夜的所需物資。

這次野營比上回更為克難，沒有獵人小屋可住，也沒有鍋子餐具可用，而且所有事情都需要我獨立完成。我用賽門背包裡的直刀砍來幾捆蘆葦鋪成床，再以拾來的柴薪升起一堆營火，等到所有工作依序完成，暮色已染指森林，月亮也已高掛天空。

伊莎貝和賽門的紅疹逐漸好轉，賽門睡醒了，而許久沒碰電腦的伊莎貝精神好些後又忍不住手癢起來，從背包中取出平板電腦。

「我駭進園區的監視器系統了，我猜刺青人應該已經離開這座山區，因為四十個監視畫面中都沒看見他的影子，嚴格說起來，畫面中連半個人影也沒有，現在整座山只剩下我們了。」伊莎貝說。

「賽門，透過那些監視器畫面，在我們抵達以前，你應該早就知道我們上山了吧？」我問。稍事休息後的賽門傷勢好轉，精神也恢復了大半。他氣定神閒地說：「我確實看到疑似妳們兩個的身影在那台嘟嘟車上。既然妳們不遠千里來找我，又怎麼能讓漂亮小姐失望呢？」他話鋒一轉，「說到這個，潔絲敏，不是叫妳在原地等嗎？萬一妳也受傷了怎麼辦？」

「要不是有我，你們倆現在還能在這裡聊天嗎？」我說。

「真是不聽話。」賽門咧嘴一笑，灰綠色的眼裡綻放生動光彩。「很好，很有挑戰性，我喜歡。」

「臉皮很厚嘛，難怪被虎頭蜂螫傷也好得很快，加西莫多。」我笑盈盈地對他說。

「是啊，迫不及待要去巴黎聖母院敲鐘了。」賽門朝我眨眨眼睛。

我苦笑著聳聳肩，心裡其實鬆了一大口氣。呼，油嘴滑舌總比性命垂危好得多，只要賽門平安無事，說再多無聊玩笑話我都可以忍受。

「潔絲敏，還說妳對巫術沒研究呢，聖約翰草就是女巫常用的藥草嘛。」伊莎貝敘述著她上網查到的資料。「它通常在夏至開花，正好就是殉道者聖約翰的誕辰，傳說花朵內的紅色汁液就是約翰的血液喔。不過要小心副作用。」

「伊莎貝，妳剛剛說，聖約翰草有副作用是嗎？」賽門問。
「對啊，會頭暈嗜睡、影響性功能，還會導致情緒暴躁。」伊莎貝唸道。
賽門的臉色沉了下來。「潔絲敏，妳幾歲？」
「十五。幹嘛？」
「還好。」賽門吁了口氣。「我想我有足夠的時間在妳成年前復原。」
我和伊莎貝對看一眼，我無奈地搖搖頭，她則用力翻了個白眼。
「餓了吧？」我打開賽門的背包，將從營區帶來的乾糧、飲水分以及剛摘的野菜成六份，大塊頭的賽門三份，高個子的伊莎貝兩份，我一份。
「餅乾和草？」賽門大聲抗議，「當塞牙縫的點心我還嫌難吃咧。我需要蛋白質維持身材耶！」
「這叫作無醬有機沙拉。不然你想吃什麼？要替你上焗蝸牛和生蠔嗎？」我打趣道。
「不用那麼麻煩，不過我確實很想念穆蘭磨坊的長棍麵包或調色盤咖啡廳的火腿乳酪三明治。」賽門厚顏無恥地說。
「有的吃就不錯了啦。」伊莎貝瞪他一眼，對我說道：「幸虧他長得帥，不然這麼難搞的傢伙，早就被我們丟在山上自生自滅了。」
我噗哧一笑，古怪難纏的伊莎貝嫌起賽門難搞，這就叫做一物剋一物嗎？
天色暗下後的叢林變得神祕莫測，四周開始出現細微難辨的聲響，不知是歸巢的倦鳥抑或外出覓食的夜行性動物。我不斷替火堆添加樹枝與乾草，讓烈燄成為我們溫暖的庇護，順便將剛找到的野生薄荷分給大家塗抹在身上，藉以驅趕蚊蟲。

厚實的蘆葦床墊隔絕了大地潮溼的涼意，我們並肩而坐，圍著營火啃食餅乾和野菜，有一搭沒一搭的聊天。

忽然，我的目光落在賽門袖口隱約露出的墨色紋路上。「能看看你的刺青嗎？」

「好啊。」他大方脫下上衣。

賽門打著赤膊，露出精實的胸肌與腹肌，而在他赤裸的左肩上，有一排沿著肩膀直達二頭肌的位置的縱向字母，字母拼湊出我不認識的句子，筆觸飄忽的字體則像是火焰的吻痕，讓他飽滿的肌肉線條添加了幾許滄桑詩意。

「ne jamais oublier，意思是永誌不忘。」賽門解釋。

「這個刺青應該有什麼典故吧，方便說來聽聽嗎？」伊莎貝難掩好奇。

賽門的目光在伊莎貝和我之間流轉，語氣瀟灑地說道：「這刺青是為了紀念我的阿姨卡莉。」他抬頭仰望天空，「我三歲的時候，父母就因一場車禍而過世了，卡莉阿姨是我母親的姐姐，她收養了我，替我付清所有生活費與學費的帳單，之後我就在一個又一個的寄宿學校中長大，每年聖誕節都會收到卡莉阿姨的卡片和一張支票作為聖誕禮物。」

「聽起來沒什麼好感激的啊，哪有把這麼年幼的小孩丟給學校教養的道理？」伊莎貝直率地說。

「妳沒聽懂。本來我應該流落街頭的。」賽門似笑非笑地嘆了口氣。「不是所有女人都適合成為母親，要卡莉阿姨善盡母親的職責就太為難她了。她是那種穿梭於各大拍賣會和派對、熱愛珠寶和時尚的巴黎女子，搞不好喜愛寵物還多過於小孩。最起碼，她在金錢方面令我不虞匱乏。」

「所以這個《永誌不忘》的刺青是為了紀念卡莉阿姨的聖誕節支票？」我問。

「可是張一千塊法郎的支票呢！」他自我調侃道。

隔著火光，我們相視而笑。

聖約翰草的藥效明顯，賽門的額頭只剩兩處微凸的丘疹，帶點輕微的傷勢讓打赤膊的他看起來更加危險性感。

他的燦爛金髮比熊熊燃燒的火苗更為耀眼，與他淡綠色的雙瞳相得益彰。火光也勾勒出他壯碩的胸肌輪廓，引人無限遐思。尤其少了布料隔絕，他的氣味更是馥郁如焚燒的濃煙，那溫暖繾綣的氣味讓我感到口乾舌燥。

如果被窩裡的情人是這個男人，女人們恐怕會賴床到天荒地老。我的雙頰燥熱，趕緊收回偷偷打量他裸體的視線，然後扭開礦泉水瓶蓋，灌下一大口清涼的礦泉水。

我抬眼，正巧和賽門灼熱的目光對上，害我險些嗆到。

我拾起上衣丟回給他，道：「晚上很冷，外穿上衣服吧，免得病了。」他順從地穿回上衣，我也跟著鬆了口氣。

「好個永誌不忘，趁著現在記憶猶新，我順道提醒你一下，你的小命可是潔絲敏救回來的，所以你應該加入我們的計畫，幫潔絲敏揪出謀殺她父母和弟弟的兇手。」伊莎貝趁機說道，還一併將稍早查到的關於血腥瑪麗和《索亞之書》的資訊告訴賽門。

賽門思忖半晌，表示：「那就來說說看妳們的故事，如果有比我悲慘的，我可能會因為同情心而決定加入唷。」

「那你先說，為什麼從西點軍校退學？為什麼離開法國？」伊莎貝問。

賽門調皮地對她笑了笑。「作為一個駭客妳確實有點本事，可惜當情報員就還差了點。如果妳駭進西點軍校的學生檔案，應該能找到我的退學記錄，上面的理由寫得是無法服從軍紀。」

「是的、長官。不是、長官。」伊莎貝舉手敬禮，「你看，連我都會，服從軍紀有什麼難？」

「不是妳想的那樣，軍校生活非常嚴苛，無論在體能上還是心智上都是相當大的挑戰。我以外籍生的身分申請進入，基本上，再嚴格的訓練和再困難的課程我都應付得了，可是還是沒能通過野獸營。」賽門說。

「野獸營？」

「野獸營是西點軍校的傳統，為了徹底斷絕個人主義，中高年級學生會對剛入學的新生施加身體懲罰、精神摧殘和人格侮辱，新生只能咬牙熬過去。舉凡混蛋、爛貨、沒種的娘砲，這些我都還能接受，但是我沒辦法忍受別人辱罵我的家人。某天有個叫作喬治的混蛋不知道在哪裡翻過我的學籍資料，他知道我父母早逝，也知道我很少回家，那天興致來了就罵我是沒有人要的野種，還罵卡莉阿姨是高級妓女。」他的語氣平靜，眼裡的憤怒稍縱即逝。

「太過份了吧。」我忍不住說。

「沒關係。」賽門擠出一絲哀傷笑容。「他的鼻子再也沒辦法回到臉的正中央了。」

我凝望著他，總覺得賽門的嬉皮笑臉只是故作堅強，是刻意掩飾自己對家人的感情。他像是一頭昂然雄獅，在他的字典裡只有征服與追求，沒有放棄和退縮。這令我感到既敬又畏。

「好啦，下一個換誰？」賽門問。

於是我們也開始說起自己的故事。我簡單敘述了利物浦和台灣兩地的生活，還有發生在父母與弟弟，以及瑪雅阿姨身上的事故。從頭到尾我都沒有提及李歐，也不是蓄意隱瞞，只是覺得現在不是說這件事情的好時機。

「什麼？連十三歲男孩也不放過？」賽門惱怒地問。

「對，我的雙胞胎弟弟死了以後，我常常覺得自己不再完整。」我悶悶不樂地說。

「別難過，小茉莉花，我比橄欖樹還要高大健壯，能為妳遮風擋雨。」賽門伸長了手臂，粗糙的指掌溫柔撫過我的肩頭。

這次我沒有躲開，只是對他報以微笑。

後來換伊莎貝說起她的童年故事和對海柔的回憶，伊莎貝的言談中滿是濃烈思念，聽得出來她們姊妹感情很好。

月影搖曳，樹影婆娑。我們三人圍著煹火促膝長談，熊熊燃燒的火焰驅走了寒意，用訴說與傾聽，讓一個接一個心碎的故事宣洩過度承載的悲傷與恨意。

「你們會不會覺得有時候心裡空蕩蕩的，好像有某一塊很重要的部分被抽走了？」伊莎貝神色落寞地問。

「死亡給人的感受好不真實，妳覺得明明一個人的一輩子很漫長，轉眼間卻突然結束了。失去一個親人就像在心上割開一道口子，妳覺得傷口已經逐漸癒合，也以為真的像別人所說的時間會成為最好的解藥，可是根本沒有，妳每想到對方一次，那道口子又被硬生生扯開一次，痛苦的感覺依然嶄新如昔。」我的語氣平靜，舌尖卻嚐到了苦楚。

「我只知道血債就該血償。時間沒辦法沖淡一切，但是打一場勝仗可以創造出新的歷史，敵人的鮮血能夠滋養亡者的墳土，敵人的哀嚎便是最動聽的安魂曲。」賽門做出結論。

之後是短暫默哀的寧靜片刻，隨後睡意襲來。

我安撫他們：「你們是病人，你們先睡。我就來說個床邊故事好了。」

「潔絲敏，謝謝你。雖然我們經常意見相左。沒想到緊要關頭，還得靠年紀最小的救我們一命。」伊莎貝打著呵欠躺下。

我從斜背包中取出童話書，翻開線裝的封面，開口道：「這是我父母留給我的童話故事書，書頁內容是我母親自己謄上的，所以裡面只有兩個故事。」我以溫和緩慢的語調念道：「傑克與魔豆……」

在皮革封面與聖約翰草聞香紙書頁交織的氣味中，賽門也跟著躺下，他雙臂交叉，以重疊的手掌為枕，默默地透過火光凝望著我的剪影。

「……米缸已經空了，母親交代傑克將家中唯一的乳牛牽至市集販售，沒料到傑克竟換回了一把豌豆，那幾顆青綠色的小豆子甚至無法果腹一餐……」

周遭一片靜謐，只聽見我的聲音和他們兩人規律的呼吸。我專心朗誦著故事，並在字裡行間搜尋我母親昔日的氣息。

「……母親盛怒下將豌豆扔出窗外，隔天一早，傑克卻發現豌豆生出了藤蔓高聳向上、攀入雲端……」

伊莎貝和賽門的眼皮漸重，頃刻間，兩人都沉沉睡去。

「從此，傑克與母親的生活再無煩憂，而截斷的豌豆藤蔓依然翠綠，且生生不息。」

http://dflkjwfflkvhg.ksfchlfwv.slkjv.ALsdcnjl128947hcrpn dj
寄件人：影夫人
收件人：奶油公爵
內容：不好，海豚和鯊魚湊在一起，強烈建議共同圍捕。

聖約翰草（學名：Hypericum perforatum）

可以緩解憂鬱、治療失眠，傳說有抵禦巫術和避邪的作用，又被稱作「天然的百憂解」。它通常在夏至開花，正好就是殉道者聖約翰的誕辰，傳說花朵內的紅色汁液就是約翰的血液。

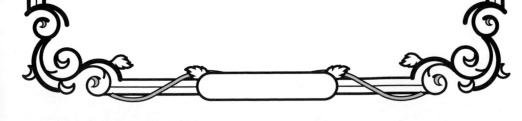

第八章

我做了個惡夢，一個沉鬱、幽暗的惡夢。

我見到有位身披黑色斗篷的女巫，她捧著一束花，兀自佇立於一望無際的草原上。那色彩明豔的花束和漆黑如夜的斗篷形成強烈而詭魅的反差，彷若包裹糖衣的謊言，是死神獻上的禮物。女巫將雙眼藏在帽兜下，一動也不動，但那雙不懷好意的眼神彷彿能穿透時空，我可以感覺到她近在咫尺，正對我凝神細看。

半夢半醒之間，有隻大手輕輕覆在我膝蓋上方的位置，大腿皮膚瞬間傳來一陣電光火石般的顫慄，這股電流阻斷了可怕的夢境。

我睜開惺忪睡眼，深深的吸進一口氣，讓冷冽甜美的空氣將惡夢陰霾一掃而盡。營火只剩下原先的一半大，可以確定的是現在還是半夜，火也還在持續燃燒。雖然冉冉上升的灰黑色煙霧在黑暗中幾乎難以識別，但我十分確定自己聞到了焚燒木頭與乾草後那略微刺鼻的焦味。

「嘿，妳剛剛在做惡夢？」賽門輕搖我的膝蓋。他躺在我旁邊的蘆葦堆上，凌亂的金色短髮上夾雜枯葉，半瞇的雙眼迷濛而渙散。

「嗯。」我揉揉眼睛，清楚意識到我倆不經意的肢體接觸。

我不安地挪了挪身體，於是賽門抽回手，我則動作緩慢地往火堆裡添加柴薪。等候多時的火舌飢餓地大口吞噬，當沾染露水的樹枝和火光相遇，扭動的火焰劈啪迸出點點星火，像是心急如焚的情人。

我以樹枝撥弄餘燼，火燒得更旺了，如煙幕般的暖氣與倦意向我襲來，幾天下來缺乏適當的休息，肌肉的酸痛倍增，眼皮也像是舞台的布幕般沉重，我好疲倦，我現在沒辦法思考。

「我好累。你怎麼沒睡著？」我問。

「剛剛忽然醒來，想起了一些事，就睡不著了。」他說。

「想聊聊嗎？」我又問。

「其實也沒什麼，不過就是想起一些陳年往事。」賽門輕輕嘆氣，顯現出罕見的脆弱。

是啊，悲傷的陳年往事，我也有一籮筐呢。它們如同依附著樹幹的藤蔓，以怨懟為養分，逐漸將心臟鯨吞蠶食，除非連根拔起，否則再多的安慰都是徒勞無功。

睡意仍舊濃厚，四周變得更溫暖了，伊莎貝發出均勻的呼吸聲，我也忍不住打起呵欠來。

於是我對他說：「別多想了，還沒早上呢，再睡一會兒吧。」

「妳知道嗎？妳給了我希望。」他認真說道。

「啊？你八成會錯意了。」我尷尬地別開視線。

「我是說妳的床邊故事給了我絕處逢生的希望，下次可以把那本書裡的另外一個故事也說給我聽嗎？」賽門一臉促狹。

「喔。看不出有何不可。」我吁了口氣，疲憊地將臉埋入雙膝之間。

忽然他牽住我的手，他將我的手送往他的唇邊，在我的手背印上柔柔一吻，那個吻輕得像是雲朵，又甜得像綿花糖。我睏倦地轉頭凝望他，這回，我沒有再試圖掙脫他的手。

「現在妳又給了我另外一個希望。」他露齒而笑。

賽門與我十指交扣，他的氣味徹底融入我的呼吸，我閉上眼，細細品味手心傳來的溫熱且粗糙的觸感，恍惚之間，好像有人銜著我的手心直哈癢，讓我不禁抿起微笑，像是跌進一朵雲裡。

沒過多久，我再度陷入深沉的睡眠。這次我做了個好夢。

隔天早晨，當陽光將顏色還給了大地，我們便起床收拾營火、動身下山。

前晚的惡夢已經自我腦中煙消雲散，我依稀記得夢境帶給我的駭人感受，卻再也想不起夢境的細節。當然也可能是我不願回想，比起惡夢，我寧可耽溺於和賽門若有似無的曖昧。

我呼吸著晨間森林特有的清新氣息，那股像是替世界灑上一層天然的口氣芳香劑似的空氣煞是好聞。我深深吸氣，嗅到了充滿野性誘惑的賽門的體味，以及像是通風不良的舊閣樓的伊莎貝的氣味，這些味道分子羅織成一個密實的舒適圈，讓我知道自己不用孤軍奮戰，也無須再擔心受怕。

然後，我們踩過暗褐色的泥土、焦糖色的枯葉和鮮綠色的草叢，直到鞋底沾滿混合著露水的落葉與草枝，最後踏上了柏油路。

經過一晚的沉澱，賽門決定加入我和伊莎貝的計畫。在賽門的泰國友人協助下，我們三人備妥基本物資，順利從泰國出境並飛往美國。

從東南亞到北美，飛過了半個地球後我們抵達了波士頓，第一項任務便是找間旅館好好地睡上一覺。在經過了十幾個小時的飛航時間、熬過了約莫半天的時差和將近十度的溫差後，一夜好眠讓我們成功適應了美國當地環境氣候，我們像是從漫長冬眠裡甦醒的土撥鼠般，精神抖擻地迎接人生的下一個初春。

接著，我們從波士頓搭乘火車前往三十分鐘車程的塞林鎮。

塞林是個濱海古鎮，以一樁涉及上百人的女巫審判聞名世界。伊莎貝一路上馬不停蹄地幫賽門與我惡補相關知識，據說萬聖節總會湧入大批不給糖就搗蛋的遊客，不過現在時值四月，天氣是和十月一樣涼爽，人氣倒是冷清許多。

儘管如此，巫術的痕跡依然隨處可見。

抬起頭，隨處皆是高掛的女巫博物館路標。低下頭，便可看見馬路邊彩繪的巫婆圖案與紅線，跟著代表觀光路徑的紅線繞完一圈，就可以逛遍整個塞林的觀光景點。就算不低頭也不抬頭，平視範圍內也不乏怪獸和女巫雕像，商店販售巫術相關商品與書籍，餐廳裡也不乏女巫模樣的玩偶和裝飾品。塞林沒有愧對女巫鎮的稱號，女巫的歷史痕跡俯拾即是。

正午的陽光穿越樹梢，在寧靜的小鎮街頭灑下金光，微風徐徐，我們選了一間有大窗戶的餐廳，以春日的涼風和悠閒的街景搭配熱狗堡、牛肉起士三明治和炸魚漢堡，展開報復的序幕、傾聽勝利的前奏。

等候上菜的片刻，我們首度認真地討論起計畫。

「賽門，你知道你的家族法器長什麼模樣嗎？我們必須知道自己在找什麼，如果你能把法器的外觀畫出來或描述出來，我和潔絲敏才能幫得上忙。」伊莎貝問。

「我還期望駭客能告訴我呢！可惜我從來沒看過法器是什麼樣子，卡莉阿姨也沒有向我提過。可是依據我的猜測，它應該會以某種珠寶的形式存在，因為卡莉阿姨熱愛珠寶，她長年出入拍賣會，搞不好窮其一生都在尋找法器。」賽門說。

「但是你確定她的收藏中沒有包含法器？」

「卡莉阿姨喜歡收藏、也喜歡展示，如果她早就找回法器了，肯定不會一聲不吭，而且她在臨死前去了墨西哥一樣，據說也是為了珠寶買賣。」

「那卡莉過世以後，由誰繼承她的珠寶呢？」

「是我，不過除了存款，所有遺產都還放在保險箱裡。」

「了解。因為保險箱裡的物品只有所有人會知道，銀行方面只負責保管不負責控管，那我就從律師事務所的遺囑著手好了，看看那些珠寶有沒有建立清單，也許珠寶會是一條重要線索。」

這時，服務生將我們的餐點送上桌子，伊莎貝毫不避諱地在我們面前吞下減肥用的麻黃藥丸，然後拿出化妝鏡顧影自憐起來。

賽門評論道：「伊莎貝，妳真的很喜歡照鏡子。」

「所有女生都喜歡，這個你應該最清楚了，不是嗎？」伊莎貝酸溜溜地說。

「潔絲敏就不喜歡。」賽門直言。

我一愣，語帶猶豫地說：「我不太喜歡照鏡子，那會讓我想起奧利佛。」

「對！」伊莎貝放下鏡子，用力拍了我的大腿一下。「記住這種憤怒，我們就是要利用這種憤怒來完成任務。」接著她拿起熱狗咬下，服用減肥藥後，她終於放心大快朵頤起來。

「太好吃了，熱的，而且不是飛機餐。」賽門將三明治大口塞進嘴裡。「喂，英國妞，妳不管走到哪裡，都非得吃炸魚薯條嗎？」

我啃著炸魚漢堡，口齒含糊卻立場清晰地說：「就算三餐光吃野菜我也活得下去。」

「真是太不懂得享受美食了！」賽門伸手拿起他盤中的炸花枝，推到我面前命令道：「啊，嚐嚐看這個。」

我嚇了一跳，頓時雙頰緋紅如落日時分的雲彩，並顧忌地瞥了伊莎貝一眼。

「你們繼續在我面前打情罵俏，我就要吐了。」依莎貝皺起臉，像是有人端給她整桶餿水。

賽門灰綠色的雙瞳閃爍著戲謔，硬是把炸花枝塞進我嘴裡，我困窘地嚼著花枝，見他洋洋得意地衝著我笑。

伊莎貝很快地消滅了她的熱狗，以紙巾擦擦嘴道：「談情說愛夠了嗎？我們來談談正經事吧。依我看，對付血腥瑪麗最好的辦法，就是派賽門去引誘她，套出《索亞之書》的祕密。」

一陣醋意浮上心頭，我盡可能平和地說道：「不好吧，上次妳也建議以美人計勾引賽門，結果一點兒用也沒有。」

「誰說沒用？我不就在這兒了嗎？」賽門愛憐地伸手拍拍我的頭。

伊莎貝則不滿地瞪我一眼，面容鄙夷地說：「希望妳的反對不是基於私人理由。不讓賽門色誘血腥瑪麗，那妳有什麼好點子嗎？」

眼見不敢說出口的心思被她直接戳破，我像洩氣的氣球般頓感語塞。

賽門咕嚕嚕灌下一大口可樂，道：「說到底，指揮官這種任務還是應該交給有經驗的男人。兩位小姐，我認為我們應該分開行動。」

「什麼意思？」

「妳們看看窗外，塞林鎮將會成為我們的戰場，我們在這裡呢不僅要得到《索亞之書》，還要準備好陷阱來熱烈歡迎我們的敵人，但是我們總不能在大街上起衝突吧？假設，霍桑故居真如血腥瑪麗聲稱的暗藏許多祕道，那麼，地道便是最適合我們佈置陷阱的戰場。」賽門信心十足地說。

我點點頭，以眼神鼓勵他繼續往下說。

「所以我們應該各自行動，伊莎貝負責收集相關資料，包括血腥瑪麗的個人檔案、她的行程、霍桑故居的資料以及任何有關《索亞之書》的資訊，對了，還有謀殺我們親人的主嫌的聯絡方式，這樣就具備了天時和地利。」賽門配著可樂嚥下最後一口三明治。「至於人和嘛，就交給潔絲敏和我處理，潔絲敏可以負責拷問時需要用到的吐真劑和迷幻藥等藥品。」

伊莎貝推推眼鏡。「其實我已經排除所有美洲和亞洲的醫院和療養院，目前鎖定歐洲持續追蹤主謀的下落，不過我已經掌握了他兒子的聯絡方式。」

「莨菪、癲茄和罌粟都具有迷幻效果，如果藥局因為沒有處方箋而不肯販賣，我考慮去附近的森林裡找找看，再不行就只好向黑市購買了。」我說。

「太麻煩啦，我直接偽造處方箋就好了嘛。」伊莎貝雙手一攤。

「偽造得出來？」我吃驚地問。

「當然！我是駭客耶，跟電腦有關的沒有什麼辦不到。」她誇張地揮舞手上的紙巾，像是盡責的啦啦隊。

「幹得好。」賽門微笑，眼裡的自信突然轉為暴戾。「至於我呢，我來準備武器，到時候才能給予他們最盛大的歡迎。」

伊莎貝綻放滿是期待的笑容，湛藍色的雙眸睜得老大，像是初次見到聖誕老人的小孩兒。可是，為什麼我沒有收到禮物的興奮感覺？

我看著面前的兩個人，細細忖度，他們不僅是我的親密戰友，也像夥伴、家人，只有我們清楚知道並且理解彼此的歷史和傷痛，無論是熱情如火的賽門，還是特立獨行的伊莎貝，任何一個人受傷都會讓我再度心碎。這就是答案。

「有需要動用到武器嗎？」我難掩憂慮。

「我以為妳希望見血？」賽門挑眉。

「你們在說什麼哪？當然要見血！」伊莎貝尖銳地指出：「撇開我們被偷走的法器不談，光是他們施加在海柔、卡莉還有潔絲敏的父母和弟弟身上的暴行，就足夠將他們千刀萬剮！」

我嘆了口氣，道：「我確實希望主謀受到制裁，換作從前，我一定舉雙手贊成好好的凌遲主謀，但是，在我們共同經歷了那麼多事後，其實我更希望能在不流血的狀況下達到目的，等解決完這件事情，我們每個人都能夠重新開始。」

賽門縱聲大笑，伸展雙臂愜意地向後靠在椅背上。「放心，我準備的武器不過就是些刀子、催淚瓦斯和防毒面具之類的東西。除非必要，否則我們不會用到槍。」

「用迷幻藥和催淚瓦斯逼供得花上三天三夜還問不出個屁！那倒不如用燙過的刀子將他們的肉給烤熟了割下來比較快，就像他們當初對海柔做的一樣！你們太過手下留情了，難道不想報仇了嗎？」伊莎貝不高興地說。

「要有耐性。」我說。

「我是怕妳的耐性像悶燒的火焰，燒著燒著就熄滅了。」伊莎貝嚷著。

「別吵架，女孩兒們。」賽門平舉雙手示意我們安靜。「我們會有A計畫和B計畫，倘若溫和路線的A計畫失敗，自然就會動用殘酷的B計畫了。好嗎？」

我和伊莎貝瞪視著彼此，最後很勉強地點了點頭，下巴猶如千斤重。

飯後，賽門獨自前往他朋友介紹的私人小型兵工廠，我和伊莎貝在塞林鎮上的旅館訂下兩間房間，賽門一間，我和伊莎貝則共用另外一間。

衝突過後的煙硝味彷彿還在我們之間流竄，伊莎貝一進房間便取出電腦埋首工作，我用布魯斯的手機上網收信和閱讀新聞，電子信箱裡只有兩封分別來自布魯斯和譽娜的問候，兩人都沒有提及瑪雅阿姨，就連台灣當地的新聞網站也沒有後續的追蹤報導。

「伊莎貝，妳那邊有搜尋到我阿姨的消息嗎？」我打破一小時來的沉默。

「沒有，我定期進入台灣警方的資料庫，目前案情陷入膠著。只能說妳阿姨現階段還沒有危險，不過也不算是完全脫離險境。」伊莎貝頭也不抬地說。

「那理查神父的死因調查出來了嗎？」我問。

「也還沒。」伊莎貝喃喃回應，「太好了，找到尼可拉斯的郵件地址了，讓我來看看你的信箱裡藏了些什麼秘密。」

我在旅館房間內踱步，看起來像是百般聊賴地數著地毯上的花紋，其實內心還糾結於方才在餐廳裡的爭執。我能夠想像伊莎貝有多麼生氣，她一定覺得我立場不夠堅定、背棄了當初的信念與共識。的確，現在就連我自己也矛盾不已，可是我實在無法忽視心中滋生茁壯的疑惑……

我們不是殺人兇手，他們才是。為了報仇雪恨，我們非得以牙還牙，成為自己鄙視厭惡的那種人嗎？所有人中我尤其擔心賽門，他的力量深不可測，萬一他一怒之下失手造成意外，兩敗俱傷事小，同歸於盡事大。

這個問題如鯁在喉，我決定要和伊莎貝說清楚。

「伊莎貝，我想和妳談一談。」我躊躇著該如何開口，「妳知道的，我很高興妳能找到我，這段時間以來，我們一直努力於共同的目標和計畫。」

「別又來了！」伊莎貝翻了個白眼。

「不知道妳是怎麼想的，但是我自覺和妳已經有了革命情感，我把妳當作朋友，所以我非說不可。」我對著她的後腦杓繼續說道：「以前我曾經說過要以牙還牙、以眼還眼，可是最近我的想法改變了。知道愈多內幕，就愈覺得我們的身分是種沉重的負荷，不管是妳、我還是賽門，儘管過往的人生十分曲折，但這並不代表我們未來也必須如此。」

「妳不會想要臨陣退縮吧？」伊莎貝放下電腦，垮著臉轉身面對我。

「我只是想說，報仇並非唯一的選擇。對方心狠手辣，我們不一定也得這樣回敬他們，畢竟我們不是殺人兇手。」我強調。

「我們當然不是殺人兇手，我們要的是正義，而這個正義是凡人的法律沒辦法提供的。」伊莎貝橫眉豎目地吶喊，雙手在空中筆劃，像是尖峰時刻裡氣急敗壞的交通警察。

我也跟著提高音量，「我希望我們能用最有效的方式得到口供，而不是落得我們三個也陪他們一起去坐牢——」

伊莎貝不客氣地打斷我，直問道：「妳以為我不希望？需要我把你家人的檔案照片叫出來提醒你嗎？問題是如果他們不肯呢？如果非得利用極端的手段才能得到口供呢？妳還要堅持不流血的原則嗎？」

「妳也想和那些殺人兇手一樣壞嗎？妳的良心已經被仇恨蒙蔽了！」我怒斥。

伊莎貝露出受傷不解的眼神，她呆愣半晌，噙著淚道：「我已經沒有任何親人了，心也早就碎了，我以為全世界只有妳能理解……」

「對不起，我不是那個意思。」我的態度軟化下來，嘆道：「我知道我們都同意保有兩個方案了，不過賽門那個人脾氣上來時很難冷靜思考，我希望到時候妳可以和我的立場一致，只要我們兩個都認為還用不上B計畫，便能稍微壓抑賽門的氣燄。我很怕擦槍走火。」

伊莎貝吸著鼻子，道：「我們的敵人可沒有對我們仁慈過，三件命案，不，加上妳阿姨的是四件，有四件命案在他們手裡呢！無論如何，自白是一定要逼出來的。」

「沒錯。」我應允。

伊莎貝返身面向電腦，房間再度陷入抑鬱無聲的沉寂，只剩鍵盤規律的敲擊聲和我的踱步聲，像是互相競爭，又像在相互應和。

持續敲打一陣後，伊莎貝忽然驚喜地喊道：「潔絲敏，快過來！我找到賽門法器的相關資料了。卡莉長年收集類似款式的珠寶，光是遺囑中就有一百三十二件差不多的戒指！」

我走向伊莎貝與平板電腦，螢幕上出現一張清單，清單上的每一項最前方都附有戒指的圖片，看來卡莉酷愛收集以一圈碎鑽搭配一顆中央主石的戒指，如眾星拱月。

「哇，鑽石搭配翡翠、皓石搭配珍珠、藍寶石搭配瑪腦？卡莉真的很喜歡這種長得像衛星的珠寶喔。」伊莎貝說。

「既然如此，或許我們可以聯絡拍賣會的經理，看看卡莉是不是在找某項特定物品。」我建議。

「那我等一下就查查卡莉的交易資料，然後請賽門打電話。」伊莎貝甩甩手指，問我：「告訴我，妳想要什麼藥品的處方箋？」

「我想，東莨菪鹼會是最好的選擇。」我說。

「魔鬼的呼吸？的確是個好點子，東莨菪鹼可以治療暈車和手術後的噁心，妳只要裝出一副無辜又悲傷的表情，假裝自己是某個可憐病患的小女兒，藥局說不定會同情心大發、半買半相送呢。」伊莎貝搔起她蓬亂的金髮，像是要把腦袋瓜裡的小聰明通通找出來。

「妳也懂得草藥？」我問。

「一點點啦，別忘了我是駭客啊，只要我想知道，就一定查得到。好，我把這個填上，再加上那個……」伊莎貝從背包中取出新買的小型列表機，連上她的平板電腦，幾秒鐘後，虛實難斷的處方箋和身分證出現在我的鼻子前搖晃。

「真是太逼真了！」我目瞪口呆地接過那兩張鬼斧神工的證明文件。

「對了，我查到血腥瑪麗現在正在女巫博物館擔任導覽人員，妳去買完藥以後順便去探探她吧？我要專心工作了。」伊莎貝打發我離開。

「如果時間充裕的話。」我向門邊移動，把文件塞進背包時轉身問道：「對了，妳能不能順便調查李歐的出入境資料？」

其實我一直覺得很奇怪，李歐的法器既然是尋人石，怎麼還沒有找上門來？雖然連日來我們馬不停蹄地變換位置，但若是追得勤，頂多也只會有幾小時到半天的誤差而已。莫非他知道我在哪兒，卻另有打算。

「幹嘛查李歐？」她問。

「還不就是因為上次妳說懷疑他也有份，掌握他的動靜總是好事，萬一他是同謀，我們也可以預先準備。」我撒謊。

「有道理。馬上辦。」她說。

確實如伊莎貝所言，藥局老闆看我不像是毒販，沒有多問便將藥品賣給我了。我想我有角逐奧斯卡金像獎的天份。

裝滿東莨菪鹼液體的小藥瓶安然躺在我的斜背包內，這種被當做審問犯人的吐真劑的藥品取材自含有劇毒的曼陀羅，無色無味，能夠造成強烈的致幻效果，服用後幾分鐘內就會喪失心智，醒來後還會對於發生的事情渾然不覺。所以，要嘛就是我的演技已經登峰造極，要嘛就是我真的看起來很無辜、很哀傷，希望不要是後者。

由於時間還早，於是我決定按照伊莎貝的建議，先去女巫博物館認識一下這個給自己取了奇怪名字的導遊。

天氣清朗，路樹的倒影在人行道上隨風舞動。塞林鎮維持著百前年動人的模樣，鎮上的房屋大多是維持得相當好的三角屋頂木造房子，層層疊疊的木板堆起牆面，再各自漆上繽紛卻又不過分搶眼的奶白色、煤灰色與黃褐色，其中幾棟房子還有小巧的門廊和低矮的圍籬，宛如古典精緻的娃娃屋。有別於其他貿易興繁的大城市，時間像是特別為塞林鎮停留下來。

塞林以一種歡慶的態度紀念過往，殺戮的煙硝已經為後世吞沒，我卻在自己嘴裡嘗到愧咎的苦澀。倘若李歐所言屬實，女巫獵殺真的是以殲滅七個童話傳人為目的，那麼，發生在塞林鎮上的悲劇，我們每個人都有七分之一的責任。此刻，讓腳下二十一世紀的膠底球鞋踩著十八世紀的石板路前行，彷彿踏過了血跡斑斑的歷史，留下嘲弄般的嘰嘰跫音。

不知道百年後，我的子孫會否在時代洪流的推進中將我那無辜犧牲的父母及弟弟給遺忘了？我放任自己沉浸在莫名的憂傷中，為塞林審判的受害者及其家人感到惋惜，轉眼間，路旁的紅線已經領著我抵達女巫博物館。

博物館大門前矗立著一座身穿長袍、頭戴尖帽的女巫銅像，我經過銅像下方，看著自己的倒影被女巫拉長的陰影所吞噬，瞬間感到一陣毛骨悚然，像是女巫冰冷的指尖滑過我的後頸，於是慌忙快步通過。

建築物本身倒是不帶任何恐懼的色彩，反而有點類似教堂。聳立的高牆以橘紅色的壁磚錯落堆砌而成，左右兩棵繁茂的樹木向中央靠攏，更加凸顯牆面在陽光輝映下如馬賽克般深淺不一的美麗色澤。大門兩側有一對突出的六角形塔樓，雙塔的高度超越屋頂山牆，以城垛造型示人，像是鎮守城堡的要塞。

整體而言，唯有正前方拱門上那面壯觀的紅銅色哥德式盾形曲線窗花格略帶神祕氣息。

我從漆有《女巫博物館》幾個金色大字的木頭招牌下經過，購票後先是經過一間以人偶模仿女巫審判場景的陳列廳，其中一個場景是幾名包覆頭巾、身穿粗布裙裝的女子圍著一個燃燒得漆黑的大鍋子，另一個則是一名男子被絞繩吊掛在樹上。擬真的塑膠人偶在刻意安排的昏黃燈光下有種說不出的詭異，彷彿他們真的會在午夜時分醒來，重演百年前的悲劇。

帶著一身雞皮疙瘩，我逃離第一個陳列廳後來到第二個，這個房間的光線明亮，但仍然擺不了陳腐抑鬱的氣息，四面牆上掛滿陳述女巫審判歷史的海報和文章，幾名遊客聚集在靠窗的牆邊，專心聆聽導覽人員的介紹。

「……共有十九人被處以絞刑，一人被石頭壓死。很多年以後，當年指控別人是女巫的安・帕特南終於承認說謊，她為了掩飾和友人私下偷偷進行清教徒嚴格禁止的算命，所以假裝抽搐和語無倫次等行為。」低沉沙啞的女人嗓音說。

環顧四周再無第二位導覽人員，那個女人肯定就是血腥瑪麗。

我靠近人群，不經意地偷偷窺視我的目標，發現那是一位身材前凸後翹的黑白混血兒，她的年紀和伊莎貝不相上下，胸脯渾圓堅挺有如香瓜，皮膚則像融化的牛奶巧克力般細緻柔滑。

血腥瑪麗顯然不介意也不吝於強調自己的性感魅力：那件領口敞開的白襯衫掩不住深邃的乳溝，黑色皮革短裙則襯托出一雙修長的美腿。亮金色環狀耳環、霧金色眼影和摻了亮片的金色指甲油閃閃發亮。就連她塗抹於耳後的香水也粉味十足，血腥瑪麗就像是一隻翅膀灑上金粉、翩翩起舞的花蝴蝶。

「……各位想想，女巫這個字的起源，來自於古代一位具有藥草專業知識的助產士，在中世紀宗教鬥爭和分裂社會下，這樣的人便很容易成為權力鬥爭者的眼中釘。」血腥瑪麗蹬著高跟過膝長靴，喀登喀登走向下一個牆面。

我的眼尾餘光跟著血腥瑪麗移動。她看起來很強悍，和她硬碰硬會是個冗長痛苦的過程。她的表情與態度反映出固執的個性，想要說服她出借《索亞之書》八成也不會太容易。

血腥瑪麗揮揮細長閃耀的手指，嘶聲說道：「所以，我們可以把獵殺女巫行動看做一個公式，也就是《恐懼》加上《觸發》等於《代罪羔羊》。這些剷除異己的暴力行為，將無辜的女性當做了代罪羔羊。」她輕聲搖頭嘆息，又道：「來吧，現在大家往這邊走。」

我假意欣賞牆上的海報，故意擋住去路，把握血腥瑪麗擦身而過的機會。那一瞬間，我同時掌握了她的弱點並確認了我的猜測……

她顯然很需要錢，因為她擦的是濃郁卻劣質的廉價香水。

我在昏黃的斜陽中步出女巫博物館，一邊盤算著要以金錢收買血腥瑪麗。不知道收購《索亞之書》要價多少？也許是個天文數字，也許耗盡伊莎貝、賽門和我的所有積蓄也負擔不起，也許我們可以用租的。無論如何，金錢交易總比巧取毫奪來的心安理得。

「潔絲敏，這邊。」伊莎貝和賽門站在博物館外的街角向我招手，等我走近後問道：「好消息和壞消息，妳要先聽哪一個？」

「壞消息。」我說。

「壞消息是，李歐剛剛已經入境波士頓機場了，如果他的目標是我們，那麼一個小時之內他就會抵達塞林。雖然我們該準備的都準備了，還是必須小心提防。」伊莎貝嚴肅地說。

我發出無聲的嘆息，問道：「那好消息呢？」

「好消息就讓賽門自己跟妳說吧，我要來看看計畫下手的對象。」伊莎貝繞過我，面博物館大門而立。

原本一直面帶微笑的賽門見狀更是開心地靠了過來，道：「嗨，我的茉莉花，一個下午沒見，想念我了嗎？」

「沒有思念到高過於對於好消息的期待。」我說。

「那妳願意用多少個吻來買這個好消息？」他傾身靠近我。

「要找的是你的家族法器，現在是你需要我的幫助，所以算起來你才是買方。」我挑眉道。

「我看不出有何差別？」他噘起嘴，換得我一個白眼。他繼而咧嘴笑道：「沒關係，我讓你賒帳。剛剛我已經和拍賣會的經理人確認過，卡莉阿姨生前一直在找一只名為《死亡之吻》的戒指。」

「死亡之吻？好可怕的名字。」我皺眉。

「根據經理人描述，卡莉阿姨口中戒指的模樣是以一圈碎鑽圍繞中央的主寶石，就像她的那些收藏品一樣。所以她傾力搜刮任何長得像《死亡之吻》的戒指，就是為了試驗那究竟是不是她要找的東西。不過拍賣會經理說，市場上從來沒有聽說過那只戒指，要嘛就是屬於某個低調的收藏家，要嘛就是根本不存在。」賽門說。

「你阿姨的收藏品中確定沒有《死亡之吻》嗎？」我問。

「沒有。我和拍賣會經理一致認為戒指可能在墨西哥出現過，經理說卡莉阿姨向他提過墨西哥有個賣家，可惜那趟旅程沒有讓卡莉阿姨找回戒指，還使她丟了一條命。」賽門悵然地說。

「起碼我們知道要找的法器是什麼樣子了，而且大概也知道戒指的功能。」我安慰他。

這時，伊莎貝忽然朝身後打了個響指，道：「潔絲敏，前面那個從博物館走出來的女人就是血腥瑪麗嗎？」

「對，就是她。」我答。

「走吧，我們預約了晚上的導覽呢！」她從背包掏出幾個瑪芬分給大家。「來不及好好吃頓晚餐了，將就一下吧。」

伊莎貝率先走向血腥瑪麗，兩人在人行道上攀談起來，接著伊莎貝伸手比比後方，表示我們三個是一起的。

血腥瑪麗轉向賽門與我，緩緩將我們從頭到腳打量一遍，然後勾著手指說道：「來吧，我的貴客們，七角樓往這邊走，讓血腥瑪麗給你們一個難忘的夜晚。」

伊莎貝與血腥瑪麗並肩走在前面，我與賽門默默跟在後面，一路上邊啃著瑪芬邊聽血腥瑪麗大放厥詞。言談中不難聽出血腥瑪麗對於身為霍桑的後代十分引以為傲，她認為自己的家族擁有女巫血統，並且對巫術的力量深信不疑。

「我來自古老的女巫家族。」血腥瑪麗的黑色眸子閃爍著驕傲與自信。「巫毒、東方密術都略有研究，而且我還是經驗豐富的靈媒與領照催眠師。你們有任何需要幫助的地方都可以提出來，我的個人網站上有價目表，也歡迎把我的服務推薦給朋友。」

「我不是個喜歡算命的人，後面那個年輕女孩才是。」伊莎貝轉身向我擠眉弄眼。

血腥瑪麗把這句話當作友善的邀請，回頭問道：「喔？妳試過哪一種？」

我敷衍地說：「讀掌紋吧。」

血腥瑪麗忽然停下腳步，她伸出手，將我的掌心向上攤開，專注地研究起來。濃烈的廉價香味撲鼻而來，我屏住呼吸，告訴自己要有耐性，為了得到《索亞之書》作為誘餌，任憑眼前荒腔走板的女子對我手心裡的線條胡謅一通也是值得。

「我免費送妳幾句話，參加我的特殊夜遊行程才有的喔。我從妳的掌紋中看到妳有一段慘澹的童年時光，妳背負著許多傷心往事，而那些事情常常壓得妳喘不過氣，可是妳很快就要一吐怨氣，妳的未來即將撥雲見日了喲！」血腥瑪麗神秘兮兮地笑道。

我抽回手，嚥下反駁她的衝動。我已經看破她的伎倆了，這個半調子的女巫用一套能夠加諸在任何人身上的說法來唬人。拜託，我十五歲，不是五歲。我還看見賽門和伊莎貝站在血腥瑪麗後面忍著笑呢。

我們繼續上路，天色漸暗，路上的行人漸減，霧氣彷彿從海港往鎮上蔓延，帶著鹹味的空氣如海神濃濁的鼻息，乘著晚風悄悄滑過街道，在人們耳畔輕聲絮語，危險哪！鎮民躲回家裡，塞林鎮上的屋子亮起盞盞燈光，然後是路旁的街燈，最後，夜空中的星光也點亮了。

只有我們迎向危險卻毫無懼色，血腥瑪麗臉上掛著見錢眼開的諂媚，伊莎貝真的如遊客般興高采烈，賽門舉手投足間滿是實踐計畫的篤定與自信，而我，則以淡漠掩飾如坐針氈的焦慮。

海洋的味道趨於濃郁，短暫的步行後，我們來到位於海邊的霍桑故居，也是網路上流傳的女巫老巢和著名鬼屋，又名七角樓。

「各位，歡迎來到有名的七角樓。七角樓的名字由來是它的七個三角屋頂，我的舅公的堂叔的爺爺的伯父——偉大的納薩尼爾‧霍桑便曾以這棟房子為背景，寫出聞名遐邇的小說《七山牆的房子》。」血腥瑪麗清清喉嚨道。

伊莎貝、賽門與我紛紛抬頭仰望，舉目所及是一片詭譎的墨色，黑色的木頭房子在黯淡無光的夜色中顯得更加沉鬱，宅邸呈現不規則形，像是加蓋了又加蓋，將好幾個大小不等的方塊堆疊拼湊在一起。地下室窗於修剪整齊的低矮草坪後方隱約探頭，有如好幾隻窺視的眼睛，圍繞四周的尖頂欄杆像是怪獸的利齒，要將所有踏入庭院中的旅人大口吞食。這真是一幢陰森的屋子，難怪巫術和鬧鬼的傳聞會被炒作的沸沸揚揚。

此時街上空無一人，血腥瑪麗小心翼翼地查看四周，接著登上臺階，沒入幽暗的菱形門廊中。她從包包裡翻出一支細小的鑰匙，匆忙開門後招呼我們進入。我們魚貫步入室內，血腥瑪麗隨即闔上大門。

「好了，各位盡量用眼睛看，千萬不要動手亂碰屋子裡的東西，請尊重這裡的靈魂。」她故作神祕地說。

昏黃的月光倒映在玻璃窗上，讓黯淡的窗櫺像是裹上一層灰濛濛的霧氣。滿室靜謐中只聽見彼此淺淺的呼吸聲，以及風拍打樹梢和窗子的嘩嘩聲響。在陌生的屋子內和陌生人相處讓我緊張不已，我捏緊衣擺，在黑暗中尋找賽門和伊莎貝的味道，赫然發現自己在不知不覺中對兩人產生了依賴。

血腥瑪麗發給我們一人一支迷你的手電筒，就著微弱的光源，我們同時發現天花板居然與賽門只有二十公分的差距，蒼白的樓板像是隨時會坍塌似的，無論走到哪裡壓迫感都如影隨形。

「天花板好低。」賽門評論。

「不開燈怎麼看得清楚？」伊莎貝替大家提出問題。

「如果想和普通遊客一樣把老屋的室內看個清楚，我建議白天自己買票進來。各位不是想體驗夜訪七角樓和探尋秘道的特殊行程嗎？那就請保持安靜跟著我走，這些古董家具不是我們今天行程的重點。」血腥瑪麗語帶責難地說。

血腥瑪麗帶領我們爬上狹窄老舊的樓梯，擁有百年歷史的階梯發出彷如呻吟的咿呀聲響，劃破一屋子沉寂。我緊緊尾隨前方飄來的香水味與汗味，在黑暗中亦步亦趨不敢稍有大意。這屋子太詭異，而二十分鐘還無法讓我建立對血腥瑪麗的信任，我必須確定隊伍中沒有人落入某個牆上的暗門或地板上的活板門裡。

抵達二樓後我們穿越長廊，牆上的華麗壁紙傳來塵垢和舊報紙的氣味，古董地毯則帶有一種老舊旅館的氣息。走廊兩側有部分房門敞開，禁不住好奇，我拿起手電筒四處照射，在光影交錯中瞥見一具穿著復古衣飾的無頭模特兒，把自己給嚇出一身冷汗。

這時，我聽見血腥瑪麗的踉蹌腳步聲和微弱驚呼聲，緊接著是伊莎貝的連連道歉，然後她倒退踩上我的腳，伊莎貝在我的悶哼中低聲咒罵起來。

「嘿！請給予尊重。」血腥瑪麗提醒。

我們走至長廊尾端，跨過擋在門口的紅龍，進入一間貌似閣樓的小房間。角落裡堆滿古董雜物，有從前的孩子玩的手工木馬、白色衣裙的侍女玩偶、具有東方色彩的奇異木刻猴子面具和鑲有珠寶垂墜的燈飾。這些置身晦暗閣樓的古物在手電筒的光束下重拾昔日的招搖，儼然像是馬戲團裡的怪人秀。

血腥瑪麗兀自走向閣樓壁爐，雙手推擠著牆壁，自言自語道：「左二，上三。」

突然，壁爐後方的磚牆往兩側裂開，出現一個可供一人鑽過的通道。血腥瑪麗率先進入，之後，我們便一個接一個壓低身子竄入壁爐後方。

「天哪，後面真的有祕道耶。」伊莎貝驚喜地說。

狹窄的通道只有走廊的一半寬，賽門走路時必須低下頭、弓起背，還得稍微側著身子才不會撞上牆邊懸掛的油燈。祕道裡的空氣抑鬱凝滯，如塵封的衣櫃再度被開啟，顯然是許久未對外開放了。腳下揚起的厚重灰塵令我喉嚨發癢，伊莎貝則不住地咳了幾聲。

「第一任屋主在建造七角樓前便設計了這些宛如迷宮般的祕道。」血腥瑪麗咚咚作響的靴跟引領我們步下兩三層階梯，來到像是一樓與二樓之間夾層的空間。「祕道裡充滿各式各樣不同功能的小房間，像是左邊這間，是舉辦降靈會的地方。」

我們於一個小隔間前方駐足，手電筒的光線集中於四把椅子合攏的方桌上，只見發黃的桌巾正中央擺著一張材質厚重、雕刻有精緻的字母和數字的碟仙盤，碟仙盤表面稍有磨損，看得出使用過的痕跡。

「想要嘗試降靈會嗎？一個人收一百美金就好。」血腥瑪麗把頭髮拍鬆，好整以暇地說。

「不。」伊莎貝很乾脆地回答。

賽門與我同樣興致缺缺，我們的共同目標清楚明確。

「好吧，下一個房間更有意思。」血腥瑪麗招呼我們往前。

再度往前走了幾步，來到一個四面都是櫥櫃的房間。那些雕花高腳櫥櫃看起來年代久遠，聞起來則像是松木，松木的木紋在手電筒的光線下閃耀著，上方則放滿有如實驗室般的瓶瓶罐罐，罐子裡有的存放草藥、有的則儲存標本。我不敢再質疑血腥瑪麗了，這些絕對是女巫的東西。

「這裡是我祖先的巫術用品收藏室，看哪，是獨眼豬畸胎！有些特殊的咒法需要用到這個材料，現在可很難買得到呢！」血腥瑪麗她自櫃子上取來一個裝有畸形小豬仔的玻璃罐，搖晃著說道。

她將罐子塞進伊莎貝懷裡，伊莎貝一臉嫌惡地把罐子交給了我，我瞄了一眼泡在白色液體中的腫脹豬屍，沉著臉遞給賽門，賽門把玩著罐子，最後獨眼豬繞了一圈後再度被放回櫃子上。

「還有這個，天然烏鴉羽毛儀式扇。這個應該有兩三百年了。」血腥瑪麗拉開抽屜，取出一支以數根灰黑色羽翼編成的扇子，扇柄還綴有紅線。

「這是幹嘛的？」伊莎貝接過扇子。

「可以用來搭配一些咒語和儀式，例如對移情別戀的男朋友下惡咒哇。」血腥瑪麗開心地說。

伊莎貝搖搖頭，將羽毛扇推回給她。

「不知道有沒有讓女人死心踏地愛上自己的魔法啊？」賽門在我耳邊悄悄說道。我則不予回應。

「不喜歡？沒關係，我還有血龍木魔法杖、列穆尼亞儀式刀和燃燒草藥用的深口釜，這些東西和剛剛看到的碟仙盤都可以在我的個人網站上買到喔！」血腥瑪麗背靠著牆，伸手細數。

「我還以為我們能得到多物超所值的導覽呢。」伊莎貝抱怨，「這些東西eBay就買得到了。有沒有特別一點的啊？你那了不起的網站上不是說可以看到一本稀奇的古書嗎？該不會是騙人的吧？」

「沒有人敢說我血腥瑪麗是騙子！」她忿忿地將扇子扔進原本的抽屜裡道：「我現在就帶你們去看我的傳家之寶，告訴你們，那可是女巫世界的秘密，從來不曾對外開放的，包準你們大開眼界。」

我們再度向前，穿越兩側有房間的走廊後，沿著幽暗的甬道不斷前進，寒意透進了骨子裡，途中我們路過好幾個轉角與岔路，又經過兩次向下的階梯，最後到達像是地下室的位置。我會這麼猜，是因為這裡的空氣比樓上潮溼，而且帶著泥土的氣味。

遠遠的我還嗅到了濃重的金屬氣息，接著我們便與幾座設有金屬柵欄的地牢擦身而過，看來從前的屋主不僅在七角樓內施行巫術，還會順便動用私刑。空洞的嗡嗡聲響在地牢與我的耳朵之間來回飄蕩，這些耳鳴聲猶如鬼魂的叨唸，讓我的背脊發涼。

忽然，走在我前面的伊莎貝猛然停下腳步，原來是血腥瑪麗驀然於某間房間前停下，讓跟在後面的我們險些撞成一團，耳畔傳來伊莎貝的謾罵與賽門的喃喃抱怨，血腥瑪麗不予理會，自顧自地推開房門，我們隨即噤聲。

這是一間存放魔法書籍的閱覽室，比剛才經過的任何一間房間都大上兩倍之多，閱覽室中央擺著一張無論看起來聞起來都頗具歷史的大圓桌，與其說是圓桌，不如說它是一截大橡樹的樹幹，寬闊桌面上的年輪顯示橡樹曾經活過一段漫長的歲月，而桌面上那些五芒星與怪異圖形的刻痕，則代表了它結束生命後的歷史。

「天哪，是《索亞之書》！」伊莎貝興高采烈地拉扯我的袖子。

圓桌旁的櫃子上有座胡桃木食譜架，一本模樣怪異的古書正攤開書頁，安放在食譜架上。

「等等。」血腥瑪麗伸手制止興奮得活蹦亂跳的伊莎貝，交代道：「只能用眼睛看，千萬別碰我家的傳家之寶，這本書比恐龍化石和外星人還要珍貴，一碰就會灰飛湮滅的！」

我們迫不及待地走向書本前，伊莎貝與我並肩而立，賽門就站在我們正後方，伊莎貝的呼吸變得濁重，我可以感覺到自己的手指微微顫抖和身後賽門的怦然心跳。終於看到了，這本書可以窺知所有童話傳人的起源，堪稱是我們七人的聖經。

「《索亞之書》原本屬於伊莉莎白女王的顧問約翰・笛伊，他是一名數學家、占星家、煉金術士和學者，當時他擁有全英國最大的圖書館，館藏超過三千冊。他堅信這本記載伊甸園故事的書本作者是上帝的天使們。」血腥瑪麗告訴我們。

「書上寫的是麼文字？」伊莎貝問。

不等血腥瑪麗回答，話語便自我嘴裡脫口而出：「希伯來文。」

「妳懂希伯來文？」賽門感興趣地問。

「我不懂，但是我父親精通希伯來文，他年幼時的奶媽是個信仰虔誠的猶太人。」我說。

左邊的書頁上以黑色墨水描繪出一條纏繞著一顆大蘋果的蛇，其他地方則寫滿看不懂的希伯來文字。右邊的書頁上則畫著一個美麗憂傷的女子，她淚流滿面地捧著七顆拳頭大小的蛋，像極了李歐口中被逐出伊甸園的莉莉斯。

眼前的《索亞之書》和李歐請我父親翻譯的古籍書頁內容相仿，我合理懷疑李歐發現的祕密，就是來自《索亞之書》的謄本。

不過奇怪的是，這本書似乎沒有我原以為的那麼舊。

我忍不住伸手翻頁，倏地瞪大眼道：「怎麼只有這兩頁有字？其他頁都是空白？」

「都說不可以動手碰了！」血腥瑪麗驚慌失措起來。

賽門轉過身，語氣如狂風刮起霜雪般惱怒冰冷：「要不是我們動手碰了，我們哪會揭發妳的騙局？其實妳根本沒有《索亞之書》對吧？」

血腥瑪麗畏懼地向後倒退兩步，眼神飄忽不定，她像是一下子縮小了，曼妙姣好的身型完全沒入黑暗的影子裡。

「妳的網站上為什麼說可以看到原版？這是詐詐！」伊莎貝氣急敗壞地扯下食譜架上的假書，啪地扔在圓桌上。

「妳們看到的這些內容的確是原版，只不過是原版的副印。」血腥瑪麗小聲辯駁。

「既然是副印，那麼妳肯定也握有原版囉？」我問。

「有是有，問題是我的家族不允許外人閱讀《索亞之書》的原版，她們以為我只是拿假書矇騙遊客賺取小費而已。」血腥瑪麗囁嚅道。

「如果我們加碼呢？」我問。

「不是錢的問題，《索亞之書》是我們家的傳家之寶。其實我也是偷偷帶你們溜進七角樓的，要是被其他人發現我帶外人進入祕道，甚至讓外人一瞥傳家之寶，我會死得很難看。」血腥瑪麗面有難色地說。

「算了！女孩們，別再被騙了。」賽門左右雙手各自一攬，將伊莎貝與我帶向門口，不屑地說：「拿出一堆破東西和假書來敷衍客人，這種導遊的評價只能給一顆星吧。伊莎貝，你說我們為了這個浪費時間的夜遊花了多少錢？」

「每人一百。」她回答。

「一百？我們花了三百塊來看這些eBay上就有的假貨？那我們為什麼不舒舒服服躺在旅館的床上上網就好了呢？就算付十塊錢都嫌貴呢。」賽門嗤之以鼻。

我愣愣地看著賽門大發牢騷，直到他對我做了鬼臉才弄明白意思，他在扮黑臉。

「不要啦，拜託，我真的很想看原版，反正我們的旅遊基金還剩下好幾千塊，少買一個香奈兒或少吃幾頓米其林星級餐廳，把省下來的錢給她不就得了。」我哀求著。

「人家都說了不是錢的問題。」賽門板起臉孔。

我和賽門爭執不休，血腥瑪麗正豎起耳朵偷聽，伊莎貝興味盎然地看著我們表演，她已經發現我們在玩什麼把戲。沒辦法，我們必須閱讀完整版本，而不是只有兩頁。

「我們都還沒跟她商量看看呢，拜託啦！」我說。

「三千。」賽門的語調絕決，血腥瑪麗則猶疑地抖了一下。「我們的旅遊基金只能挪出三千。不能再多了。」

「好啦好啦。」我走向血腥瑪麗，露出自認為最迷人無辜的笑容，乞求道：「我們大老遠來到塞林鎮就是為了親眼看看《索亞之書》，妳如果願意讓我們看原版，我就付妳三千元現金，這可是我好不容易爭取到的數字，拜託讓我們一圓心願。」

「那好吧，看在妳如此真誠的份上，我就讓妳們看一眼原版的《索亞之書》吧，先說好，絕對不能告訴任何人喔。」血腥瑪麗奉承地說。

她走向閱覽室的屋角，蹲伏著掀開地毯一角，然後撬開一塊鬆動的木板，從地板的洞口裡取出一個雕飾精美的古董木匣。

血腥瑪麗掀開木匣的蓋子，頓時令我們驚呼連連。

只見一本封皮殘破不堪的書本安然躺在木匣內，封面以紅色墨水寫著《索亞之書》幾個大字，發黃而不平整的書頁則微微向四周捲起。

更令人驚異的是，木匣裡可不只放著《索亞之書》，一只以碎鑽圍繞著璀璨紅寶石的戒指端坐在書皮之上，戒指外觀完全符合卡莉對於《死亡之吻》的描述。

找到了！不僅是古書，就連賽門的法器也找到了！我的心臟激動得彷彿要躍出胸口。

可惜我被高興沖昏了頭，所以沒聞到除了我們四人以外的味道，等到聽見槍枝上膛的聲音時已經來不及了，我感到沸騰的血液迅速凝結……

「通通不准動，把手舉高。」李歐的槍口瞄準我們。

http://dflkjwfflkvhg..ksfchlfwv.slkjv.ALsdcnjl128947hcrpn dj

寄件人：奶油公爵

收件人：影夫人

內容：收到，迅速動身前往漁場，一網打盡。

毒魚藤（學名：Derris trifoliata）

魚藤的根部與外皮具有毒性「魚藤酮」，在世界衛生組織被歸類為中度危險。魚藤酮為細胞粒線體毒性殺蟲劑，主要生化效應是抑制細胞內呼吸鏈缺氧性休克，造成害蟲全身細胞缺氧性呼吸衰竭心臟停止而死。

第九章

不過半個心跳的時間，混亂便接踵而來，猝不及防。

先是血腥瑪麗高分貝的尖叫，接著賽門以手肘擊中李歐的下顎，槍枝飛了出去，頃刻間兩人扭打成團。賽門大喊著快跑，伊莎貝和我在黑暗裡找到彼此的手，卻在推擠之間遺落了她的手電筒，最後，伊莎貝趁亂拉著我衝進暗無天日的祕道。

驚懼的喘息與凌亂的腳步聲在甬道內迴盪，我想要掙脫手腕上伊莎貝緊箍的指節，她卻只是更加用力地把我拉向前。

「賽門曾是西點軍校的學生，他會自己跟上來的。」伊莎貝對著我吼。

「我知道賽門曾是優秀的軍人，可是我不知道他會不會跟上來。」淚水刺痛我的眼睛。

「當初遊說賽門加入，不就是希望能仰賴他的戰略與格鬥長才嗎？妳回頭找他只會變成他的麻煩。」伊莎貝重申。

她的一席話削弱了我腳下的阻力，同時，幾步之遙的血腥瑪麗回頭催促：「快點，這邊！」

我們像是被追趕的陰溝老鼠，跌跌撞撞地向前奔竄，手電筒拋出的光束止不住地晃動。這條

祕道像是重新排列組合過似的，回程遠比去程耗時，許多轉角和岔路看起來也不太一樣，我覺得早該離開閣樓裡的壁爐了，怎麼還在黑暗中盲目摸索。

跑了好一陣子後，血腥瑪麗的速度慢了下來，我追隨著濃烈香水與汗味的軌跡，開始以快走的方式向前推進，呼吸也逐漸恢復平穩。可是我的心卻還懸宕在半空中，像是被硬扯下來放在天秤的一側，而另一端擺放的是對賽門的信任。

我不時藉由手電筒的光源回頭查看，期待能在如礦坑的甬道中尋獲一對燦如寶石的淡綠色眼睛，可是始終未能如願。

「血腥瑪麗，我們到底要去哪裡啊？」伊莎貝問。

導遊回答：「祕道有許多不同的出入口，我打算帶妳們從墓園離開，可是現在我的方向感有點錯亂了，需要一點時間認路……」

突然，尖叫聲取代了未完成的句子，轉瞬間伊莎貝放開我的手往前撲倒在地，前方的香水味與汗臭味散逸而開，有那麼一秒鐘我什麼也聞不到，只聽見硬物砸落時發出的悶響。

我立刻將手電筒的光源轉向前面，赫然發現原本近在眼前的兩個人消失了，然後我才在伊莎貝的悶哼中會意過來，她趴在地上，正使勁拽住掉入豎井內的血腥瑪麗的手。

「我拉不住了……」含糊的字眼從伊莎貝緊咬的牙關中鑽出。

「我來幫忙了！」我扔下手電筒，跨過伊莎貝的身體來到豎井前蹲下，幫著抓住血腥瑪麗的手腕。

混和了陳年苔蘚、濕氣與沼氣的腥穢臭味撲鼻而來，我瞇起眼睛向下探頭，目測豎井高度起碼有十幾公尺，剛才聽見的撞擊來自血腥瑪麗掉落井底的手電筒。

手電筒發出的微弱光線彷彿一叢幽暗鬼火，由下往上，正好在血腥瑪麗周遭形成一圈圍繞的朦朧光暈，宛若鬼火包覆。

血腥瑪麗以背部和雙腳抵著豎井內垂直的磚牆，讓自己卡在半空中，雙手與伊莎貝的手指相互纏繞。驚恐攫住她的喉嚨，她張大嘴想要呼救卻喊不出聲，原本堅定的雙腿像是再也承受不住重量，微微顫抖了起來。

從這樣的高度摔下必死無疑，我跪在地上，努力以冒汗的手掌將她的手腕抓牢，血腥瑪麗掙扎的身影投射在陰冷潮溼的井壁上，如枝椏上飄零的枯葉，只消一陣輕風便能將她吹落地面。我分別將手汗胡亂抹在褲子上，重新抓牢她。

「放手吧，再不放手我們會被她拖下去的！」伊莎貝的臉頰因用力過度而緋紅。

「不行，掉下去會沒命的。」我憋著呼吸，用盡力氣將她向上提了兩公分。

手電筒在重摔後有點短路，光束忽明忽暗，像是黑暗正一口一口將她吞噬，她的腿抖得更厲害了，腰椎正在慢慢向下沉。

「算了，她死了也好，這樣我們就可以冠冕堂皇地拿走《索亞之書》了，對大家都有好處。」伊莎貝的雙肩鬆弛，決定放棄血腥瑪麗。

「不可以。」我換了個姿勢，以臀部作為重心，雙腳張開抵住兩側牆壁，試圖拉住快要鬆開的血腥瑪麗的手。「我們說好的是來到塞林鎮，從導遊手上借走、騙走或奪走《索亞之書》。血腥瑪麗雖然是個陌生人，但她也是某人的女兒和某人的姊妹，我們又不是燒殺擄掠的強盜。」

伊莎貝順勢抽回手，嘆口氣道：「潔絲敏，忘了告訴妳，瑪雅阿姨的案子已經有進展了，檢方調查出理查神父的胃部有殘留的毒堇萃取物，而且在妳家菜園裡發現了一株毒堇。如果我們的復仇計畫失敗，瑪雅阿姨就沒救了。這樣妳還要幫血腥瑪麗嗎？」

這消息令我心頭一震，頓感視線模糊，先是瑪雅阿姨，然後理查神父、爸爸、媽媽和奧利佛的臉龐紛紛出現在我的面前……

恍惚之間，伊莎貝似是扯開了我手中那股緊纏不放的重力。最後我看見的是血腥瑪麗絕望的神情。

伴隨著淒厲尖叫，血腥瑪麗向下墜落，豎井的井壁則被刮出兩道鞋痕。

好一會兒，我只能失神盯著鬆開的掌心裡血腥瑪麗殘留的餘溫。

籠罩的夜色像是喪服，疲憊的步伐像是送葬。沉默在祕道內盤旋不去，我面無表情地跟著伊莎貝往回走，指尖始終有種怪異的感覺，彷彿沾染了亡者的鮮血。

殺人實際上比想像困難許多，雖然血債血還的賭咒言猶在耳，雖然血腥瑪麗落入豎井是椿意外，但是親眼目睹生命的隕落依然讓我為之震懾。我從來不知道害死一個人會如此歉疚，我既不是法官、也不是屠夫、更不是死神，憑什麼決定他人生命的長度？

伊莎貝顯然讓仇恨給蒙蔽了，她看起來毫不在乎，也認為我不該在乎，她的步履輕盈，甚至有些沾沾自喜，而她的沉默與我的完全不同，像是細細品味一杯代表勝利的醇厚威士忌，即便為求勝利必須踐踏過無數屍體。

我們花了點時間回到最後導覽的那條甬道，然後走回幾分鐘前眾人作鳥獸散的閱覽室，室內安靜無聲，寬闊的圓桌上多了盞點燃的油燈，窒悶的空氣裡隱約帶著血腥味，我看見一個金髮男子頹然倒臥地板，另一個則坐在角落裡喘息。

我鬆了口氣，意識清醒的那個男人有雙綠色眼睛，賽門安然無恙。

「你們沒事吧？我們的導遊呢？」賽門抬眼問。

「掉進豎井裡，沒救了。」伊莎貝踢了踢趴在地上的男人，對方沒有反應。「這傢伙想必就是李歐吧？沒想到他動作這麼快，居然找進祕道來了。」

「祕道裡居然還有豎井？看來我們離開的時候必須加倍小心，以免踩上什麼暗門或地洞的丟了小命。幫個忙，現在先把李歐綑綁好，等他醒來以後就可以馬上進行審訊。」賽門從地上起身。

我穩住椅子，讓賽門與伊莎貝扶著李歐坐正，然後使用賽門準備的尼龍繩，把他的雙手反綁於椅背後方。

近看之下我才發現賽門臉上掛彩，不過他的對手更慘，李歐臉上淌著大片鼻血，嘴唇也腫如半生不熟的香腸。他是德國人，我想他應該會樂於接受這樣的讚美。

「潔絲敏，吐真劑準備好了嗎？」賽門問。

「好了，我使用的東莨菪鹼劑量會讓李歐先昏睡八小時，然後在半夢半醒的狀態八小時，這十六個小時他都不會有記憶。」我取出藥局買來的藥瓶和針筒交給賽門。

他動作熟練地用針頭吸入藥劑，然後透過靜脈注射，讓《魔鬼的呼吸》進入李歐的血液中，完工後，賽門找了個舒服的姿勢席地而坐，道：「接下來我們就調好鬧鐘，好好睡一覺。」

「我們要在這裡渡過八小時？」伊莎貝詫異地問。

「是啊，不然要把李歐一個人留在閱覽室裡嗎？萬一東莨菪鹼失效，他醒過來然後逃走了怎麼辦？」賽門理所當然地說。

「得了，我已經辛勤工作了一整天，你就在陰冷的密室裡打盹吧，我可要找張真正的床鋪睡覺。潔絲敏，走不走？」伊莎貝跨出門口時回頭問道。

「呃，我想趁機會翻閱《索亞之書》。」我拾起滾落桌下的木匣放回桌上，木匣經過重摔後略有損傷，幸好裡面的古籍與法器安然無恙。

「好好好，我給你們小倆口一些隱私，剛才有個瘦巴巴的矮子奮不顧身地想要回來揍扁李歐呢。我想，七小時應該足夠了吧？可別把這本老古董給弄壞了。我順便拍幾張漂亮的照片寄給我們的客人。」伊莎貝拿出手機，替書本拍了幾張不同角度的照片。

「欸，時間雖然不太夠，但是勉強可以接受。」賽門的食指來回搓揉下巴。「既然妳那麼通情達理，回七角樓時就拿我的手電筒去用吧，記得左左右左右，按照這個口訣轉彎就會走到閣樓裡的壁爐了。」

「總之，我會趕在好戲開演前回來的，我回來時會替你們帶上食物，對了，還要多帶幾支手電筒，我真是受夠了這些老油燈曖昧的黃光了。」說完，伊莎貝頭也不回的離去。

賽門回首，以手指勾起一縷我的頭髮，綠色眸子閃爍淘氣的光彩。「聽說妳拼死也要回頭找我？妳肯定非常愛我，那麼，現在我們要怎麼渡過七小時呢？」

「你不覺得我們該先確認《死亡之吻》的真偽？」我別開頭，趁勢拉開距離。

「也對。」他來到桌邊的雕花木匣旁，像是掬起一把初晨的露珠似的，小心翼翼地捧起戒指。

那是一枚極其尊貴的戒指，中央的正方形主石是宛如夕陽般璀璨耀眼的紅寶石，大小如半張郵票，各個切割面在油燈照耀下散逸出深淺不一的紅光，周圍的雙圈碎鑽則如拱月的眾星，在如夜的暗室中閃耀不已。寬而扁的古銅色戒身上精雕細琢著鏤空的十字架和五芒星圖案，就像一只象徵無上權威的主教戒指，只不過紅寶石戒指顯然不僅具有象徵意義，更具備了實質的魔力。

「戴戴看！」我催促著。

「天哪，我們才認識一天妳就對我示愛，才認識兩天妳就向我求婚啦？」賽門促狹地說。

「我是想知道哪裡藏了機關，總是得搞清楚你的法器如何使用吧。」我說。

賽門舉起左手，讓紅寶石戒指與指節相互比對，最後選定無名指。戒指才剛戴好，原本稍寬的戒圍竟自動起了變化，霎時服貼於賽門的手指根部。

「妳看到了嗎？戒圍自動配合我的手指粗細耶！」賽門雙眼圓睜，興奮地像個孩子，「戒指上的兩圈碎鑽看起來像是羅盤，如果我沒猜錯的話，應該可以旋轉。」

賽門以拇指與食指輕柔地捏著外圈碎鑽，手勢輕柔地順時鐘旋轉起來。我們屏息以待，在閱覽室的一片靜謐中，居然出現了如齒輪轉動的微小喀喀聲，賽門轉了半圈後，毫無預警地，紅寶石正中間竟冒出一截針頭，針頭細如髮絲，若不仔細看根本無法察覺。

「這就是睡美人的法器？我還以為法器應該是一根真的紡錘。」我訝然。

「從側面看確實有點像是紡錘，妳看它的設計多精緻，逆時鐘轉半圈針頭就會再次埋進紅寶石裡面了，這可比紡錘好太多啦！」賽門來回旋轉碎鑽。

「呼，好昂貴又好危險的首飾哪！我想我們都知道它的作用了，應該不需要實驗看看吧？」我歪著頭，徵詢主人的意見。

「顯然是會讓人陷入某種假死狀態，只是會沉睡多久、要如何喚醒對方還無從得知。如果紅寶石戒指能附上一張使用說明就好了！」他語帶激賞地說。

「使用說明？」我的靈光乍現恰如彗星撞擊。「我們可能真的有喔。」

我從木匣中捧出《索亞之書》，翻開殘破的書皮，在泛黃捲起的書頁之間瀏覽起來。隨著目光快速移動，果然在某一頁找到那枚紅寶石戒指的圖畫。

「賽門，你看！」我指出頁面上鉅細靡遺的畫像和文字篇幅，「只要我們能找到人幫忙翻譯希伯來文，就會知道法器的使用方法了。」

「哇，好多字，看起來很詳盡，可惜不是用英文、法文或中文寫，否則就不用多等一秒鐘了。」賽門有些懊惱，繼而又道：「潔絲敏，也看看妳的法器那一頁吧？」

我繼續向下翻，兩頁後，出現了一幅藤蔓聳入天際的圖畫，就和童話故事裡的情節一模一樣，而這頁同樣也是搭配著長篇且難懂的希伯來文。

「等到塞林鎮的事情結束後，我們要做的第二件事情就是找個信得過的傢伙幫忙翻譯這本書。」賽門闔上書本時說道。

「那第一件事情呢？」我仰望他。

「第一件事情，」賽門乾笑兩聲，說道：「當然是帶妳去約會啊。」

他的淺綠色雙眼如澄澈平靜的湖面，油燈的燭火在他的瞳孔裡狂躁舞動，我再也挪不開視線。也不知道誰先起的頭，下一秒，我們的雙唇便緊密地貼合，像是全世界的氧氣都被耗盡般，在渴求中探索、交換與分享彼此的味道。

那股如慵懶情人蜷伏於床單內的氣息霸道地佔領了我，我細細淺嚐，然後又深深嚥下，許久後我們才於喘息不已中分開。

「噢，賽門……」激吻令我暫時喪失了語言能力，許久後我才回神害羞地說：「恭喜，能找回法器真是太好了，我真心為你感到高興。」

「瞧瞧我的一流吻功，竟讓妳說話語無倫次的。要不要再來一次？」賽門坦率地笑了。

「噢，天哪。」我轉身背對他，以手背輕撫臉頰，想拂去洩漏心事的兩片燥熱。

「我讓妳先休息一下好了，反正妳想來個長吻我隨時歡迎，妳那雙美麗的眼睛就是吃到飽自助餐的門票。」賽門將我轉回正面並熱切凝視我，接著在我的額上烙下輕輕一吻，呢喃道：「是時候履行承諾了，妳還欠我一個童話故事呢。」

他將背包像是枕頭般拍鬆，斜墊在書櫃前，給自己弄了個舒適的位置躺下。

我伸手撫摸童話書的裝訂皮線，這本書跟著我在三大洲、四個國家裡流浪，泰半時間僅是安靜地躺在斜背包內，陪伴我渡過許多充滿想念的歲月，鮮少有機會在短時間內如此密集地被翻開來閱讀。

我還記得父親朗誦故事時帶著濃重英格蘭腔調的咬字與斷句，像是靜謐樹林裡的貓頭鷹啼叫，既響亮優美，又毫無違和。

取出童話書時，賽門將我拉進他的懷裡，於是我的手指覆上粗糙的紙頁，頭靠在賽門寬闊的胸膛上，傾聽著他穩定的心跳節拍，以與父親神似的清澈嗓音讀了起來……

賣空氣的小販

從前從前有個繁榮的城市，那是個商業發達的交通要鎮，每天大街上川流不息，小販從別的地方帶來各式各樣的南北雜貨，來了又去、去了又來。

有一天，有位從來沒人見過的小販推著一輛推車來了，他穿著有如小丑般鮮豔的奇裝異服，推車上則放滿了各種大小顏色的瓶瓶罐罐，城市的居民忍不住好奇圍觀。

「來喔、來喔，來買空氣喔！」小販扯著嗓子叫道。

聽他這麼一說，圍觀的群眾都笑了。

「我隨時都可以呼吸免費的空氣，何必向你買啊？一點都不值得！」一個中年男子嘲笑小販。

「先生，我的空氣不一樣喔！我有各種不同味道的空氣，有鄉村風光的、有夏日午後的、還有美麗花園的。要來一罐嗎？」小販推銷道。

圍觀人群你看看我、我看看你，又看看推車上的罐子，沒有人有動作。

突然，有個小男孩拿著一枚硬幣、拉拉小販的衣角問道：「請問您有狗狗味道的空氣嗎？」

小販笑道：「當然有啊！」

說著便從推車上拿起一個小巧的罐子交給小男孩。小男孩將蓋子打開，一陣狗狗很久沒洗澡的特殊氣味飄出，附近的人不禁捏住鼻子。

小男孩露出微笑說：「對，就是這個空氣。這就是我家旺旺的味道！旺旺已經上天堂了，我很想牠。有時候在我睡覺的時候，我也從空氣中聞到這個味道，一定是旺旺也很想我，所以來看我！」

眾人彷彿看見一隻毛茸茸的狗在小男孩膝上蹭來蹭去，小男孩抱著狗快樂的笑著，衣服上沾滿狗狗臭臭的味道。

接著，有位老人拿出硬幣問小販：「請問有漁村的空氣嗎？」

「有的！」小販從推車上挑出一個胖胖的罐子。

老人將胖胖罐子的蓋子打開，頓時一股混合著海水鹹味和魚腥味的空氣四溢，老人彷彿很享受的嗅著，眼角泛著淚。

老人說：「我十五歲就離開漁村的家鄉出來工作了，然後就再也沒回去過。」

老人望著遠方，圍觀的眾人也跟他一樣，思緒飛到一個偏遠的小漁村，那裡家家戶戶曬著魚網，女人在院子裡處理魚獲，孩子們則彼此追逐嬉戲。

這時，原本大聲嘲笑小販的中年男子也掏出一枚硬幣。

他客氣的問：「那麼，請問有椰子髮油的空氣嗎？」

小販笑著說：「有有有！」接著遞給中年男子一個杯狀的罐子。

中年男子小心翼翼的打開蓋子，果然，含有椰子髮油味道的空氣馬上飄了出來。男子閉上眼睛，呼吸著這含有椰子髮油味道的空氣。椰子的特殊氣味飄散，這是一種不討人喜歡也不令人討厭的味道。

他說：「我的爺爺洗完澡後總是會在頭髮抹上椰子髮油，小時候他非常寵我，不對，應該說，他是這輩子最疼愛我的人了，可惜我從來沒有機會好好孝順他。」

中年男子緊緊摟著罐子，周遭所有人也紛紛想起那些自己珍愛的、無論是還健在或已經辭世的人。一個抱著小嬰孩的母親，將鼻子埋進嬰兒柔軟的小手裡用力吸氣，聞著那甜美的奶香味。

人群逐漸散開，許多人都跑回家，貼在自己珍愛的人身邊，好好聞聞那些平常忽略的味道。

小販從此沒有再來過，但是，每個人都記得曾經有個賣空氣的小販來過，而且他們都同意，買空氣的錢花得很值得。

故事在清朗的尾音裡結束，賽門睜開惺忪睡眼，朝我笑了笑，接著再度閉上眼睛。我用力嗅了嗅身邊擁抱著我的男人，感到心裡有股前所未有的幸福滿溢。

寂靜與黑暗佔據了七角樓的祕道，在這隱蔽的夾層裡感受不到時間的流逝，看不到日月交替，少了晝夜變化，光陰只是跳動的秒針和變少的蠟油。我在賽門的臂彎內不知不覺地睡著了，直到一個打盹讓鬆開的書本自手中滑落，才於伊莎貝踏進閱覽室前驚醒。

藥效在預期時間內發揮作用，我們趕在李歐的潛意識醒來前將他移動至祕道另一側的地牢內。誰會想到在麻州風光明媚的小鎮裡，有一座藏身於古老宅邸中宛如迷宮的密室與地牢，誰能料到百年前獵巫的幽魂於此暢飲鮮血，百年後途經的過客再次展開審訊的祭典。

被擒的國際刑警憔悴不堪，密室內有對生鏽卻還堪稱耐用的鐵製手銬，像生根的老榕樹般緊嵌在牆壁上。李歐的雙臂左右張開，手腕各自被鎖在一具手銬內，《魔鬼的呼吸》令他高大壯碩的軀體變得軟綿無力，向來精明的眼睛則目光渙散，嘴唇也因為缺乏水份而乾裂，他像是被釘於十字架的耶穌，又像展翅的鷹隼，只是再也無法乘著謊言翱翔。

真相即將揭露，空氣裡的焦躁和興奮沸騰著，我和賽門立於門邊，伊莎貝在地牢內來回踱步，勝利的目光掃過李歐半夢半醒的臉龐，像是在欣賞狩獵的戰利品。

伊莎貝毫不掩飾嘴角的惡意，輕蔑地說：「等待豺狼落入陷阱的時候，沒料到先逮了隻狐狸。在場的每為受害者家屬都曾痛失親人，我相信大家都有許多問題想問，不過我們還是遵從先來後到吧？」

「沒問題，妳先請。」賽門紳士地說。

伊莎貝倏地停步，轉身面向李歐，直視對方雙眼問道：「告訴我，謀殺海柔的兇手是不是不只那個被抓到的墨西哥人？背後還有多少人涉案？你是不是也有參與？」

李歐茫然瞪著前方的黑暗，微啟的雙唇沒有吐出半個字。

「妳的問題太多也太複雜啦，別忘了李歐服用吐真劑後並不是用大腦思考答案，而是仰賴潛意識回答問題。所以妳的問題必須單純而具體，一次一個慢慢來。」賽門提醒。

「那好吧。誰是謀殺海柔的背後主使者？」伊莎貝抬起下巴，睥睨她的犯人。

「朱利安。」李歐說。

「好個朱利安，他現在人在哪裡？」

「在一家精神病院中療養。」

「哼，他是真的有病，還是裝瘋賣傻逃避刑責？」

「真的生病。」

「好吧。朱利安現在在哪一家精神病院？」

「我不知道。」

「說謊！」伊莎貝氣得跺腳。「我已經找過全美國和加拿大的每一間精神病院了，要不是有警方的勢力介入，他怎麼可能藏得那麼好？你們是不是用什麼證人保護計畫把他送去偏僻的南太平洋島嶼渡假了？」

「沒有。你可以問凱特琳……」李歐的聲調平板。

「又說謊！」伊莎貝憤憤地指著犯人的鼻子大罵，「騙子、騙子、滿嘴謊話的騙子！」

「伊莎貝，李歐服用了藥劑，他只能夠說實話。記得嗎？」我拉住伊莎貝的手腕，道：「他應該真的不知情，妳可以試試看用別的問題找答案。」

伊莎貝鼻孔怒張，極不甘願地降低音量問道：「好吧，你說啊，還有誰知道朱利安的精神病院是哪一家？」

「只有尼可拉斯和阿娣麗娜，是他們送朱利安去的。」李歐說。

「好，沒關係，反正只要再等一天，等尼可拉斯也到塞林，就會真相大白了。」伊莎貝思忖，接著又叉腰問道：「你呢？你在整件事情裡扮演什麼角色？」

「我是國際刑警，負責追查英國利物浦的克勞德一家三口滅門血案和墨西哥瓜納華托卡莉被謀殺的案子，一切只是工作。」他說。

「還有呢？你居中撈了什麼好處？」她問。

「沒有。」李歐夢遊似的搖搖頭。

「荒唐！你是說你自始至終都是清白的？」伊莎貝縱聲大笑，「那我們把李歐綁在這裡幹嘛？這下子倒變成我們襲警了？」

「不對，誰說他清白了？他藏了很多秘密沒有公開，而七個人童話繼承人本應互通有無的。」我冷漠地說。

「沒錯。」伊莎貝點點頭，再問道：「李歐，你應該看過海柔屍體的現場吧？是朱利安指使那個墨西哥殺手把海柔凌虐到死的嗎？」

「對。」李歐毫不猶豫地說。

「為什麼？」伊莎貝顫抖著問。

「朱利安為了得到魔鏡和它的祕密，命令殺手以獵巫時期的刑具對海柔施虐，順道嚇嚇其他人，還可以嫁禍給教會。」李歐說。

伊莎貝笑了起來，眼鏡後方的兩行淚水流進她咧開的嘴。「錯就錯在海柔繼承了那把該死的鏡子，要是她沒有擁有那把魔鏡，就不會送命了。」

賽門前進一步，安慰性的捏揉伊莎貝的肩頸。

「好吧，現在我知道該找誰算帳了，我想休息一下，換個人問吧。」伊莎貝胡亂抹了抹臉，退居後方。

賽門氣定神閒地走向李歐，換作平時他們兩人幾乎等高，但是此刻受制於冷冰冰金屬牢籠的李歐雙腿發軟，硬是比賽門低了整整一個頭。

「李歐，是誰把卡莉引至墨西哥的瓜納華托？」賽門問。

「是朱利安。調閱卡莉的電話記錄後輾轉發現朱利安透過他的管家和情婦與卡莉聯絡過好幾次。」李歐說。

「卡莉向來只在大城市活動，朱利安是用什麼理由說動她的？」賽門定定地問。

「綜合所有涉案人員的口供，調查結果指向朱利安告訴卡莉睡美人失落的法器就在墨西哥境內，所以卡莉才會毫不遲疑地飛往拉丁美洲。」我們的犯人說。

「睡美人的法器？」賽門輕輕撫弄左手無名指上的戒指，「法器真的在墨西哥嗎？」

「不知道。傳說在獵巫時期，原罪憤怒就已經將祖傳的法器給弄丟了。」

「什麼原罪？」

「七支血脈、七樣法器，全部都來自被逐出伊甸園的莉莉斯，七原罪便是她偷偷藏起的七個孩子。」

「你怎麼知道？」

「《索亞之書》寫的。」

「關於這本書你知道多少？」

「《索亞之書》算是七原罪的族譜，相傳是第一代的七人共同撰寫而成。書中記載了莉莉斯和亞當的紛爭、伊甸園的位置和遴選繼承人的方式，對七樣法器的功能和外觀細節也有詳細描述。」

「你看過這本書嗎？」

「我只閱讀過謄本的其中一頁。」

「什麼狗屁原罪？荒謬。」伊莎貝嗤之以鼻。

「也許他真的相信原罪那套說法。」賽門以氣音對我們低語。「李歐，還有多少人知道這件事？」

「七原罪每一代繼承法器的傳人都知道。」

「那你知道睡美人，不，原罪憤怒的法器是什麼？」

「我不知道。相傳是類似紡錘形狀、可以令人沉睡的物品。」

賽門沉吟半晌，問道：「這樣吧，你說說看，朱利安究竟得了什麼精神病？」

「失憶症和自理能力退化。」

「真可笑，好端端的怎麼會突然失憶？他策劃掠奪他人法器的時候怎麼腦袋就清醒得很？」伊莎貝插嘴道。

「阿娣麗娜使用銀笛造成朱利安失憶，心智年齡退化到只剩五歲。」李歐有氣無力地說，看得出來，他的體力已經逐漸用罄。

我依然冷眼旁觀，截至目前為止，李歐的自白就和他之前對我說的一樣，我在等待什麼呢？等他承認自己對不起我嗎？

伊莎貝提高音量質問：「所以你的意思是阿娣麗娜也是幫凶囉？」

「不。」

「不然她幹嘛這麼做？」

「阿娣麗娜和朱利安的兒子尼可拉斯是一對戀人，而且兩家素有往來。」

「原來是個自私的婊子。」伊莎貝言語帶刺，賽門則以輕蔑笑容回應。她獰笑道：「這樣護短，她晚上還能安心睡覺嗎？」

李歐閉上眼，嘆口氣，無言以對。

「李歐，我想和你談談卡莉。根據警方的報告，卡莉被吊死在教堂祭壇上，嘴裡塞進燒紅的木炭。卡莉死前……」賽門深深吸了口氣，清了清喉嚨道：「她死前很痛苦嗎？還是很快得到了斷？」

「卡莉的死亡過程迅速，因為她不是朱利安的目標。」李歐的鼻頭沁出冷汗。

「那朱利安的目標是誰？」賽門捏緊雙拳，怒氣一觸即發。

「目標原本就只有海柔一個，朱利安想要得到人魚的匕首和白雪公主的魔鏡，藉由容貌改變和延緩老化來得到永生。卡莉只是讓大家誤以為教廷獵巫行動再度展開的幌子。我好渴。」李歐舔了舔乾澀的嘴唇。

「那潔絲敏的父母和弟弟呢？一家三條人命也只是故弄玄虛的幌子嗎？」賽門咬牙切齒地問。

「對，一不做二不休。」他說。

「太不公平了！」賽門暴怒嘶吼，反手便向對方臉上招呼一記肘子。

李歐受到重擊後頹然倒向一邊，他痛苦呻吟，鼻血再度潤濕鷹勾鼻下緣。

「我真是不懂，卡莉阿姨向來精明且多疑，她怎麼會隨便相信朱利安的鬼話？」賽門以雙拳敲擊自己的兩側太陽穴，彷若對痛楚上癮。

「別這樣，應該另有隱情。」我憂心忡忡地說：「也許卡莉真的信任朱利安。李歐，卡莉和你們其他六人有保持聯絡嗎？」

「卡莉和梅蘭妮固定保持聯絡。」李歐啣著血，氣若游絲。「梅蘭妮是阿娣麗娜的母親，卡莉是阿娣麗娜的教母，梅蘭妮曾說，早年兩人會一起帶著孩子們出遊。」

孩子們？卡莉有孩子？我記得賽門提過他的父母雙亡，除非賽門還有其他表兄弟，否則便是賽門早與阿娣麗娜相識。我不動聲色地觀察賽門與伊莎貝的表情，兩人置若罔聞，顯然都沒注意到李歐說孩子時用了複數。

「所以這位阿娣麗娜小姐寧可維護情人的父親，也不願為自己的教母出氣？」最後一根稻草壓垮賽門的理智，他向李歐揮出右拳。「吹笛人耍花招的時候，你就站在旁邊看？」賽門又揮出左拳。「你保護的究竟是受害者，還是加害人呢？刑警先生？」盛怒下賽門狂揍李歐的腹部，一拳接著一拳，停不下來。

我和伊莎貝見狀同時衝上前去，一左一右使勁拉開失控的賽門。

「再打下去會出人命的！」伊莎貝放聲尖叫。

「現在朱利安躺在有人伺候的五星級療養院裡當大爺，我們卻得每分每秒為逝去的親人哀悼？這算什麼？我們到底是什麼原罪？懦弱嗎？」賽門對著空氣拳打腳踢，雙臂高聳的肌肉青筋暴露，此刻他不但不像睡美人，更像是美女與野獸裡的那頭怪獸。

「賽門！你現在打死他，我們就少一個籌碼了。」我輕聲喝斥。

像是澆了桶冷水，賽門胸口的燎原怒火終於逐漸縮小，他停下瘋狂的舉動，發洩精力後顯得悵然若失。

「伊莎貝，妳先陪賽門出去冷靜一下好嗎？我想要私下盤問李歐。」我堅定地說。

伊莎貝聳肩表示不置可否，她半拖著賽門離開地牢，沉重的腳步聲砰砰踏過祕道，憤怒一如來時，絲毫未減。

李歐的世界縮小到這三坪大的囹圄，思考能力則投射到了世界的盡頭。幾經折磨後，滿身傷痕的李歐像是狼狽不堪的流浪漢，鼻水、鼻血和唾液沾在他的鬍渣上，看起來宛如在街頭或地下道掙扎苟活了數年。

見他花白的金髮油膩膩地垂掛在頭皮上，眼袋鬆垮，老態畢盡，一絲憐憫油然而生。

我想問他為什麼過去兩年來對我不聞不問？甫開口，卻覺得喉嚨一陣緊縮。

我也很想問他為何事隔兩年後又努力追蹤我的下落？可是答案顯而易見，他自以為是英雄，只有在危及時刻才願意伸手馳援。

倘若李歐對我說的都是實話，從頭到尾他都沒有騙我，只是不願意完全坦白。那麼，我可以寬恕他嗎？寬恕。這兩個字眼如此苦澀。

就在我舉棋不定時，黑暗中的閃爍光點吸引了我的目光，伊莎貝忘了帶走她的背包了。

平板電腦的一角從敞開的背包拉鍊中露出來，我認得那是收件匣接收到新訊息的警示閃光。

我不疑有他，取出平板電腦細看，可是解鎖需要密碼，所以我只能閱讀跑馬燈閃過的標題：第四十九名神父死因釐清，又是毒堇作怪！

莫非總共有四十九名神父被毒殺身亡？而不是只有理查神父一個？

我感到困惑不已，朱利安人在療養院內，若真如李歐所說他已經退化至五歲的心智年齡，那他要怎麼從幕後操盤，殺死四十九名神父呢？

李歐劇烈咳嗽起來，像是快要斷氣似的邊咳嗽邊乾嘔，像是要把五臟六腑都給吐出來，我於心不忍，隨即將平板電腦放回背包，先以水沾濕他的嘴唇，再替他餵下些許沾水的麵包。

最後，關於自己的疑問我全都開不了口，卻丟出一個和我無關的問題。

「你剛剛說卡莉和梅蘭妮會帶著孩子們一起出遊，孩子們是指誰？」

「梅蘭妮的女兒和卡莉的兒子。」

「卡莉有兒子？」

「好像叫做賽門。」

我心頭一凜，強自鎮定問道：「後來呢？後來為什麼沒有持續下去？」

「卡莉討厭小孩，她把自己的小孩送去寄宿學校，就是為了不想再看到他。」李歐啞著嗓子說。

我想像一個站在聖誕樹下的小男孩，拆開來自親生母親卻自稱為阿姨的女人給的聖誕禮物，對著一張冰冷的支票面露滿足微笑。這幅畫面，著實令我感到心痛。

可憐的賽門，我該告訴他臂上的刺青感謝錯對象了嗎？

http://dflkjwfjflkvhg..ksfjchlfwv.slkjv.ALsdcnjl128947hcrpn dj

寄件人：奶油公爵

收件人：影夫人

內容：先行撤網，靜待馳援。

癲茄（學名：Atropa belladonna）

癲茄全株有毒，尤其根莖類毒性最強，它的藥理作用與阿托品相同，會讓人肌肉鬆弛、視力模糊和頭暈。義大利語又稱為「漂亮女人」，因古代曾提取果實成分製作散瞳眼藥水。

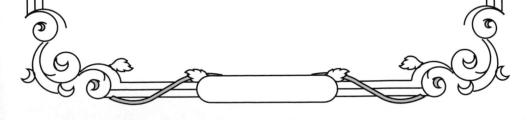

第十章

晚風清冷，汗水在流出來前就先乾了。距離約定時間只剩半小時，我們在塞林鎮的墓園旁，為即將到來的硬仗鼓舞士氣。

伊莎貝遞給我們每人一罐啤酒。「乾杯！」

賽門豪飲了一大口，我則略為遲疑地啜著發酵的麥芽香味。

月光將錯落的墓碑染成詭異的銀灰色，百年前，多名被指控為女巫的村婦於同一地點殉身，石碑不斷複述一六九二年的悲劇，一塊單薄的淺色石頭代表一個沉重的故事，女巫獵殺同時在這些墓碑與塞林的歷史上烙下了不堪的年份。

早過了就寢時間，夜色染黑了墓園，世界的聲音也隨著之沉了下來。我默默凝視這片以殘忍撲殺換取的寧靜，亡者已矣，可是這些女子必然是某人的女兒、姊妹或母親，時至今日，這些石碑銘刻的是活人的心碎悲泣而非死亡。

根據伊莎貝的說法，樵夫之子和他的女友會在午夜左右開車抵達。

「我已經駭入塞林鎮的道路攝影機，隨時可以監控交通狀況，我也駭進電力系統，如果有需

要的話，咱們就讓整個塞林鎮停電吧。另外，從兩小時前我就開始對所有從波士頓開往塞林的車輛進行衛星定位，我確信自己追蹤到了尼可拉斯和阿娣麗娜的車子和通訊信號了。」伊莎貝擠出一絲緊張的笑容。

「火車站和機場的系統也成功進去了嗎？」賽門沉著地問。

「是，癱瘓交通只消按下按鈕。」伊莎貝答。

「很好，務必將他們堵在地牢博物館以北的岬角內，斷了他們所有後路。」賽門對於運籌帷幄毫不生澀，軍旅生活將他訓練得很好。

接著，他從腳邊的背包取出一只磨損的黃銅小哨子交給伊莎貝，道：「這是冷戰時期的轉角監視器，你像這樣拉開，裡面有九十度的小鏡子，方便你在祕道中監視敵人。」

伊莎貝接過監視器，愛不釋手地把玩起來。

「另外再給妳一把狙擊槍，妳埋伏在女巫地牢博物館的至高點的時候，可以作為我們的後援。」賽門的手指在冰涼的槍枝上來回比劃著，「這把槍的有效射程是一百碼，準心我已經校正過了，妳應該沒有練過打靶吧？沒關係，雖然狙擊時要對抗的不只是敵人，還有物理學，風速、氣溫、連角度都要精準計算，不過現在也顧不得那麼多了，反正只要他們反抗，你就瞄準射擊孔、扣下扳機就對了。頂多就是把博物館打得開花。」

黑色的狙擊槍散發出危險的氣息，伊莎貝像收到聖誕禮物的孩子般高興地接下武器，雙眼因沾沾自喜而發亮。

「喂喂喂，槍口不要對著我！」我推開槍管，問道：「有需要用槍嗎？萬一射中自己人怎麼辦？」

「放心，我給伊莎貝的槍很安全，又不是全自動的散彈槍，那才是世界上最強的武器，每分鐘三百發，一百碼內無人生還，不過比較適合近身搏鬥，因為很難瞄準，要克服後座力和槍口上揚。」賽門拍胸脯保證。

「這樣的說法並不能讓人安心多少。告訴我，你身上還有多少軍火？」我問。

「一捲動力尼龍繩，堅韌且容易伸縮，有外鞘可以保護內芯。一把直刀，在泰北時妳見過類似的。還有幾個手榴彈、小型催淚瓦斯、一把麻醉槍、一張防毒面具，以及我的最愛，葛拉克半自動手槍，只有零點五磅重又易於瞄準。」他說。

「就不能文明一點嗎？像對李歐那樣，把他們敲暈以後用吐真劑逼問出謀殺案自白和朱利安的療養院就好了嘛。」我面有難色道。李歐仍然被囚禁在七角樓的地牢中，我們固定提供他延續生命的食物和飲水。

「有差別嗎？反正已經搞出一條人命了。」伊莎貝不耐地舉起槍托，瞄向身後的草地。她是在說血腥瑪麗。

「敵軍當前，妳們可別挑在這個時間搞內鬨。」賽門舉起雙手制止我們，「伊莎貝，妳可以走祕道前往博物館準備了。」

「好啊。」伊莎貝高高興興地說：「我們把啤酒喝完，預祝此役大勝！」

「等等，」我猛然摟住賽門的脖子，向他烙下纏綿一吻。「拜託，一定要全身而退。」結果不巧將兩罐啤酒都撞翻了。

「哎呀，有這麼難分難捨嗎？可惜了這些啤酒！」伊莎貝瞪著一地的白色泡沫，在抱怨聲中鑽入墓園裡女巫審判紀念碑上隱密的暗門，漸行漸遠。

事後賽門促狹問道：「原來身陷危險可以催情？看來以後我得要盡量增加我的冒險事蹟了。」

「別鬧了。」我推開他。「我聞到有人來了。」

一陣狂風吹過墓碑，呼呼嘯聲像是亡靈低泣，帶來了陌生人的氣息。男孩聞起來混合了機油味和金屬零件的氣味，像是長年與車子或機器為伍的修理工。女孩也帶有一股金屬的味道，比起男孩又更為細膩精緻些，還有種若隱若現的書頁氣味。

兩個並肩而行的小黑點現身於對街的十字路口，除了皎潔月光，路口的街燈是這附近唯一的光照，對方踏著堅定的步履向前，路燈也拉出了兩道慘澹的灰影，隨著兩人的腳步聲愈來愈清晰，拉長的影子也愈來愈模糊。

墓園的金屬柵欄透出冰冷寒光，將墓園內外一分為二，劃出生與死的界線。我們的客人穿越馬路，從半掩的金屬柵欄入口側身而過，邁向死亡陷阱，兩道殘影隱沒於墓碑之間，腳步聲則在最大的時候停了下來。

「賽門和潔絲敏嗎？我是尼可拉斯。」樵夫之子高　精瘦，有一頭義大利人般的黑色捲髮，他的黑眼裡蘊藏憂鬱，眉心還有個小疤，若是換上敞開領口的柔軟白襯衫，便像極了威尼斯搖槳高歌的船伕。

「我是阿娣麗娜。」吹笛人之女瞄了賽門手上的戒指一眼，語氣和她的褐色髮絲一樣僵硬，她揹著一個皮質長形袋子，身材中等、鼻樑高挺、雙眼黑白分明，相較於樵夫之子的溫文氣度，她的神情略顯謹慎。

一個瀟灑且陰鬱，宛如邪惡的化身。一個正經而忠誠，難怪會受到蠱惑。根據我的目測，穿著簡單上衣和牛仔褲的兩人年紀和賽門相仿，不過十七、八歲。對方輕裝簡行，身上不像藏有武器。

「我是賽門，這位是潔絲敏。你們的車停在附近嗎？」賽門泰然自若地搭著我的肩，彷彿我們只是一群相約夜遊的朋友。

「就在街角。」尼可拉斯指向十字路口，像是個老朋友似的開口道：「我收到兩位的來信，信上說你們在塞林鎮發現一本古書，可能和我們大家的由來有關，是嗎？」

得小心提防這個男孩，他若不是太容易信任別人，便是和賽門一樣準備充分。

「是《索亞之書》。如果想要弄清楚童話傳人的來龍去脈就靠它了！走了嗎？」賽門朝墓園中央比了比。

「我們要去哪裡？」阿娣麗娜神情戒備地問。

「紀念碑下有個通往祕道的暗門，可以直達存放《索亞之書》的密室。」我竭力保持鎮定。

她俯視眼前比自己矮上一個頭的女孩，像是安心許多，換上一抹禮貌而生疏的微笑道：「那麼就請帶路吧。」

我們走向高聳的女巫審判紀念碑，如棺木大小的石碑上方有一座雕刻著敞開書本的講台，賽門於石碑前蹲下，伸出雙手食指，久按碑文上一六九二年的數字六與九中間的圓形，暗門隨即被觸動，石砌講台在難以察覺的微小聲響中緩緩平移，露出剛好足夠一人通過的洞口。

賽門扶著我攀上石碑，從敞開的暗門鑽入祕道，隨後尼可拉斯和阿娣麗娜也跟著爬了進來，此時身後的暗門漸漸闔起，將我們頭頂半掩的零碎星空完全遮蔽，祕道裡殘存的朦朧月光也消失無蹤。

祕道內空氣依舊鬱滯沉悶，我把心虛潛藏在黑暗中，感覺自己變得大膽起來。

尼可拉斯和阿娣麗娜沒料到此行會深入地下，他們沒有自行攜帶照明設備，正合賽門的意。賽門與我故意共用一支手電筒，目的是讓能見度降到最低，他還刻意帶著大家四處亂逛，原本五分鐘的路程在繞路後暴增為三倍。

要這些小技倆全是為了讓尼可拉斯和阿娣麗娜迷失方向，從背後紊亂的喘息與腳步聲聽來，的確也奏效了。

「賽門，你和潔絲敏以前就認識了嗎？」尼可拉斯打破沉默問道。

「我們最近才相遇，不過卻好像認識了一輩子。」賽門回首向我瞥來曖昧一眼。

「噢，我懂這種感覺。」尼可拉斯坦率地笑了。

隨後阿娣麗娜問道：「潔絲敏，除了我和尼可拉斯，妳們還有聯絡其他人過來嗎？」

「呃，沒有。」我簡單回答，彷彿字句愈短謊言就愈無害。

「尼可拉斯說他收到妳們的電子郵件，所以妳手上有七個人的聯絡名單囉？」阿娣麗娜不死心地追問。

身後的兩道凌厲視線如冬日凜風的指爪，令我的背脊一陣發涼。我壓根沒想過他們會對《索亞之書》以外的事情感興趣，負責聯絡的人是伊莎貝，現在也來不及和伊莎貝套招了，我該怎麼應答呢？

「到啦！」賽門適時替我的困窘解套，「我們就是在那裡找到書的！」

賽門與我在地牢門口騰出空間好讓他們通過，尼可拉斯和阿娣麗娜立刻將方才的話題拋到九霄雲外，兩人急忙奔向桌面上攤開的那本贗品，低下頭，就著油燈微弱的光線端詳書頁上神祕的符號與文字，神情滿是敬畏，如世界上最虔誠的教徒。

「上面寫的好像是希伯來文，我自己是有看沒有懂，說不定你們會猜出一些訊息。」賽門補充道，像是對著獵物在輕搖誘餌。

上鉤的兩人全心全意沉浸在複雜艱澀的符文中，投入的程度宛如發現前所未見新品種的古生物學家。其實真正的《索亞之書》在我的斜背包裡，就和那本家傳的童話書放在一起。

賽門的右手悄悄伸向褲腰的麻醉槍，他稍微旋身掩飾動作，將一管麻醉藥針筒塞入槍內，然後把針頭瞄準尼可拉斯。

「咦，後面是空白頁？」阿娣麗娜在眼尾餘光掃過賽門手中的武器時尖叫出聲。

尼可拉斯也早有防備，他的動作快如殘影，說時遲那時快，他的腳尖吻上賽門的指節，麻醉槍被踢飛出去，猛然撞上牆壁後掉落地面。

賽門的反應也快得不遑多讓，他閃過尼可拉斯的下一波攻勢，單手拉上地牢鐵門，事前調整過的門鎖應聲扣合，將兩人隔絕於地牢之內。

在我還沒看清楚發生了什麼事時，阿娣麗娜便拾起麻醉槍，本能地舉槍自衛。賽門則迅如閃電，他拽著我退至來時的轉角，避開射擊範圍。

「為什麼？」尼可拉斯的憤怒衝出齒縫。

賽門哈哈大笑，笑聲狂放不羈。「你們還真是健忘哪，可惜我和潔絲敏的記性可好得很。」

祕道彼端，阿娣麗娜悄聲說道：「尼可拉斯，難道他們指的是兩年前朱利安犯下的案件？」

「想起來了嗎？放心，我們絕對會比你們仁慈得多。」賽門朝轉角大喊。

阿娣麗娜露出恍然大悟的語氣，道：「你們是謀殺案死者的家人？搞什麼，朱利安都已經受到制裁了。」

「住在專人伺候的渡假村嗎？妳稱那叫做付出代價？」賽門厲聲駁斥。

對方沉默不語，我們陷入了無言的對峙，尷尬在祕道內無限延展，像是一場沉默的競賽。

突然，高昂銳利的金屬碰撞劈開凝窒的氣氛，回音在通道內嗡嗡鳴響。

賽門與我探頭查看，只見尼可拉斯手持小巧的金色手斧，牽著阿娣麗娜從破壞了的地牢鐵門竄出。

阿娣麗娜朝我們射出一槍，幸好她沒有費心瞄準，麻醉藥的圓管穩穩的嵌在離我們僅二十公分的牆面上，紅色尾蓋因猛烈衝擊而不住顫晃，形成一道冷冽的紅光。

「追！B計畫。」賽門率先遁入祕道。

好幾組凌亂的腳步聲在祕道內相互追逐，我趕緊跟上他，潮溼冷風自耳邊呼嘯而過，我拂去面前狂舞的髮絲，努力加快腳步，深怕在錯綜複雜如迷宮的祕道內跟丟。

手電筒的光源和熟悉的氣味引領著我，幾分鐘後，我們鑽出地牢博物館的地下室，賽門關上手電筒並掏出手槍，向我比了個安靜的手勢，示意我跟在他身旁，然後躡手躡腳地向前走去。

我們屏氣凝神，以極其輕盈的步履一前一後深入展館後方，在穿越一座牆面懸掛成排獵巫歷史的長廊後，我的雙眼已經適應黑暗。

一片漆黑中令我的嗅覺更加靈敏，尼可拉斯和阿娣麗娜肯定是躲起來了，除了自己的心跳，我沒聽見博物館內有其他聲音，可是我能嗅出他們的味道。我拍拍賽門的肩，伸手指向自己的鼻尖又指指前方，賽門點頭表示理解。

宛如修理工身上的金屬味道趨於濃郁，我們像是兩隻精於追蹤的獵犬，尾隨步入重現當年吊刑的展示廳。

幾具身穿粗布衣裙的女子蠟像吊掛於假樹枝頭，她們的脖子上套著繩結，有的雙眼呆滯、有的鼻孔滲血，謊言與誣告編織為麻繩，悲慘的命運將她們緊繫。附近還有幾個身體被木棍穿刺而過的蠟像，為了一樁教廷勦滅七原罪的行動，令這些被指控為女巫的村婦有苦難言。

味道愈來愈明顯了，我輕拉賽門的衣角，以近乎呢喃的耳語提醒他：「這裡！」

沒料到對方竟先發制人，阿娣麗娜將一具蠟像推向我們，賽門靈敏地閃避擺盪而來的蠟像，於是那東西便飛撲向我，我被撞倒在地。

賽門閃過暗算，卻沒能躲過尼可拉斯的奇襲。尼可拉斯手中的木棍咻咻劃過空氣，賽門立刻舉起手臂格擋，堅硬的肌肉和木棍在悶響中交會，如颶風橫掃大地，木頭應聲碎裂，賽門卻也跌了個踉蹌。

賽門重新站穩，掌心依然緊握手槍，他試圖將槍口對準面前狂舞的魅影。正當我慶幸於尼可拉斯剛才拿的是棍子而非金斧時，黑暗中一陣亮光閃爍，金斧剎時劈向槍管，切口乾淨俐落。

賽門索性扔下手槍，反身便曲腿迎向尼可拉斯的後背，賽門健壯的膝頭宛若敲鐘的木樁，頓時令尼可拉斯撲倒在地，痛得爬不起來。他勉強以單手撐起上半身，賽門則好整以暇地蹲下，拉起褲管後抽出藏於腿部的直刀，在兩手間拋接耍弄，信步走向尼可拉斯。

「喂！」阿娣麗娜不知何時抱來一堆稻草，從假樹旁的階梯往下撒落。

稻草如漫天飛舞的雪花遮蔽了視線，賽門揮刀砍落稻草，等到紛飛草屑通通落下後，尼可拉斯和阿娣麗娜也已不見人影。

我倆心照不宣，邁開步伐快步向前，穿越了如長頸鹿花紋般的石牆甬道，抵達另一處模擬場景。只見我們的敵人佇立於村婦圍著鐵鍋熬藥和犯人被鍊起審訊的場景之間，尼可拉斯手握金斧，阿娣麗娜手持銀笛，嚴陣以待。

「再次大動干戈之前，我們能不能先談談？」尼可拉斯的眉頭糾結。

「你爸在殺我阿姨前，有沒有給她機會先和談？」賽門扭轉直刀，刀刃向前。

尼可拉斯垂下肩，對阿娣麗娜做出指示：「快樂的鐵匠。」阿娣麗娜隨即開始演奏。

金斧燿耀生光，揮砍動作輕盈而華麗，光影交錯之間直刀竟像是一團不起眼的廉價鐵塊。

賽門在見識過樵夫法器的威力後沒敢再和它直接較量，他運用類似日本古流柔術的格鬥技巧，以退為進，不疾不徐地頂手、翻轉、交攻，如一條狡獪的巨蚺，打算利用自己絕佳的體能在纏鬥中耗盡對方氣力。

雖然尼可拉斯擅於耍弄斧頭，但賽門不愧是前西點軍校生，搏擊動作精準明快毫無差池。你來我往之際，斧口屢次貼近賽門，都被他有驚無險地躲過。

這是我初次見識吹笛人的法器，跳躍的音符彷若鐵匠正在打鐵，清脆音珠一顆顆浮現，鑄鐵動作則一次次落下。配合吹笛人的曲子，尼可拉斯使起金斧來更是得心應手。

忽然，尼可拉斯和賽門錯身而過，直刀的刀刃劃破尼可拉斯的衣袖，開出一道赭紅的口子，金斧的斧口則割斷了賽門背包的背帶，還劃傷了他的肩頭。

鮮血流淌，賽門宛若被激怒的大貓，他爆吼一聲衝向尼可拉斯，在對方遲疑的零點零一秒間以迅雷不及掩耳的速度和爆發力肘擊其頭部並將之鎖喉，尼可拉斯則用斧柄反擊賽門身側的弱點，他們再度分開，不過幾次眨眼的光景，兩個人都掛了彩。

這是一場不公平的競賽，幸好我早有準備。

我掏出藏於衣內的法器，掀開琉璃瓶上的軟木塞，在掌心上倒了一顆閃耀珍珠光澤的魔豆，接著將褲袋內那把來自墓園的砂土取出一小撮，仔細鋪在地上後又將翠綠色的魔豆放置於土堆中央。

這土堆是我為傷我家人的兇手造的墳塚。

我全神貫注地默想著，毒魚藤。毒魚藤，生長於蔭蔽疏林或溪畔灌叢中，厚實的卵形複葉上方無毛，下方卻有柔軟的黃褐色細毛，帶著苦味，並具有強烈的神經毒。

魔豆不負所託，很快地竄入土堆後冒出嫩芽，這株植物不斷向上抽高，深綠色的枝葉盡情伸展。我想像藤蔓如攀附睡美人城堡的荊棘，保護我的愛人、抵禦他的仇家。毒魚藤自地板迅速向四周蔓延，還因此讓尼可拉斯絆了一下。

魔豆變出的戲法成功拖住了打鬥中的腳步，我拉起一段毒魚藤的根部放在腳下用力踐踏，白色的汁液在受到擠壓後涓涓流出，我拾起那段根部，扔向賽門並大喊：「塗在刀刃上！」

劃過一道優美的拋物線，毒魚藤的根部降落在賽門手中，賽門機警地在挪移之間抽空塗抹毒液，直刀立刻化身為帶有劇毒的武器。

不料賽門反守為攻後並沒有佔得上風，我們太低估法器的力量了，在一次正面交鋒時金斧與直刀刀口交疊，直刀頓如泥塊般被削去一截。

「賽門！」我搬起活埋場景中壓在蠟像身上的大石塊朝尼可拉斯拋去，同時將賽門背包中的尼龍繩丟給他。賽門立刻會意過來。

金斧將厚重的石塊劈成粉碎，砂礫在空中迸發，宛如火藥爆破。

時間上搭配得相當好，緊接著賽門像牛仔般扔出尼龍繩做成的索套，索套圈住金斧的斧柄，接著他使勁一拉，繩索便束緊斧頭，登時飛出尼可拉斯的掌握。

金斧橫越展覽室後深深插入牆面，銀笛笛聲嘎然而止。

賽門拽下拷問的鐵鍊，昂首闊步朝尼可拉斯走去，尼可拉斯則舉起熬藥的鐵桶，毫不遲疑地回擊。兩道殘影在緊急逃生門的燈光中難分難解，鐵鍊唰地飛射而出，尼可拉斯舉起鐵桶，擋下攻擊時發出哐噹巨響。

從漸慢的步伐和濃重的喘息不難看出兩人都累了，地牢博物館成為慘烈的競技場，這不僅是戰術上的較勁，更是體能上的比拼。

這時我聽見一種喀嚓怪聲，緊急照明霍然熄滅，就連戶外的街燈也不再散逸光芒，眾人停止動作。

整個塞林鎮陷入無邊無際的黑暗。

「潔絲敏？」賽門的本能反應是先找到我。

「我在這裡，一定是伊莎貝癱瘓電力系統了。」我摸索著向前，握住他粗糙厚實的手。「你的肩膀還好嗎？」

「小事一樁。」

「嗯，我好像聽見他們往後面跑向模擬法庭的場景了。」

「他弄丟了金斧，這下子我閉著眼睛都能打贏。」賽門冷笑。

我們在微弱的安全門指引燈光中走向法庭，眼睛也逐漸適應黑暗，此時阿娣麗娜再度吹起曲子，這首樂曲的曲風威武壯闊，分明是一首戰歌。

聽聞戰歌後賽門和尼可拉斯皆士氣大振，即便赤手空拳，也無法阻撓兩人戰到最後一刻。賽門反轉紡錘戒指，以紅寶石銳利的邊緣作為手刀中的暗器，他斷挺進，尼可拉斯則在擋下幾拳後側踢掃向賽門的底盤。

當兩人距離再度拉開時，尼可拉斯的衣服已經給割得破爛，宛如一條條隨風飄搖的骯髒破布，嘴唇腫如過期的血腸；賽門汗濕的髮稍黏在頭皮上，單邊顴骨變成紫紅色的腫塊，負傷的那一側肩膀微微瑟縮。

兩人都狼狽不已，寬闊的胸膛劇烈起伏。賽門勝在勇猛壯碩，尼可拉斯贏在飄忽靈巧，後者向後躍上長椅，拉開彼此的距離，再這麼打下去不是辦法。

於是我再度取出一顆魔豆，打算以致幻植物《癲茄》徹底解決這件事情。

忽地賽門以勾拳擊中尼可拉斯，令他倒退好幾步。

「笨蛋，什麼曲子不好吹，居然吹個李斯爾的馬賽進行曲？那可是法國國歌哪！」賽門抹去額際的汗水，嘲諷道。

就在他分神譏笑阿娣麗娜的時候，尼可拉斯忍著痛以腳跟狠踹賽門的腳踝，賽門便重重摔了一跤。兩個男人匍匐於地，好一會兒都爬不起來，只能大聲喘氣、瞪視彼此。

賽門的失誤令我亂了陣腳，這下可好，我完全忘記癲茄是什麼模樣了，就連它適合生長的氣候、緯度、季節和時間也一概想不起來。

少了我的意念指令，魔豆靜靜躺在土堆上，不動如山。

這時我想起了母親說過的一個故事：尚恩卡列司是一位知名的香水師，他在晚年時罹患嗅覺喪失症，卻依然持續工作並創造了大受歡迎的香水，當他的祕密曝光後，許多人便拿他和失聰的貝多芬做比較。

而他成功的秘訣，就在於自己發明的香味分類法。他以語言和文字記憶香味，將所有味道在腦海中排列分類，猶如一本井然有序的色票。

如果尚恩卡列司能夠理性分析香味，我當然也可以將他的作法套用在植物上。

我在記憶中搜索關於癲茄的隻字片語，癲茄、癲茄……顧名思義，它是茄科植物。義大利語又稱為《漂亮女人》，因為古代曾提取果實成分製作散瞳眼藥水。

果實、果實……癲茄有綠色的球形果實，成熟後變為黑色，對了，還有連結果實的長梗、還有漂亮的紫色鐘形花朵。

我的記性慢慢恢復，魔豆也開始有了動靜，待我完整拉回思緒時，面前已經出現一棵高約十公分的癲茄幼株，真是太好了！

癲茄全株有毒，尤其根莖類毒性最強，它的藥理作用與阿托品相同，會讓人肌肉鬆弛、視力模糊和頭暈。所以，無需動用一兵一卒，只要有一點點油狀液體接觸皮膚，就能將尼可拉斯和阿娣麗娜手到擒來。

等候癲茄長大的同時法庭內依然戰況激烈，賽門與尼可拉斯自地上起身後在模擬法庭的長椅之間追逐，賽門穩穩跨在兩排長椅上，向尼可拉斯祭出流暢的連續快打進攻，見尼可拉斯的防禦態勢疲軟，賽門趁勢踢出高邊腿，尼可拉斯躍下長椅，腿風掃過他的黑髮，如勁風颳過草叢。這兩個人的擂台賽沒有終點，至死方休。

「潔絲敏，上一代的恩怨，不該延續到下一代，拜託休戰吧！」阿娣麗娜躲在法庭上的法官蠟像後方喊道。

「只要妳們投降，我們就會停戰。」我說。

「也許妳不知道，但我們全都受到原罪的影響，就連朱利安也是。沒有人是完美的，我們應該給彼此一個機會，重新開始。」

「廢話少說。」

我再次使用了魔豆，這回我喚出迅速生長的藤蔓，意圖絆倒戰線對面的尼可拉斯和阿娣麗娜，魔豆的法力在我強烈的意念下勢不可擋，藤蔓成為某種不存在的生物，伸長了數隻觸手，在空氣中捕撈我們的敵人。

「啊！」阿娣麗娜在尖叫聲中左躲右閃，不巧被逮了個正著。

一簇藤蔓鉤住了她的腳踝，將她拖曳在地，她立刻吹起另首曲子，只見黑暗中竟綻放朵朵花火，猶如夜空中忽明忽滅的星光。

「不要皇家煙火組曲！」尼可拉斯吶喊。

提醒晚了一步，無中生有的火花落至地面，瞬間令癲茄和藤蔓燃燒起來。

火舌開始啃噬木頭長椅，尼可拉斯顧不得賽門，他衝上法庭上的高台，用力扯下後方的紅色布幕，然後尼可拉斯、阿娣麗娜和賽門紛紛投入滅火的行列。

腥紅色的絨布撲向黃綠色的火焰，於灰白色的煙幕裡殉身為一片焦黑。所幸癲茄生長的速度沒有毒魚藤那麼瘋狂，火很快的熄滅了，嗆鼻的濃煙也緩慢消融於空氣裡。

煙霧和淚水刺痛我們的雙眼和喉頭，我們用力咳嗽，視線模糊不清，好一會兒以後，赫然發現尼可拉斯和阿娣麗娜正彼此攙扶，表情執拗地站在我們面前，彷彿也失去了纏鬥的動力。

「你們到底想怎麼樣？」尼可拉斯嘶聲問道。

「你告訴我朱利安在哪裡，或許我可以饒你女友一命。」賽門左手握拳，右手輕輕轉動《死亡之吻》的外圈碎鑽。

「所以根本就沒有什麼《索亞之書》囉？這全是一場騙局？你們開這個玩笑太殘酷了。」尼可拉斯嘆氣。

「殘酷？」賽門乾笑道：「說到這個，令尊才是箇中高手吧！告訴我他在哪兒？我很想和他見面聊聊呢。」

「沒辦法。」阿娣麗娜寒著臉說。

「那我也沒辦法囉。」賽門抬起左拳。

「等等，你們難道沒有想過，也許是原罪驅使你們報仇嗎？你是法國人？所以卡莉阿姨是你的親人了對吧。卡莉阿姨是我母親的好友，又是我的教母，我是絕不可能參與謀殺案的，尼可拉斯也是。朱利安的貪婪、賽門的憤怒，本質都是一樣的，那才是我們應該共同抵抗的目標。」阿娣麗娜高喊。

當她提及賽門的火爆脾氣時讓我愣了一下，我感到內心深處的某個部分動搖了。

我拉住賽門的手臂，「也許我們該聽聽看他們的說法。」

「是嗎？是像潔絲敏說的那樣，你們兩個對於朱利安的計畫毫不知情嗎？」賽門質問。

尼可拉斯說道：「起先我和阿娣麗娜都以為是教廷打算將我們七人斬草除根，我們兩個也曾同被殺手綁架，還親眼目睹海柔被刑求身亡。對我們而言，兩年前的事情是不堪回首的痛苦經驗。」

賽門的目光來回掃視兩人，全身肌肉緊繃，眼神透露著不信任。

「賽門，千萬不要被他們兩個的苦肉計給騙了！你不會想起你親愛的阿姨嗎？就算你忘記了，我可沒忘記海柔是怎麼死的！」這時，伊莎貝突然出現在我們後方，她手持狙擊槍，雙眼精光四射。

「對不起，我父親的錯誤，就讓我來承擔。」尼可拉斯黯然道：「拜託你們放阿娣麗娜走，她和整件事情沒有任何關連。」

「尼可拉斯，你胡說八道什麼！」阿娣麗娜氣急敗壞地說。

「聽我的，你先離開，梅蘭妮需要你。」尼可拉斯哄著她。

「你不是還把我的頭髮保存在小瓶子裡帶在身上嗎？現在我就在你身邊哪，我們應該要堅持在一起，而不是只有那個小瓶子陪著你！」阿娣麗娜牽上她男朋友的手，十指緊緊交扣。

我怔怔地看著他們，小瓶子？他們也有個小瓶子嗎？就和《賣空氣的小販》故事中那些購買玻璃瓶的人一樣？剎那間，我完全感受並理解了他們的無奈。

我覺得好累。

恨意幾乎佔領了我的人生，消磨了我所有美好的一面，讓我精疲力盡。我想要寬恕他們。

「夠了沒？我得要一天到晚看你們這些小情侶卿卿我我嗎？」伊莎貝的口氣尖銳，命令道：「賽門，我拿槍瞄準他們，你去注射吐真劑。」

「不要。」我說。

賽門訝異地望著我。

我接著說道：「是朱利安想要長生不死，為什麼我們要拿他們兩個出氣呢？而且李歐又何錯之有？我不想再繼續下去了。」

伊莎貝倒退一步，像是被甩了一巴掌。「說穿了，原來是妳在心疼李歐啊！」她惱羞成怒，不懷好意地說道：「妳要不要順便告訴賽門，其實妳和李歐早就認識了，他還是妳的教父哩！」

「是這樣嗎？」賽門鐵青著臉問。

「對。」我脫口而出，「我沒有告訴你和伊莎貝，因為我擔心你們懷疑我的忠誠，另外我還有別的事情沒有坦白，李歐告訴我，卡莉其實是賽門的生母。」

「賽門，潔絲敏不說是因為想要維護你的感受，有的時候我們就是會為了維護某人而隱瞞真相，求求你，不要讓憤怒讓你遺忘自己的本質。」阿娣麗娜說。

「隱瞞真相就是說謊，說謊就是要付出代價！小女孩真是靠不住！」伊莎貝氣憤地催促道：「賽門，現在是你要動手，還是我自己來？」

賽門眼眸的顏色在火光間倏忽，一下子是灰綠色，一下子又成為淡青色，變化莫測。他低頭問我：「妳不恨他了嗎？」

「恨。」我的呼吸淺得像是浮雲。

「那妳還願意寬恕他？」賽門問。

「對。唯有放過他們，才能真正放過自己。」我說。

賽門若有所思，像是在細細咀嚼我的話。

「很動聽嘛，潔絲敏，才一夜之間妳就變了！」伊莎貝嫌惡地說：「動手，賽門！如果你不幫他們注射，子彈就是打在潔絲敏身上！」

我詫異地回過頭道：「伊莎貝，妳瘋了嗎？我們是朋友！」

「我從來沒有把你們當朋友，妳自以為比我漂亮嗎？所以妳可以得到賽門？」伊莎貝的眼神怨毒。

此時此刻的伊莎貝正如嫉妒白雪公主的後母，原來她從來不曾真心祝福過我與賽門，奇怪，以前我怎麼都沒發現？

「出來吧。」伊莎貝一聲令下。

忽然間，她背後冒出十來個陌生人，個個手持槍械、臉上戴著塑膠面具，活像一群臨時起意的綁匪。

在十多枝槍管的威嚇助陣下，伊莎貝得意洋洋地命令：「通通跪在地上，雙手抱頭。」

「妳倒是計畫周詳，居然還找了打手。妳從哪裡弄來這群烏合之眾的呀？」賽門朝尼可拉斯眨眨眼睛，道：「一人負責一半，如何？」

「你的意思是提議合作？」尼可拉斯問。

「我的意思是別讓剛才的熱身白費了。」賽門回答。

「尼可拉斯！」潔絲敏不知何時悄悄離開又再度回來，手裡拿的是方才遺落的金斧。

金斧在拋物線彼端落入尼可拉斯手中，他擺好姿勢，賽門則拱起雙拳，紡錘針尖朝外。兩個渾身髒兮兮的男孩衝著彼此咧嘴一笑。

眼見情勢逆轉，伊莎貝忿忿地舉槍瞄準男孩們，她的槍聲與我的尖叫同時響起，接著「噹」的一聲，是子彈從斧面彈開所發出的清脆聲音。

我的心漏跳半拍，伊莎貝則氣得滿臉通紅。

「全部殺光！」霎時槍聲大作。

阿娣麗娜和我躲進角落，從我幾次偷看的瞬間得知，尼可拉斯的金斧正以華麗的動作擋下每一發滿懷惡意的發射。賽門的戒指更成為一擊斃命的手指虎，戳刺、割劃、拍擊，賽門的輕觸有如點穴，步伐恍若幻影，凡是被紡錘獻上一吻的敵方打手，全都於轉眼間雙膝發軟、昏死在地。

更詭異的是，那些打手彷彿被童話中的睡美人附身似的，通通抗拒不了紡錘的魔力，一個個迫不及待地往賽門貼去，自願承受《死亡之吻》的獻禮。

在兩個男孩的通力合作下，轉眼間，地板上就橫七豎八地躺了十多個不省人事的傢伙，只剩下孤立無援的伊莎貝和最後兩名收錢辦事的混混。

「算了，我不接這個生意了。」其中一個打手扔下槍拔腿就跑。

最後一個打手呆立原地，在他還沒拿定主意之前，一顆偌大的子彈從後方穿透他的額頭，讓他當場腦漿迸裂而亡。

眾人愕然，順著伊莎貝的方向望去，一襲黑色風衣彷若自牆角緩緩溶出，成為一個直立的人形。

「刺青人？」我驚叫。

沒有眼白的男子以墨黑肅殺的雙眼將室內掃視一遍，他奪下伊莎貝的武器，蠻不在乎地扔向牆角，繼而定定地走向我們，沉重的靴履毫不留情地碾過地上的植物和人體，邊走還邊褪下他的黑色風衣。

這回我終於把他給看清楚了，男人的頸部以下全是刺青，在他身上找不到一吋空白的位置，連最柔嫩的手肘內側也不放過。他沒有穿上衣，打著赤膊卻顯得毫不在意，彷彿仔細埋入皮膚的經文就是他穿戴在身的保護色。

「你到底想怎樣？」賽門也認出他了。

刺青人從腰際取下一把銀槌，張嘴發出無聲的笑。我瞥見他的口中居然沒有舌頭，好像除了兩只魔鬼般的眼睛外，嘴巴成了他臉部的第三個黑洞。一陣毛骨悚然的戰慄爬上我的脊椎。

銀槌與金斧相互交擊，強勁的力道擦出火光。可是銀槌沒斷，連一絲裂痕也沒有。

「怎麼可能？」阿娣麗娜怔怔地說。

用力過猛導致尼可拉斯旋身的速度太慢，銀槌倏地敲向他的左臂，剎那間他痛得眉頭緊蹙，我彷彿聽見手骨斷裂的聲音。

賽門隨即跟上，以指節間突起的紡錘攻擊刺青人，賽門以急促的拳法猛攻，針尖劃過刺青人的肌膚，一遍又一遍，留下道道血痕，可是刺青人仍屹立不搖，他既沒有倒下，甚至連唉都不唉一聲。

阿娣麗娜的笛聲鼓舞著男孩們，我則催促藤蔓拖住刺青人的腳步。有幾次，藤蔓組成了遮蔽視線的護盾，他卻毫不在乎地扯斷莖蔓；還有幾次，藤蔓築起了令刺青人跌倒的陷阱，然而他一而再再而三地爬了起來。

刺青人逮到一個賽門喘息的時機，銀槌揮向他的腿部，大腿肌肉瞬間凹陷。賽門疼得咬牙嘶吼，於跪地的前一刻硬是挺直身子，打算繼續應戰。

「王八蛋！」賽門揮出勾拳。

刺青人像不會被擊潰的不倒翁，也像吸不飽的海綿，輕鬆擋下賽門和尼可拉斯的所有攻勢。

三人在晦暗不明的燈光中持續戰鬥，隨著時間分秒渡過，帶有金屬甜味的血腥味充斥在我的鼻孔內，他們的動作也趨於遲緩。

尼可拉斯的左邊臂膀軟弱無力地垂掛在身上，賽門則拖著他略跛的右腳，他們臉上浮現青筋，正以堅忍的意志力與痛苦拔河。反觀刺青人雖然渾身傷痕累累，眼裡卻浮現冷酷而莫名的笑意，彷彿醉心於享受身上每一處撕裂的破口，彷彿那些都是耀眼的聖殤。

槍響。

我身旁的阿娣麗娜拾起某個打手遺落的槍枝，往刺青人的下盤連開數槍。我十分確定其中一發子彈正中他的膝蓋，可是他只是顛簸了一步便將重心換至另一腳，不像正常人那般倒下。

不可能的！絕對不可能！

「他感知不到疼痛，一定是無痛症。」我高聲提醒。

身上負傷比賽門和尼可拉斯加起來還多的刺青人好整以暇地收起銀槌，身上的刺青隨著每一次移動宛若萬蟲蠕動，讓他重新獲得力量。他解下脖子上的金色十字架項鍊，一手握住十字架，另一手拉緊鏈條，將它變作一段取人性命的利器。他臉上意興闌珊的表情好像訴說著遊戲已經接近尾聲，該是結束的時候了。

「阿娣麗娜，等等給我一陣風，盡量讓刺青人待在下風處。」我指示。
「好。」雖然不明就裡，阿娣麗娜仍沁著淚點頭同意。
既然刺青人沒有痛覺，那我們就以其他方法擊垮他。
我拿出一顆魔豆，以最純粹的意念要求它聽從我的指令。「夾竹桃。」我說。
夾竹桃是世界上最毒的植物之一，整棵植物包含樹液都帶有毒性，且乾枯後依然存在。只要一小滴樹液便能讓皮膚麻痺，一片葉子即可令嬰孩喪命。不過，我並沒有打算讓所有人跟著陪葬。
美麗的灌木迅速發芽生長，在阿娣麗娜笛聲的推波助瀾下，室內宛若茂密庭園，成片夾竹桃的枝葉間開滿了美麗芬芳的五瓣白花與紅花，釋出迷人的甜香。
「就是現在！」我要求。
阿娣麗娜的笛聲掀起了一陣風，空氣中像是有一道隱形的漩渦，將所有的花香味都往刺青人身邊帶去。焚燒夾竹桃的煙霧具有高度毒性，倘若只是花香的氣味，則可以讓人神智不清、昏昏欲睡。
刺青人，我將生平第一支親自調製的香水送給你，前味是迷惘，中味是暈眩，後味則是死亡。
帶有毒性的氣流繞著刺青人打轉，漸漸地他的腳步遲疑起來，彷若殺手凌厲無情的眼神也變得像剛睡醒般呆滯渙散。
猶如一支雙人舞，先是賽門的肘擊，然後緊接著尼可拉斯的迴旋踢，刺青人最終頹然倒下。

眼見刺青人的威脅性大大降低，氣力早已用盡的賽門和尼可拉斯這才癱坐於地。

「臭傢伙，別想輕舉妄動。」賽門撿起地板上的槍，瞄準刺青人提醒道。

「呼，合作愉快。」尼可拉斯拾起刺青人的銀槌，拋向遠處的角落。

「希望不要再有下一次。」賽門喃喃回答。

突然，洪亮如鐘的吶喊聲劃破對峙凝結的空氣。「母親，妳想去哪兒？」眾人倏地回頭，只見紅色騎士攙扶著李歐走來，讓他倚在牆邊，接著快步接近神色鬼祟的伊莎貝。

「凱特琳？妳是怎麼找到我的？」伊莎貝倒退一步，震驚中混雜著憤怒。

「別忘了我的這身駭客本事全都是妳教出來的啊。」紅色騎士的嗓音低沉卻不失柔和。近距離下觀察，我發現她是個打扮中性的女人。

他，不，是『她』摘下伊莎貝的眼鏡，拋向身後。「一聽說警察局證物室裡的魔鏡被人偷走，我立刻想到是妳。怎麼樣？重返十八歲的感覺好嗎？」

原來如此，倘若伊莎貝是海柔與凱特琳的母親，那她便是利用法器改變外貌。這就是為什麼初識時，她身上的味道和我在機場碰到的老夫婦非常相似，那是老年人的味道。

「為了促成妳的計畫，妳毒害四十九名神父，現在罪證確鑿，國際刑警要逮捕妳歸案。」凱特琳伸手抓住伊莎貝的手腕。

伊莎貝一把甩開凱特琳的手，羞辱替她的雙頰抹上顏色。卸下眼鏡和古怪舉止的偽裝後，實際上伊莎貝面容姣好，金髮碧眼、身材纖細，就像是一朵帶刺玫瑰、泡在福馬林裡的帶刺玫瑰。

「看哪，每個家庭都會有一個敗家子，樵夫家裡的是朱利安，我家的就是我的大女兒凱特琳。」伊莎貝高傲地抬起下巴，發出尖聲怪笑，再回頭時眼裡卻毫無笑意。「身為家人，我對妳太放縱了，才會讓妳有膽子忤逆背叛我！」

「我對妳也是。」凱特琳冷冷地說，接著替她的母親安上手銬。

伊莎貝轉過身子，雙手受縛讓她更是管不住自己的嘴，她怒視凱特琳並譏諷道：「海柔是妳的姐姐，難道妳就不想為她報仇嗎？」

「發生在海柔身上的事，妳也要負一半責任。」凱特琳脫下紅色皮革外套，露出曾被燒傷的雙臂。

紅色的瘢痂凹凸不平，令她的皮膚宛若蛇和穿山甲的綜合體。接著她又揭下假髮，金色長髮輕盈落地，展露的事實卻沉重的令人難以直視：除了面容完整，凱特琳後腦杓的整塊頭皮和兩條手臂後側都曾遭火吻，沒有一根頭髮，也沒有一片完好的皮膚。坑坑疤疤的肌膚和她的美麗容顏形成強烈對比。

「把妳的假髮戴起來！不要讓我看到那麼醜的東西！妳遺傳了我的良好基因卻不知道善加利用，居然跑進火場救人？白白浪費了我給妳的生命！所以我才把魔鏡傳給海柔！」伊莎貝痛罵她的長女。

「我的意思正是如此，要不是妳鼓勵海柔追求外表，她也不會那麼高調。」凱特琳說。

「妳的意思是說海柔鋒頭太健都是我的錯囉？才不是，身為魔鏡的主人，本來就承襲了驚世美貌！」伊莎貝尖叫。

「夠了！」李歐從地上起身，蹣跚向我們走來，對伊莎貝冷道：「美與醜不單只靠外表來評斷，妳的所作所為很醜陋，妳的心也是。妳可以在牢裡好好反省，還有什麼話就去對法官說吧。」

「把妳交給警方是最好的處理方式了，別忘了還有許多人等著叫妳賠償四十九條神父的命呢。」凱特琳意有所指地瞥了刺青人倒下的位置一眼。

「那傢伙人呢？」賽門質問尼可拉斯。

在所有人的注意力都集中於伊莎貝身上時，刺青人像一陣黑霧般悄悄地離開了，地上的銀槌和金色鎖鏈也消失了，好似刺青人從未來過。

「走啦。」李歐說。

「什麼時候？你怎麼沒攔住他？」尼可拉斯呆呆地問。

「不用糾結於這個問題，他是聖騎士，銀槌和十字架鍊都是教宗御賜聖物，足以證明他的身分了。」李歐說。

「聖騎士？」阿娣麗娜納悶。

「就是專門幫教廷處理骯髒事的殺手，跟他作對沒有好處。我聽說教宗派出聖騎士追查毒殺神父的兇手，聖騎士離開了反而好，如果他硬是要把伊莎貝帶回梵蒂岡，我們才麻煩呢。」李歐說。

凱特琳從伊莎貝身上翻出一個小布袋，奪下後道：「魔鏡還是跟著我最安全。」

「就算鋃鐺入獄，我也會對每個人心懷怨恨，我向你們保證這件事還沒結束，我絕不原諒你們！」伊莎貝的唾罵如急流般湧出。

「我原諒妳。」阿娣麗娜綻放單邊酒渦。

伊莎貝向她拋出憎恨的眼神，雙唇緊抿。李歐拿出手機開始聯絡警備後援。

不知道是屋內過於陰森，還是事實過於冰冷，總之我全身都在發抖。腎上腺素急遽消褪後，天花板在搖晃，地面也開始浮動，我的雙腿癱軟無力，賽門似乎也有點暈眩，需要靠著長椅才能勉強站立。

「伊莎貝，妳對我們下毒？」我瞇著眼問。

「藥效開始了嗎？哈哈，妳的反應很快嘛，可惜想找解藥妳的動作就還不夠快，妳和賽門都被下毒了，記得嗎？乾杯！」伊莎貝輕蔑地笑了。

我甩甩頭，站定後告訴她：「其實我早就猜到了，妳認為我為什麼只喝一口啤酒就把兩杯通通撞翻？妳吃麻黃，又知道《魔鬼的呼吸》，表示妳有一定程度的藥理知識。」

「可是妳還是覺得不舒服對吧？打算秀出妳的法器了嗎？」眾人面面相覷，伊莎貝則洋洋得意。「妳以為我不知道妳脖子上掛的就是妳的法器嗎？我不僅知情，而且還趁妳入睡時偷偷算過總共三顆，扣除妳剛剛使用的兩顆，現在也只剩下最後一顆了。要救賽門，還是救你自己呢？」

「別替我擔心。」我拉出項鍊，搖晃琉璃瓶中裝滿的魔豆。回敬她：「還多得是呢！」

「怎麼可能？」她臉色大變。

「幸好我家傳的童話書裡可以看出端倪，妳不是要我對自己的由來保持好奇心嗎？我比對過所有傑克與魔豆的版本，發現我父親手繪的故事裡最後一句是《生生不息》，所以我就猜到了魔豆可以不斷繁殖採收，要多少有多少。」我騙她，其實頂多也只會重複生出五顆。

「潔絲敏，妳有解藥嗎？」李歐關切地問。

我對他報以燦笑，接著走向角落，取出身上的泥土和魔豆。

魔豆啊，請讓我種出月見草，又稱《國王的萬靈藥》。

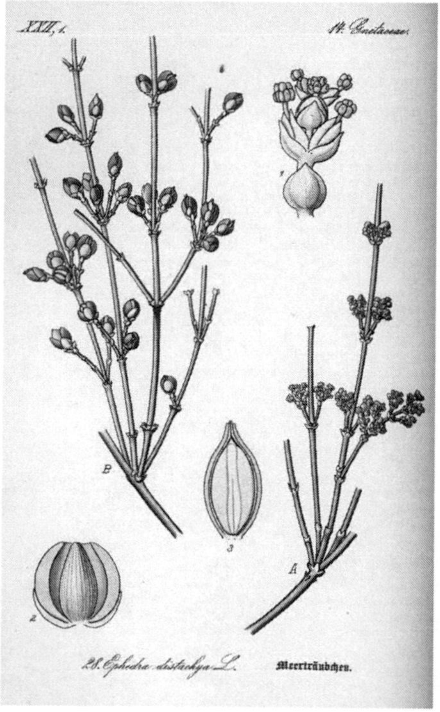

麻黃（學名：Ephedra intermedia）

麻黃具有抗發炎、抗菌、抗病毒等作用，可減輕支氣管的痙攣、刺激中樞系統，並增加食慾、振奮情緒，對於治療過敏、氣喘、感冒、其他呼吸系統、沮喪很有幫助。

第十一章

陰晴不定的春日匆匆而過，時序入夏，瑪雅阿姨家的山頭猶如一支渾然天成的調香，日間，豔陽蒸騰出馥郁的森林氣息，夜裡，花朵在銀月照映下散逸飄過百里的恆遠幽香。我想要為這支香氛命名為《人間仙境》。

這晚，全鎮居民都穿上織有菱形和幾何圖騰的傳統服飾，圍在營火旁同慶泰雅族成人禮。享用透過唱歌跳舞與耆老祝福的儀式，所有滿十六歲的少男少女便算是大人了，成人禮可謂年度重要盛事。

瑪雅阿姨穿戴著珠鏈掛飾，神情嫻雅沉靜如一株空谷幽蘭，她不時與身旁布魯斯的母親低聲談笑，柔和的側臉輪廓在火光輝映下煞是美麗。在我回到台灣之前，村子裡的族人已經自動發起募款將她保釋出獄，那些關於阿姨和理查神父的閒言閒語也被證實為空穴來風。洗刷冤屈後瑪雅阿姨再度投身她的有機蔬菜事業，而且和鄰居的相處也更融洽了。

新釀的小米酒沿著席地而坐的圓圈傳遞，族人們非常歡迎遠道而來的貴客，雖然言語不通，但賽門對於酒精飲料來者不拒的態度，恰如其分地迎合了熱愛杯中物的族人，他已經乾杯完好幾

輪，現在正帶著迷茫眼神依偎在我身邊，這個如雄獅般霸道的男人，在酒精催化下搖身一變為慵懶的貓。

「潔絲敏寶貝，瞧瞧這個！」賽門捲起袖子，眉開眼笑地大秀左臂上的刺青。「我把ne jamais oublier（永誌不忘）改成了Jasmine oubliette（潔絲敏地牢），從現在開始，我要把妳關在我心裡。」

「從現在開始，你和我一樣喝花茶就好。」我無奈搖頭，轉向另外一側，將一個包裝禮盒遞給我的摯友布魯斯。「恭喜你成年了，這是送你的禮物，新手機。」

「謝謝。」布魯斯悶悶不樂地收下禮物，問道：「妳非得離開不可嗎？」

「我打算和我的教父回德國，等到中學畢業後，希望能申請到法國格拉斯的香水學校。」我帶著歉意說。

「妳想去法國，該不會是為了那個金頭髮的酒鬼吧？」布魯斯吃味地問。

幾杯黃湯下肚後，賽門已經滿臉醉意地衝著每一個族人傻笑，因此深受愛戴。

「你知道的，我父親是園藝師、母親是調香師，我可不能浪費了他們生給我的超級鼻子。」我解釋。

「答應我，一定要和我保持聯絡喔！」布魯斯將禮物揣在懷裡，難掩失落。

「當然啦，我還拿著你的舊手機呢！」我以肩輕碰他的肩。

「小敏！」譽娜推開布魯斯，在我們倆之間替自己挪了個位置。「看，我為妳編了一頂茉莉花冠。」她將花冠別在我頭上，臉上綻放溫暖笑容。

「謝謝。」我深棕色的頭髮上戴著紅色苧麻頭巾，又掛了一串白嫩的茉莉，層層疊疊、相互交錯，正如我複雜的身分與血統。

我在錯誤的嘗試裡不斷修正，昔日徬徨凌亂的步調如今成為優雅的雙人舞，就連李歐和瑪雅阿姨也樂觀其成。糾結的恨意一一解開，終於沒有辱沒父母給我取下的名字：潔絲敏，意即茉莉花，花語是清純、質樸與忠貞。

明天就要啟程前往德國了，我的教父會在萊比錫國際機場等我。

李歐取走了《索亞之書》，交由信任的對象翻譯。不過無所謂，他給了我伊莎貝的電腦作為補償，經由專人破解後，我在其中一個檔案夾裡發現幾封伊莎貝駭入私人信箱盜取的信件，並從中窺知些許關鍵的機密。

滿山遍野的茉莉花開了，潔白玲瓏的花苞如清新的初雪般凝結枝頭，甜鬱馨雅的花香則如傾倒的香水瓶般流洩。我深深吸進一口故鄉的空氣，感到無比舒適，如在燙水中盡情伸展的茶葉。

茉莉花的氣味佔據我每一吋嗅覺神經，算是我第二喜歡的植物味道，和橄欖樹齊名。

至於第一，當然是聖約翰草。

月見草（學名：Oenothera）

印地安人早在數百年前就將整顆月見草浸泡於溫水中製成糊狀膏藥，用於治療淤傷和皮膚炎。臨床上發現月見草油能預防心血管阻塞、降低膽固醇，月見草的花還能提取香精浸膏，又稱為「國王的萬靈藥」。

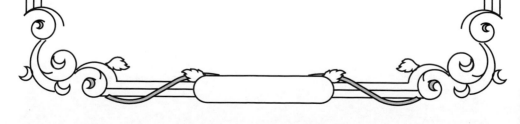

解密文件A

理查，

潔絲敏還好嗎？我放心不下那個女孩，別以為她只是個孩子，告訴你，她總是說得少卻想得多，很會藏心事，拜託替我多多留意。

李歐

解密文件B

親愛的李歐，

放心，潔絲敏適應良好，飄洋過海搬到一個新的國家當然會有很大的衝擊，但是這孩子很有韌性，加上有中文底子，所以不會有問題的！順便告訴你，潔絲敏現在已經有愛慕者了喔！身為教父你緊張嗎？哈哈。

你說潔絲敏很會藏心事，我覺得她只是個性比較內斂細膩，而且老實說，她比你還要關心我呢！

理查

解密文件C

理查好兄弟，

你這個老傢伙，最近身體健康如何？（好了寒暄到此為止）

潔絲敏只有十三歲、十三歲、十三歲！告訴她我禁止她交男朋友。還有，她在學校表現得還可以嗎？和瑪雅相處得還好嗎？

話說回來，你穿蝙蝠俠的衣服參加豐年祭也太瞎了吧？

李歐

解密文件D

親愛的李歐，

多謝你的關心，目前上帝還沒有召喚我的意思，所以我應該還能擔任你不支薪的線民好一陣子。

另外你必須知道，進入一種完全迥異的教育體系需要很長的適應時間，當所有教科書都以不熟悉的文字撰寫，單就理解程度而言便有許多困難，所以別期望潔絲敏做個成績優異的模範生，我和瑪雅能做的就是盡可能輔導她，讓她身心健康的長大。不過愛慕她的那個小伙子老是故意考最後一名，所以潔絲敏倒也不至於墊底。

備註：我穿錯衣服就是瞎？而你自稱奶油公爵就不娘砲嗎？

你忠實的友人理查

解密文件E

吾友理查，

昨晚我又夢見克勞德了，都快兩年了，每當我想起我的拜把兄弟時依然感到無限的思念與自責。如果可以，我真的很希望能親自照顧潔絲敏，可是我的工作型態不允許，而且我寧可她盡量遠離是非。

我是真的愛她如自己的親生子女，唉，但願她不會恨我才好。

你的老友李歐

【本集完，《禁獵童話III》待續】

【下集預告】

七大家族正式決裂後，有人出賣了七名原罪（童話傳人）的祕密，引起宗教團體與第三世界的眼紅緝捕，而痛失親人的女巫姊妹則利用七角樓內發現的髮絲向他們下咒。背腹受敵的他們除了要逃命，還得想辦法解決使用法器導致原罪天性高漲的問題，冒險親赴梵蒂岡請求學者翻譯索亞之書。

這回六人找到了玫芮迪絲，她是童話故事人魚的後代，也是原罪「淫慾」希妲的女兒，她和母親有所不同嗎？會被其他人接受嗎？因滅門血案而心存芥蒂的六人早已反目成仇、壁壘分明，有可能因此而團結起來嗎？

【後記】

這一切，皆起源於Q皮與Q妹……

當初因為沒有人搞得定他們倆，所以我毅然放棄熱愛的行銷工作，就近看管照料（拭淚）。雖然不再打扮得光鮮亮麗進出台北市辦公大樓，馳騁的思緒依然馬不停蹄，於是不寫企劃書、改寫奇幻小說，沒想到參加時報小說賞比賽後僥倖獲獎，進而促成「禁獵童話」三部曲的誕生，從而改寫了我的人生，步上全職作者的道途（然而，兩個孩子仍然搞不定哪，再次拭淚）。

在某一個靈感乍現的三年後，累積了近百萬字的練習，「禁獵童話」出版了。我要特別感謝幕後推手秀威資訊的兩位優秀編輯：一是與本作簽下合約的思佑（真有眼光呀）一是真正將故事包裝為出版商品的齊安。尤其是齊安，給了我非常多中肯建議和幫助，除了用心製作好書以外，也致力於耕耘台灣華文小說市場，可說是我寫作生涯的心靈雞湯，我十分仰賴他。

在本作尚未問世以前，感謝所有陪伴在我身邊加油打氣的好朋友們，沒有笑我痴人說夢，只是給予無限的支持：愛玲、德罔、雅珮、渭文、智真、致宇、秀宜、凡隼、文綺。還有佩璇、金豔、惠如、文訓、淑晴、慧麗、兩個雅玲、學謙與怡仁，你們讓我確信職場也交得到真心的朋友！同時身為譯者的文訓在每個我失去信心的時刻給予鼓勵，謝謝你！

感謝我的高中管樂社好友雲瑛、珮芬、明堯、志暉、鎮宇、俊德、嘉舜（我還偷了他的名字來用——吹法國號的奧斯卡叔叔），那段只有音樂和歡笑的歲月是「海德薇」靈魂中不可或缺的一部分。也感謝君堯教練和厚青、展平學長在出版後的力挺與推廣，學妹我銘感五內！

我的高中國文老師曾在多年前鼓舞我「或許有朝一日妳會成為一名作家」，麗華老師，您的預言成真了，這句話我始終謹記在心。謝謝！

謝謝靈性老師沈伶以及在覺醒之路上相互打氣的朋友們：潔姐、瓊儀、雅菁、慧文、邵琪、勻里、曙展，以及我的老友伊珍，你們照亮了我心裡幽暗的角落。

誠心感謝我的家人，在禁獵第一集上市後以實質消費作為我的後盾，光是我父母就各買了一箱，還有阿姨、姑姑、叔叔等長輩們，諸位表哥表姊表嫂、表弟與弟媳，連親家母都跑來幫我的粉絲頁按讚，真是不好意思啊（羞）～

我的一對兒女是我的靈感泉源，因為每當被氣得快要爆炸，我就會全心全意地投入架空世界（大誤）。對了，謝謝永遠被我逼著第一個看稿、且從來不過問我如何用錢的老公（以後也請繼續保持喔），據他本人表示用WORD看稿眼睛很痠很想吐血，呵呵！

第二集出版了，謝謝為這系列推薦和分享的老師們：值言、花鈴、Hjordis、Mr.V、喬伊斯、紀昭君等人。謝謝擔任植物顧問的禮塘以及武術指導毓仁（對我有任何不滿請聯絡此人），還有早在多年前於時報比賽中鼓勵我的妃琳，妳是黑暗中的那道光芒，也是這世上「禁獵」的第一個讀者。

由衷感謝每一位喜愛「禁獵童話」故事的朋友，你們的鼓勵是我的動力。

最後，謝謝我的外公，您永遠在我心中。

海德薇

釀奇幻10　PG1670

禁獵童話II：魔豆調香師

作　　者　海德薇
插　　畫　幽　零
責任編輯　喬齊安
圖文排版　周好靜
封面設計　蔡瑋筠

出版策劃　釀出版
製作發行　秀威資訊科技股份有限公司
114 台北市內湖區瑞光路76巷65號1樓
電話：+886-2-2796-3638　傳真：+886-2-2796-1377
服務信箱：service@showwe.com.tw
http://www.showwe.com.tw
郵政劃撥　19563868　戶名：秀威資訊科技股份有限公司
展售門市　國家書店【松江門市】
104 台北市中山區松江路209號1樓
電話：+886-2-2518-0207　傳真：+886-2-2518-0778
網路訂購　秀威網路書店：http://www.bodbooks.com.tw
國家網路書店：http://www.govbooks.com.tw
法律顧問　毛國樑　律師
總 經 銷　聯合發行股份有限公司
231新北市新店區寶橋路235巷6弄6號4F
電話：+886-2-2917-8022　傳真：+886-2-2915-6275

出版日期　2017年8月　BOD一版
定　　價　320元

國家圖書館出版品預行編目

禁獵童話. II : 魔豆調香師 / 海德薇著. -- 一版.
-- 臺北市 : 釀出版, 2017.08
面； 公分. -- (釀奇幻 ; 10)
BOD版
ISBN 978-986-445-212-5(平裝)

857.7 106010697

讀者回函卡

感謝您購買本書，為提升服務品質，請填妥以下資料，將讀者回函卡直接寄回或傳真本公司，收到您的寶貴意見後，我們會收藏記錄及檢討，謝謝！如您需要了解本公司最新出版書目、購書優惠或企劃活動，歡迎您上網查詢或下載相關資料：http:// www.showwe.com.tw

您購買的書名：________________________________

出生日期：________年________月________日

學歷：□高中（含）以下　□大專　□研究所（含）以上

職業：□製造業　□金融業　□資訊業　□軍警　□傳播業　□自由業
　　　□服務業　□公務員　□教職　□學生　□家管　□其它____

購書地點：□網路書店　□實體書店　□書展　□郵購　□贈閱　□其他

您從何得知本書的消息？

□網路書店　□實體書店　□網路搜尋　□電子報　□書訊　□雜誌
□傳播媒體　□親友推薦　□網站推薦　□部落格　□其他________

您對本書的評價：（請填代號　1.非常滿意　2.滿意　3.尚可　4.再改進）

封面設計____　版面編排____　內容____　文／譯筆____　價格____

讀完書後您覺得：

□很有收穫　□有收穫　□收穫不多　□沒收穫

對我們的建議：________________________________

____

____

____

請貼
郵票

11466
台北市內湖區瑞光路 76 巷 65 號 1 樓

秀威資訊科技股份有限公司　　收

BOD 數位出版事業部

(請沿線對折寄回，謝謝！)

姓　　名：________________　年齡：________　性別：□女　□男

郵遞區號：□□□□□

地　　址：________________________________

聯絡電話：(日)________________ (夜)________________

E-mail：________________________________